奇蹟男孩

WONDER

R.J. PALACIO

R.J. 帕拉秋——著　吳宜潔——譯

—暢銷十周年增訂版　推薦序—

以善良仁慈之心，領會奇蹟之美

myFace 基金會家庭服務部主任　文／迪娜．扎克伯格

記得我在八歲生日那天吹蠟燭時，許下希望自己看起來和其他孩子一樣的願望。可惜它從未實現。

我覺得自己不像其他小孩，心裡總認為我和別人不一樣。我出生時就有唇裂，左眼失明，聽力受損，三歲開始戴助聽器。經歷六次手術，接受多年的牙齒矯正和語言治療。童年時，人們常會盯著我看。在學校餐廳和校車上，通常沒人願意和我坐在一起。上體育課時，總是沒人想和我同組。我一次又一次的被戲弄，同學們會說很刻薄的話，比如我有「蝨子」之類的。直到今天，我仍清楚記得所有的孤單時刻。

雖然身有殘疾，但只要是我想做的事，我總是可以做到。神經外科醫生在我嬰兒時期就告訴我的父母，我將永遠無法騎自行車。但在家人堅定的支持和愛護下，我用毅力證明醫生是錯的，我不只會騎自行車，還會開車，即使滑雪也難不倒我。

我二十多歲時加入了一個由顱面傷殘年輕人所組成的社團——「內在的臉（Inner Faces）」。它改變了我的人生。我一直想和其他孩子一樣融入群體，而這一群人全和我同樣

有著顱面傷殘。它強迫我面對一生中大部分時間都在逃避的事實。它太可怕了，我不想承認自己看起來和別人不同，也不想承認我的人生對我來說有多麼艱難，所以只能克制的告訴大家，「一切都好」。

「內在的臉」創作了一齣名為《讓我們面對音樂！》的音樂劇。我們與極有遠見的導演兼作曲家伊麗莎白．斯瓦多斯和顧問朱迪．柏林．莫羅合作，演出我們在顱面傷殘情況下成長的生命故事。最具震撼力的一幕，是我們看著鏡子說出自己所看到的真實面貌。我們在紐約市的夢劇院公演，這是我第一次站上舞臺演出自己的經歷。然而，我覺得自己並沒有表現出真正想傳達的，也沒有向這個世界說出我想說的話。

八年前，我找到夢寐以求的工作，支持顱面傷殘兒童的非營利組織 myFace 基金會聘任我為家庭服務部主任。過去七十年來，myFace 一直努力服務病友及家屬，提供全面的重症團隊護理。除了支援病患，我們更不斷致力於教育大眾，提高公眾意識。

我知道我想盡一切可能幫助有顱面傷殘的孩子，使他們活得比當初的我更容易些。任何孩子都不該遭遇我所經歷過的一切。

我在 myFace 工作後不久，《奇蹟男孩》問世了，我將它一口氣讀完。終於有一本讓我從第一頁就產生共鳴的書。我永遠不會忘記看到奧吉．普曼這段話時的震撼：「如果我找到神燈，能夠許一個心願，那麼我會希望自己擁有一張毫不起眼、正常的臉。我希望走在街上的時候，不會引起路人注意，不會有一看到我就趕緊把臉別開的表情。」

奧吉讓我想起自己八歲生日時許下的願望。

《奇蹟男孩》在很多方面改變了我的生活。它允許我分享我的故事，這本書寫出了我長久以來的所有感受。

《奇蹟男孩》給我極大的啟發，我為這本書創造了一套課綱，然後 **myFace** 團隊以它為基礎設計出各種課程，推薦給學校。我開始拜訪各級學校，和成千上萬的學生對話。我曾在一百五十多所學校演講，累計聽眾超過四萬人。

我終於說出心底的話，像奧吉一樣。我談到選擇善良仁慈的重要，不僅要身體力行，在言語上也該如此。我透露自己多麼希望有人為我挺身而出，希望遇到見義勇為的人，而不只是旁觀者。我特別喜歡「見義勇為」這個成語。對我來說，這意味著當你目睹不當對待或霸凌行為時，你會站出來指正。當你看到有人在學校餐廳孤單坐著時，你會選擇和他們坐在一起。當你看到一個孩子在下課時間被欺負，你會上前解圍，並問他要不要和你一起走去教室。如果你看到獨自站著的人，只要一個微笑和一聲「你好」就能改變一切。

有一次，我在學校向孩子們展示我的助聽器時，一個男孩很興奮的舉起手，開心的告訴我他也戴著助聽器，而我是他所遇到，第一個和他一樣佩戴助聽器的人。

還有一次，當我說到自己多麼希望之前能遇到更多見義勇為的人時，一個男孩舉起手，眼裡含著淚水，聲音哽咽的承認他在一週前目睹一個男孩被欺負，他非常後悔自己當時沒有挺身而出。但是，在聽過演講後，他受到激勵，願意從此成為一個見義勇為的人，再遇到同樣的事，一定會站出來為受害者發聲。

這些年來，我們發送了無數本《奇蹟男孩》給受 myFace 扶助的家庭。這本書不僅改變了我的生活，也改變了社群裡許多病友的生活。以下幾則從我們收到的信件中所選出的摘錄，就是最好的證明。

來自患有克魯松氏症候群的達莉亞．瓦吉斯，和奧吉一樣，也有個很棒的姊姊奧麗維亞：

「在讀過奧吉的故事後，我覺得自己不再孤單。像我這樣的人往往會盡力避免引人注目，但《奇蹟男孩》卻為我們提供了發聲的平臺。《奇蹟男孩》開啟了對話之門，帶領大家討論顱面傷殘及其他殘障者在學校或其他地方是如何被對待，並揭露他們所面對的不公不義。在這個充滿奇蹟的世界裡，它帶我們展開更進一步了解自己和他人的美好旅程。」

來自泰娜．康崔拉斯：

「我以前和奧吉一樣，很難和其他孩子打成一片，尤其剛到新學校時。我很怕因為我的外表，而沒人願意和我說話。然而，這一次我完全錯了，因為我找到了我的『夏綠蒂和傑克威爾』。非常感激你們能出版一本這麼棒的書，並且和全世界分享。終於有人為顱面傷殘的孩子發聲，而其他人也真的仔細聆聽了。」

來自瑪格麗特・夏爾：

「《奇蹟男孩》讓社會大眾開始關注我們這些有顱面傷殘的人。它讓書中的每個角色都有機會說出自己的心聲。在奧吉的父母和姊姊身上，我看到很多自己家人的影子，我也對奧吉產生極深的共鳴，不管是他描述自己的世界和人際關係，或是在面對別人對他與他對自己的看法之間的掙扎，都讓我感同身受。」

來自患有崔契爾柯林斯症候群的納撒尼爾的父親羅素・紐曼：

「感謝 **myFace** 基金會和紐約大學團隊多年來在醫療及社會心理上的支持，大大提升了納撒尼爾的幸福感和生活機能。但儘管經過這麼多年，有個嚴重的問題依舊困擾著我們。顱面傷殘病友社團再怎麼努力，都無法成功教育孩子們的生活環境，無法減輕總是讓他們淚眼汪汪、滿心悲傷的社交羞辱。我們阻止不了無禮的瞪視、指指點點的竊竊私語，以及難聽的取笑謾罵。其他孩子的生日派對從不邀請我們。身為一個父親，我想不出有什麼比無法帶走孩子的悲傷還痛苦的事。而對身為母親的瑪格達而言，不能讓她與眾不同的兒子免受嘲諷和被瞪視之苦，更是毀滅性的打擊。

然後，一個名叫奧吉・普曼的小男孩出現了。R. J. 帕拉秋在寫下這個神奇故事的同時，為病友家庭做出了難以想像的巨大貢獻。她打開數百萬人的感情和理智，讓我們領會上帝創造不同的奇蹟之美！她教導孩子們在面對和自己不同的人時，即使心中恐懼，也要選擇善良仁慈。因為她，我們的孩子在全世界的公園操場受到善待；因為她，我們的孩子終於收到派對邀請卡。

《奇蹟男孩》的意義在於我們應以善良仁慈之心接受彼此，我希望它所傳達的訊息能永存於世，希望一代又一代的孩子在成長過程中都會閱讀《奇蹟男孩》，並將它的訊息牢記在心，因為真相既簡單又明顯：《奇蹟男孩》讓現實生活中成千上萬的奧吉·普曼的生活變得更好。」

以上這些只是我們多年來所收到的一小部分信件，看到別人分享的故事讓你知道自己並不孤單，心裡自然湧出無窮的力量。謝謝你，R. J.帕拉秋，感謝你創造了《奇蹟男孩》。謝謝你給了我和許多病友被世界聽到和看到的機會。

心懷感激並相信奇蹟的**迪娜·扎克伯格**

—推薦序—

走過殘酷青春：一個反霸凌的動人故事

親職專欄作家　文／**陳安儀**

前天忙完睡下時，已經午夜兩點多了，睡前拿起少年小說《奇蹟男孩》的書稿，隨意翻翻，本想看個幾頁就睡覺；沒想到，竟一路忘卻時間的看到早上六點，毫無睡意的一口氣將整本書看完了！

這是一個闡述「勇敢」的故事。

十歲的男孩奧吉，擁有一張魔鬼般的臉孔。從小，他因基因缺陷，導致臉部殘缺，並合併多種併發症。好不容易，經過了大大小小的手術，他活下來了。但，更困難的事情還在後面——十歲這一年，奧吉的媽媽，決定要送給他一份改變人生的大禮——她要奧吉上學去。

十歲以前，奧吉是在家自學的。因為一張天生嚇人的臉孔、吃飯還會流湯、滴口水……他自幼受到家人、朋友的嚴密保護。但是，智力沒有問題、行動也無困難的他，卻從沒參與過團體生活。奧吉的媽媽認為，應該是讓奧吉面對世界的時候了。

故事，便是從奧吉的父母決定送他入學開始。作者從奧吉本人、姊姊、同學……等六個不同青少年的第一人稱角度，來描述這一整年所發生的事。排擠、攻擊、惡作劇、背叛……

奧吉就像一隻入了虎口的羔羊，開始面對一件件既現實、又殘酷的青少年戰爭。

然而，就在這種種令人難堪的情境中，善良、體貼、同情與愛的種子，也在奧吉的勇氣與努力面對之下，悄悄的開花結果。

這是一本很動人的少年小說，把青少年的言語、行為以及心情轉折，描繪得絲絲入扣，甚至我們可以在其中，回憶起我們自己成長過程中的許多影子。

不記得在哪一本教養書中看過，青少年的世界，是很殘忍的。因為他們已經大到能夠很聰明的看出事情關鍵，可以一針見血的直接殺到人的痛處，然而他們卻又沒有成人的同理寬容和社交技巧，懂得「包裝」自我，於是，他們成了最可怕的刺蝟，動輒讓人滿身是傷。

在這樣的世界中，弱者理所當然變成同儕霸凌的對象。同學們運用言語、裝扮、行為舉止……排擠、欺侮，簡直到了讓人生不如死的地步。然而，只要有家人、師長和少數同學的愛與關懷，我們還是有機會可以看到生命的小樹，吸收挫折當作養分，逐漸的成長茁壯。

其實，我認為這本書也是一個很好的「反霸凌」教材。

回想起心理學專家曾經說過，如果拿「哆啦A夢」中的角色來比擬，想要讓校園中的施暴者（胖虎）力量削弱，就要多利用中間者（小夫）的角色，如果回應或是協助施暴者的人（小夫）越少，那麼受霸凌者（大雄）就會越安全，而且只要有一個同理「大雄」的「靜香」出現，那麼受暴者「大雄」就會有機會可以站起來。

本書的故事，剛剛好印證了這個理論。書中的小夏正如同「靜香」，而中間派的同學就如同許許多多的「小夫」，當奧吉的勇敢最後贏得了大多數同學的認同後，他也就真正的長大且成熟，永遠脫離「大雄」的處境了。

這本書更是品格教育的極佳教材。心理專家說過，一個最好的品格教材，不是八股的文章、勸告式的教條，而是一個真正打動人心的故事。當右腦受到感動時，我們的品格修養才會被觸動、陶冶，是非善惡才能建立。而這本書，無疑是一個極為動人的故事。我想，閱讀過後，每個孩子在無形中，心中的良善都會被觸動，這比什麼樣的諄諄教誨都要來得有效。

因為「奧吉」，我們變得更仁慈

中央大學學習與教學研究所榮譽教授 文／柯華葳

青少年是轉大人前一段矛盾糾結的時期，其過程既興奮又心酸。半大不小的人，面對身體和思維的變化，常搞不清楚是怎麼一回事。荷爾蒙所帶來的生理變化，以及思維上的日益複雜，使得他們隱藏自己的思緒和情緒、猜測他人的想法，變得易怒而善變。因著身心變化所帶來的不穩定，讓青少年以看得見的外表和同儕的看法作為是非判斷的準則。也因此，渴望被同儕接納，以及跟著多數人行動（從眾）是青少年在團體互動中的明顯特色之一。想像一下，在這樣的社群中，一位外貌和一般人完全不同，沒有人知道怎麼與他互動的青少年要如何適應？

本書將一群青少年活生生擺在我們眼前。作者創造一位出生臉部就完全塌陷的男主角——奧吉，雖經歷無數的手術，還是有著一張醜陋的面容。對於從小在家教育，盡可能戴著太空人頭盔、避開別人目光的他，上學對他而言，是多麼大的衝擊？而他周遭的青少年，雖然知道是非對錯的道理，卻也常在無意間傷害了他。因此被家人或是自以為是好朋友的朋友背叛，無疑讓他怒從中生、柔腸寸斷。但，這是生命中必須經歷的痛。

作者是說故事高手，將這些衝突、矛盾、疼痛以及愛反覆交織呈現，就像作者在你面前親自描述事件的經過一樣。流暢的對白交替，一句接一句，有被打斷的，有再搶回說話權的，緊湊生動，彷彿不同角色就在你周圍。作者更安排不同角色輪流以第一人稱說故事，也是本書的特色之一。本書主角雖然是奧吉，不過，即使經歷相同事件，不同角色卻各自有不同的解釋和看法。作者安排他們逐一登場發言，讓讀者聽聽不同人的說法，並用巧妙的方式把故事全貌串起來。

故事裡有一對好到不可思議的父母親，他們不去想為什麼是奧吉，或是為什麼是我中獎，只想盡辦法讓奧吉活得有尊嚴。這讓我們再次肯定家庭是最包容、最醫治、最安慰人心的地方。

有人問，為什麼會有像奧吉這樣的殘障人士？是父母的報應？是為闡釋人生的不公不義？作者都沒有解釋，只彰顯每個人都有無窮的潛力，能使這個世界變得更善良美好。因此，奇蹟男孩所帶給周圍人的改變才是最大奇蹟。事實是，我們都需要有一個奧吉在我們周圍，讓我們變仁慈或是更仁慈。

不論周遭有沒有奧吉，讀這本書會讓你溫柔，這是閱讀最美好的地方。讀完，不論哪個主角讓你感動或印象深刻，放在腦中想像他們的好，並化作仁慈行動，才是回應人生最好的態度。

醫生從遙遠的城市
過來看我
站在我床邊
不敢相信眼前所見

他們說我一定是
上帝造物的奇蹟之一
據他們所知
他們無從解釋

——娜坦莉・莫森特〈奇蹟〉
（Natalie Merchant, *Wonder*）

—第一部—

奧古斯特

當命運來到我搖籃邊時，
她揚起一抹微笑。
——娜坦莉．莫森特〈奇蹟〉
（Natalie Merchant, *Wonder*）

1 正常生活

我知道我不是一個正常的十歲小孩。我的意思是，沒錯，我會做正常的事。我吃冰淇淋、我騎腳踏車、我玩球、我有電視遊樂器，那些東西使我跟正常人沒兩樣。我也感覺自己滿正常的，我是指我的內在。但是我知道，正常的小孩不會在遊樂場把其他正常小孩嚇得尖叫跑走。我也知道，正常的小孩不會走到哪兒，都被人一直盯著看。

如果我找到神燈，能夠許一個心願；那麼我會希望自己擁有一張毫不起眼、正常的臉。我希望走在街上的時候，不會引起路人注意，不會有那種一看到就趕緊把臉別開的表情。我是這麼想的：我稱不上正常的唯一理由，就是沒有其他人用正常的眼光看我。

不過事到如今，我也有點習慣自己的外表了。我知道要怎麼假裝沒看見路人的怪表情。這種事，我們都已經滿熟練了，包括：我、媽媽、爸爸和維亞。喔，事實上，我得收回這句話，因為維亞還不是很習慣。要是有人做出粗魯舉動，她會火冒三丈。比方說，有一次我們去遊樂場，幾個年紀比較大的小孩在一旁吵鬧。我因為沒聽見，根本不知道有什麼噪音，但是維亞聽見了，她馬上開始對那些人大吼大叫。她就是這樣，但我不是。

維亞並沒有把我當成正常人看待，雖然她說她有。但是如果我是正常人，她就不需要把我保護成這樣。還有爸媽，他們也沒有把我當作正常人。他們把我當成特殊情況。我覺得全世界唯一明白我有多正常的人，就只有我自己。

對了，我叫奧古斯特。我不會把我的長相描述給你聽。無論你腦中有什麼想像，恐怕都比那要糟得多。

2｜我沒去上學的理由

下週我就要讀五年級了。因為我從沒去過學校，心裡實在很怕。大家以為我沒去上學，是因為我的外表，其實並不是那樣。

我沒上學是因為我從小到大動了很多次手術。打從出生起，一共動了二十七次，其中比較大型的手術是在四歲以前進行的，所以我沒有印象。在那之後，我平均每年要動二到三次手術（有些大型、有些小型）。比起同年齡的小孩來說，我的個子算小，加上一堆醫師查不出病因的不明疾病，所以我動不動就生病。總之，經過一番考量，爸媽決定不送我去學校。不過，現在我身體好多了。上一次手術，是八個月前，而且幾年之內，大概都不必再動什麼新手術。

我在家自學，由媽教我功課。她以前是童書插畫家，會畫超美的精靈和美人魚，可是男生喜歡的東西她就沒畫得那麼好了。有一次她想幫我畫達斯．維達*，結果畫出了蘑菇狀的詭異機器人。好久沒看她畫畫了，我想是因為照顧我和維亞讓她忙到沒時間畫。

如果說，我一直想去上學，那並不完全是實話。我是想去學校沒錯，但是我想要的是能像其他小朋友一樣，有很多朋友，下課後也能一起玩之類的。

我有幾個真的很要好的朋友。克里斯多福是我最好的朋友，再來是薩奇瑞和亞歷斯。我們還是嬰兒的時候就認識了。因為他們認識我的時候，我就是長這樣，所以他們早就習慣我的外表。小時候，我們一天到晚膩在一起玩。後來克里斯多福搬去康乃狄克州的橋港，而我住在北河高地，位於曼哈頓北端，距離他家超過一小時車程。後來薩奇瑞和亞歷斯也上學了。有趣的是，雖然克里斯多福搬得最遠，但比起薩奇瑞和亞歷斯，我們還比較常見面。現在他們都有新朋友了，不過，要是在路上碰到，他們還是對我不錯，會跟我打招呼。

我也有其他朋友，不過沒像克里斯多福、薩奇瑞、亞歷斯那麼要好。比方說，小時候，薩奇瑞和亞歷斯會邀我參加他們的生日派對，但喬伊、伊蒙、蓋比就從來不會。艾瑪邀過我一次，不過我好久沒看到她了。克里斯多福的生日派對，我當然都有去。或許我太過在意生日派對了吧。

＊達斯．維達（Darth Vader），原名安納金．天行者（Anakin Skywalker），是電影《星際大戰》（*Star Wars*）裡最重要的角色之一。

3 我出生時

我喜歡聽媽說我出生時的故事，因為我聽了總是能大笑不已。不是聽笑話的那種好笑，但每次只要媽一講，我和維亞就笑個不停。

我在媽肚子裡時，沒人想過我會生成這個樣子。由於比我大四歲的維亞出生時，就跟「去公園散步」一樣順利（根據媽媽自己的形容），所以這次也不覺得要特別檢查。大約在我出生前兩個月，醫師發現我的臉部有些地方不對勁，不過那時並不認為情況有多嚴重。他們跟爸媽說我有兔唇等毛病。但他們說只是「小異常」而已。

我出生的那一晚，產房裡有兩個護士。其中一個很親切貼心。至於另一個，媽媽說，她看起來一點也不親切，她的手臂很粗，而且（好笑的地方就在這裡）還不斷放屁。她幫媽送來一點冰塊，然後放屁。她幫媽量血壓，然後放屁。媽媽說實在很不可思議，因為她連一句對不起都沒說！此外，媽媽的主治醫師那晚沒值班，現場只好依賴不太可靠的實習醫生，她和爸給他取了「道吉」這個綽號，大概是從什麼老電視節目還是哪兒聽來的吧（他們當然沒有當面這麼喊他）。不過儘管病房裡的每個人都心情不太好，爸卻讓媽整晚都笑得很愉快。

媽媽說，我從她肚子裡生出來時，整間產房鴉雀無聲。她甚至沒機會看我一眼，因為那個親切的護士立刻抱著我衝出去。爸急忙追著她，結果攝影機掉了，裂成好幾萬片。媽非常生氣，想下床看看究竟是怎麼回事，但那個放屁的護士用粗壯的手臂壓住她，非得讓她待在床上不可。她們簡直快要打起來了，因為媽變得歇斯底里，而那個放屁護士朝她大吼、要她冷靜。接著兩個人都放聲尖叫要找醫生過來。但是你猜發生什麼事？醫生竟然昏倒了！直接倒在地上！放屁護士一見他昏倒，開始用腳踢他，不斷對他大吼：「你是哪門子醫生？你是哪門子醫生？起來！快給我起來！」接著她放出史上最大、最響、最臭的屁。媽覺得最後把醫生叫醒的，其實是那個屁。總之，媽講這段故事時，還把所有動作都演出來，包括放屁的聲音。實在有夠、有夠、有夠、**有夠**好笑！

媽說，那個放屁護士其實是個好人。她全程陪著媽，就連後來爸回來、醫生來告訴他們我病得很重，她也都沒有離開她身邊。媽還記得醫生跟她說我恐怕活不過那晚時，那個護士在她耳畔輕聲安慰她：「由上帝所生的每個人，必戰勝世界。」隔天，在我撐過一晚以後，也是那個護士牽著她的手，帶她看我第一眼。

媽說，那時，他們已經把我的狀況都告訴她了，她也有心理準備要與我見面。她說，當她低頭初次瞥見我那張小小的、受擠壓的臉，她只看見，我那雙好美的眼睛。

對了，媽很漂亮、爸也很帥。維亞也長得很美。如果你想知道的話。

4 克里斯多福家

克里斯多福三年前要搬走時，我真的很難過。那時，我們兩個人都差不多七歲，常常一起玩星際大戰人偶，用光劍決鬥。我真懷念那段時光。

去年春天，我們開車到橋港，去克里斯多福家。我和克里斯多福到廚房找零食，聽見媽跟克里斯多福的媽媽麗莎說我秋天要去上學的事。之前我從沒聽她說過這件事。

「你們在說什麼？」我問。

媽一臉驚訝，一副原本不打算被我聽到的樣子。

「你得把你的想法告訴他，依莎貝爾。」爸說。他正在客廳裡跟克里斯多福的爸爸說話。

「我們晚點再討論這件事。」媽說。

「不，我想知道你們剛剛在說什麼。」我答。

「你不覺得你現在可以去上學了嗎，奧吉？」媽問。

「我不覺得。」我說。

「我也不覺得。」爸說。

「那就這樣決定，結束。」我聳聳肩、坐在她的大腿上，像個嬰兒似的。

「我只是覺得，除了我教你的東西以外，你得學更多東西，」媽說：「我的意思是，拜託，奧吉，你也知道我的分數演算有多糟！」

「上什麼學校？」我問。我已經覺得想哭了。

「畢奇爾預備中學。離我們家很近。」

「哇，那是一間好學校耶，奧吉。」麗莎說，一邊拍拍我的膝蓋。

「為什麼不是維亞的學校？」我問。

「那間學校太大了，」媽回答：「我覺得不適合你。」

「我不想去。」我承認我故意讓自己的聲音聽起來有點幼稚。

「你不必勉強自己做不想做的事。」爸走過來，把我從媽的大腿抱起來，然後在沙發的另一側坐下，讓我坐在他大腿上。「我們不會勉強你做不想做的事。」

「可是那對他有好處啊，奈特。」媽說。

「只要他不想，這件事就不妥，」爸看著我回答：「他還沒準備好。」

我看見媽望了望麗莎，她伸出手捏了捏媽的手。

「你們會找到解決辦法的，」她對媽說：「一向都是如此。」

「這件事晚點再說吧。」媽說。

我看得出來，這件事會讓她和爸大吵一架。我希望爸贏。雖然我心裡的某個部分知道，媽說得沒錯。而且說實話，她的分數演算真的很爛。

5 開車

回家那段車程真是漫長。我一如往常的睡在後座，把頭枕在維亞腿上，彷彿她是我的枕頭。我用一條毛巾裹住安全帶，以防我把口水流到她身上。

維亞也睡著了，爸媽低聲聊著他們大人的話題，我沒興趣聽。

不知道我睡了多久，但是醒來時，車窗外有一輪滿月高掛夜空。夜色泛紫，我們開上高速公路，車潮相當擁擠。之後，我聽見爸媽提起我的事。

「我們不能再一直保護他下去，」媽低聲向爸說，他一邊開車。「我們不能自欺欺人，假裝或許他明天醒來，事情就會改變。因為現實**就是如此**，奈特，我們得幫助他面對現實。我們不能一直逃避……」

「所以就要把他送到中學去，像把羔羊送進屠宰場是嗎……」爸生氣的說。他甚至沒把這句話說完，因為他在鏡子裡發現我把頭抬起來。

「什麼把羔羊送進屠宰場？」我睡眼惺忪的問。

「繼續睡，奧吉。」爸輕輕說。

「要是去上學，大家一定都會盯著我看。」我忽然哭了起來。

「親愛的，」媽轉過頭，從前座把她的手擺在我手上，說：「你知道，如果你不想的話，不用勉強。但是我們跟那裡的校長談過，也跟他提過你的情況，他是真的想和你碰個面。」

「你們跟他說我什麼？」

「說你很風趣、很善良，又很聰明。我跟他說你六歲就讀過《龍騎士》*，他就說：『哇，這孩子我非要親眼見見不可。』」

「你還有告訴他別的嗎？」我問。

媽對我笑了笑。她的笑像是擁抱了我。

「我也把你手術的事都告訴他，讓他知道你有多勇敢。」她說。

「所以他知道我長怎樣？」我問。

「唔，我們帶了去年夏天在蒙托克拍的相片，」爸說：「我們給他看全家福的相片，還有你在船上抱著鰈魚那張超棒的相片！」

「你也有去，對嗎？」我得承認，爸爸也有參一腳，讓我有點失望。

「嗯，我們倆都跟他聊過，」爸說：「他人真的很好。」

「你會喜歡他的。」媽補充道。

---

*《龍騎士》（*Eragon*），美國作家克里斯多夫．鮑里尼（Christopher Paolini）的奇幻小說。

忽然間，他們倆變成同一陣線。

「等等，所以你們什麼時候跟他碰面的？」我問。

「去年他帶我們參觀學校。」媽說。

「**去年**？」我說：「這麼說，這件事你們已經想了一整年，卻到現在才告訴我？」

「我們不知道你會不會被錄取，奧吉。」媽回答：「那間學校很難進去，有一連串的審核手續。我覺得在還沒確定以前，先告訴你沒有太大意義，只是讓你做不必要的準備。」

「不過你說得沒錯，奧吉。上個月我們一發現你被錄取，就應該立刻跟你說。」爸說。

「現在想起來，」媽嘆了口氣說：「的確有點晚才告訴你。」

「那時來我們家的那位太太，跟這件事有關嗎？」我問：「幫我考試的那個？」

「嗯，沒錯，」媽說，一臉罪惡感的模樣。「沒錯。」

「你那時跟我說是智力測驗。」我說。

「我知道，唔，那是善意的謊言。」她回答：「好吧，那其實是入學考試。對了，你考得非常好。」

「所以說你撒謊。」我說。

「是善意的謊言，不過，沒錯，我說了謊。對不起。」她努力想擠出微笑，但是我沒有反應，於是她把頭轉回去，看著前方。

「你們剛剛說把羔羊送進屠宰場，是什麼意思？」我問。

媽嘆了口氣，對爸做了一個「你看吧」的表情。

「我剛剛說錯話了，」爸從後視鏡看著我，說：「事情不是這樣的。我和你媽太愛你，想盡我們所能保護你。只是有時候，我們想用不同的方式去做。」

「我不想上學。」我手臂交叉的回答。

「上學對你有好處，奧吉。」媽說。

「不然明年再去吧。」我回答，把視線移到窗外。

「今年去會比較好，奧吉。」媽說：「你知道為什麼嗎？因為今年入學是讀五年級，跟大家一樣都是中學的第一年。這樣你就不會是唯一的新面孔。」

「我會是唯一有這種面孔的人。」我說。

「我知道這對你來說，是一大挑戰，我不否認。因為你最明白那種滋味，」她回答：「但是上學真的對你有好處，奧吉。你會交到許多新朋友，也會學到很多新東西，那些是你沒辦法從我身上學到的。」

她又把身體轉過來看著我，說：「我們上次去的時候，你知道我們在學校的科學實驗室裡看到什麼嗎？一隻剛孵出來的小雞。好可愛喔！奧吉，那使我想起你剛出生，還是個小嬰兒的時候……一雙褐色的眼睛好大喔……」

每回聽他們說我是小嬰兒時，我通常都很開心。

有時，我還會故意把身體蜷成一顆小球，讓他們抱我，親我全身。

真懷念當小嬰兒的時候，什麼煩惱都沒有。但是此時此刻，我完全沒那個心情。

「我不想去。」我說。

「這樣好不好？至少在做決定以前，先和托許門先生碰個面，好嗎？」媽問。

「托許門先生？」我重複她的話。

「他是校長。」媽回答。

「**托許**門先生？」我又重複一次*。

「你沒聽錯。」爸回答，然後從後視鏡微笑看我。

「你能相信世界上真的有這種名字嗎，奧吉？我的意思是，怎麼會有人想取像托許門這種名字？」

儘管不想讓他們看到我的笑容，我還是笑了。

爸是這個世界上唯一能把我逗笑的人，無論當下的我有多不想笑。爸總是有辦法讓每個人笑。

「奧吉，你知道嗎？你真該去讀那間學校，這樣你就可以親耳聽見擴音器傳出他的大名！」爸興奮的說。

「你能想像那有多搞笑嗎？哈囉，哈囉？呼叫托許門先生！」他用一種像老太太的假音說話。

「嗨，托許門先生！看來你今天有點**落後**唷！你的車**尾巴**又撞到了嗎？真**冤枉**啊！」

我笑了起來，並不是因為他講的屁股笑話真的有那麼好笑，而是因為我沒有心情再繼續氣下去。

「不過，這還不是最糟的！」

爸用他的正常口氣繼續說：「你媽媽和我在大學時有個教授，名叫巴特小姐*。」

這下子連媽也笑了起來。

「真的嗎？」我說。

「蘿貝塔·巴特，」媽舉高手回答，彷彿要發誓似的。「芭比·巴特。」

「她的臉很大。」爸說。

「奈特！」媽說。

「什麼？我只是說她臉很大而已啊。」爸一臉無辜，媽聽了一邊笑一邊搖頭。

---

*托許（Tush），俚語中表示「屁股」的意思。

*巴特（**Butt**），同為「屁股」的意思。

「啊，我知道了！」爸興奮的說：「我們來幫他們安排相親吧！你們能想像嗎？巴特小姐，這位是托許門先生。托許門先生，這位是巴特小姐。他們倆剛好可以湊成一對，生一窩小托許。」

「托許門先生真可憐，」媽搖著頭回答：「奧吉根本還沒跟他碰到面啊，奈特！」

「誰是托許門先生啊？」維亞用微弱的聲音說，她才剛睡醒。

「是我新學校的校長。」我回答。

6 呼叫托許門先生

要是我知道去學校當天，除了見托許門先生以外，還要跟新學校的幾個同學碰面，我一定會更緊張。不過由於我事先不知情，所以當我想起爸爸拿托許門先生名字開的玩笑時，反倒還能傻笑出來。我和媽媽在開學前幾週抵達畢奇爾預備中學，一看見站在門口等我們的托許門先生，我馬上咯咯笑了起來。不過，他長得跟我想的完全不一樣。我以為他的屁股會很大，但其實沒有。事實上，他是個滿正常的男人，又高又瘦。他先和我媽握了握手。

「嗨，托許門先生，真高興能再見面。」媽說：「這是我兒子，奧古斯特。」

托許門先生立刻把視線移向我，對我笑了笑、點點頭。他伸出手來，和我握手。

「嗨，奧古斯特，」他用很正常的口氣說，「很高興認識你。」

「嗨。」我咕噥的說，握了握他的手，同時低頭盯著他的腳看。他穿著一雙紅色愛迪達。

「唔，」他一面說，一面在我面前蹲下，讓我沒辦法再看他的運動鞋，不得不正視他的臉。「你爸媽跟我說了很多你的事。」

「他們跟你說了什麼？」我問。

「抱歉，你說什麼？」

「寶貝，你說話得大聲點。」媽說。

「像是哪些事？」我努力讓我的聲音聽起來清晰點。我承認我有說話含糊不清的壞習慣。

「唔，說你喜歡閱讀，」托許門先生說：「你是個傑出的藝術家。」他有一對藍眼睛，白睫毛。「還有你對科學很有興趣，對嗎？」

「嗯。」我說，點點頭。

「我們畢奇爾有幾門很棒的科學選修科目，」他說：「或許你會有興趣選讀？」

「嗯。」我說，雖然我其實並不知道選修科目是什麼意思。

「嗯，準備好要逛逛校園了嗎？」

「你的意思是現在就去嗎？」我說。

「你該不會以為我們是要去看電影吧？」他回答，一面微笑，一面站起身。

「你沒跟我說我們要逛校園。」我用責備的口氣對媽這麼說。

「奧吉……」她正要開始說。

「不會有問題的，奧古斯特，」托許門先生向我伸出手，說：「我保證。」

我想他是要我牽他的手，但我牽住媽的手。他依舊微笑，開始朝門口走去。

媽稍微捏了捏我的手，我不知道她的意思是「寶貝我愛你」或是「原諒媽咪」。或許兩者都有吧。我之前唯一去過的學校是維亞的學校，那時我和爸媽去看維亞在春季音樂會表演唱歌之類的。這間學校很不一樣。不只小多了，而且聞起來有醫院的味道。

7 好心的嘉西亞太太

我們跟著托許門先生穿過幾個走廊。附近沒什麼人，少數在場的幾個人似乎完全沒注意到我，雖然也可能是因為他們沒看到我。我一邊走，一邊半躲在媽背後。我知道這聽起來有點幼稚，但我還沒什麼勇氣。最後，我們來到一個小房間，門上寫著**中學部校長辦公室**。裡面有一張書桌，桌前有個看上去人滿好的太太。

「這位是嘉西亞太太。」托許門先生說，那位太太對媽笑了笑，然後摘下眼鏡，從座位起身。

媽媽與她握手，說：「我是依莎貝爾．普曼，很高興認識你。」

「這位是奧古斯特。」托許門先生說。媽把身體稍微挪到旁邊，讓我跨步向前。接著，那已發生不下一百萬遍的事，又在我眼前上演。當我抬起頭看她時，嘉西亞太太愣了一下。因為發生得很快，沒有其他人注意到，她臉上的其他部位也保持原狀。接著她臉上劃過一抹非常閃耀的笑容。

「很高興認識你，奧古斯特。」她說，伸出手要和我握手。

「嗨。」我靜靜的說，朝她伸出手，但是我不想看她的臉，所以繼續盯著她用一條項鍊掛在脖子上的眼鏡。

「哇，他手勁好大！」嘉西亞太太說。她的手真的很溫暖。

「這孩子握手很有力道。」托許門先生表示同意，每個人都在我的頭上方笑了起來。

「你可以叫我嘉太太就好。」嘉西亞太太說。我想她是在跟我講話，但我現在眼睛盯著她桌上的東西。「大家都這麼叫我。嘉太太，我忘記我鎖的密碼了。嘉太太，我作業要遲交。嘉太太，我想換選修科目。」

「這裡其實是嘉太太在管。」托許門先生說，他又讓其他大人笑了起來。

「我每天早上七點半就到這裡了，」嘉西亞太太繼續說，她還是看著我，我則瞪著她那雙咖啡色涼鞋，銅釦上有朵小紫花。「所以你要是有什麼需要幫忙的地方，奧古斯特，請儘管來找我。什麼問題都可以問我。」

「好。」我咕噥的說。

「喔，那個寶寶好可愛，」媽的手指著一張嘉西亞太太貼在布告欄的相片，「是你的小孩嗎？」

「喔，不是，我的老天！」嘉西亞太太露出一個開懷的微笑，跟她之前燦爛的笑法完全不同。「你會讓我開心一整天。他是我孫子。」

「好可愛啊！」媽媽搖著頭說：「幾歲了？」

「我記得那張相片是五個月大，不過他現在大了。都快八歲啦！」

「哇，」媽點頭微笑說：「他真的很可愛。」

「謝謝！」嘉西亞太太點著頭，我以為她還想說更多關於她孫子的事。不過，她忽然話鋒一轉，稍微收起了笑容。「我們會把奧古斯特照顧好的。」她對媽說，然後我看見她輕輕握了媽的手。我看看媽的臉，這時才發現原來她跟我一樣緊張。

我想，我喜歡嘉西亞太太，在她沒露出燦爛笑容的時候。

8｜傑克．威爾、朱立安、夏綠蒂

我們跟著托許門先生走進嘉西亞太太辦公桌對面的一個小房間。他一邊說話，一邊把通往他辦公室的門關上，然後在偌大的辦公桌前坐下。我並沒有專心聽他在說什麼，而是東張西望，看他桌上的各種東西。有些東西很酷，例如浮在空中的球體，還有很多小鏡子做成的魔術方塊。我很喜歡他的辦公室。我喜歡他牆上整齊掛著一幅幅學生畫作，都有裱框，彷彿那是很重要的作品。

媽在托許門先生桌前的椅子坐下，雖然她旁邊就有另一張椅子，但我決定站在她旁邊。

「為什麼你有自己的房間，嘉太太沒有？」我問。

「你是要問，為什麼我有辦公室嗎？」托許門先生問。

「你說這裡是她在管的。」我說。

「喔，唔，我半開玩笑的。嘉太太是我助理。」

「托許門先生是中學校長。」媽解釋道。

「那他們會叫你托先生嗎？」我問，這個問題讓他露出微笑。

「你知道誰才是托先生嗎？」他問：「我真同情那個可憐的笨蛋。」他用一種好笑又尖銳的聲音說著，像是在模仿某人講話。

我完全不知道他在說什麼。

「總之，不會。」托許門先生搖頭說：「沒人叫我托先生。雖然我隱約知道，有許多人用我不知道的綽號叫我。說實話，像我這種名字，不惹上麻煩才奇怪呢，你知道我的意思吧？」

我得承認，我聽到這兒，整個人笑了出來，因為我完全知道他是什麼意思。

「我爸媽以前有個老師叫巴特小姐。」我說。

「奧吉！」媽說，但是托許門先生笑了起來。

「哎，那可不妙，」托許門先生搖頭說：「我想那我沒什麼好抱怨的了。嘿，聽著啊，奧古斯特，我覺得我們今天可以來……」

「那是南瓜嗎？」我的手指著托許門先生書桌後掛的一幅裱框畫。

「奧吉，親愛的，別插嘴。」媽說。

「你喜歡嗎？」托許門先生轉過頭，看著那幅畫說：「我也喜歡。之前我也一直以為是南瓜，直到送我這幅畫的學生跟我解釋，它其實不是南瓜。而是……你準備好要聽答案了嗎……我的肖像畫！來，奧古斯特，我問問你：我看起來真的那麼像南瓜嗎？」

「不像！」我回答，雖然我腦子裡想像著他笑起來臉頰鼓起來的樣子，一定讓他看起來像個南瓜燈。正當我這麼想的時候，我忽然想到這一切有多好笑：臉頰——屁股——托許門先生。於是我噗嗤一聲笑了出來。我搖著頭，趕緊用手摀住嘴巴。

托許門先生也露出微笑，像是他能讀出我的心思。

我正準備說點別的，忽然間，我聽見辦公室外傳來其他聲音：是小孩的聲音。我的心臟忽然劇烈跳動起來，像是剛跑完世界最長的馬拉松，一點也不誇張。我突然就笑不出來了。

我小的時候，從不介意認識新朋友，因為我碰到的人年紀都很小。小小孩有個很棒的地方，就是他們不會故意說些刺傷你的話，因為他們根本不知道自己在說什麼。而年紀大一點的孩子，他們知道自己在說什麼，所以這種情形對我來說就不太好玩了。去年我之所以把頭髮留長，也是因為我希望瀏海遮住我的眼睛，幫我擋掉我不想看的東西。

嘉西亞太太敲了敲門，探進頭來。

「他們到了，托許門先生。」她說。

「誰到了？」我問。

「謝謝，」托許門先生對嘉西亞太太說。「奧古斯特，我覺得讓你和幾個今年會和你同班的學生碰碰面，會很不錯。我請他們帶你逛逛校園，認識周遭環境。」

「我不想再跟誰碰面了。」我對媽說。

托許門先生忽然站在我面前，把手放在我肩上。他彎身，非常輕聲的在我耳邊說：「沒問題的，奧吉。他們都是很好的孩子，我保證。」

「一切都會很順利的，奧吉。」媽使盡全力的壓低聲音說。

她還來不及再說什麼，托許門先生就打開辦公室的門。

「進來吧，孩子們。」他說，兩個男生和一個女生走進來。他們沒有人看我或媽媽，他們的眼睛全都盯著托許門先生，彷彿他們的性命全仰賴在這件事上。

「很謝謝你們過來，孩子們。學校下個月才開學呢！」托許門先生說：「你們暑假過得怎麼樣？」

三個人都點點頭，但是沒有人說半句話。

「很好，很好，」托許門先生說：「那麼，孩子們，我要介紹你們認識奧古斯特，他今年將進入我們的學校讀書。奧古斯特，這幾個同學從幼兒園開始，就讀我們畢奇爾預備中學了。雖然他們之前大多在低年級區活動，但他們對中學的課程也很熟悉。既然以後你們會同班，我想先讓你們彼此認識是個好主意。準備好了嗎？唔，孩子們，這位是奧古斯特。奧古斯特，這位是傑克．威爾。」

傑克．威爾看看我，伸出手。我和他握手的時候，他稍微露出微笑，說了聲：「嗨。」很快又把頭低下。

「這是朱立安。」托許門先生說。

「嗨。」朱立安說，也和傑克．威爾做了同樣的動作：和我握手，擠出微笑，很快把眼睛垂下。

「這位是夏綠蒂。」托許門先生說。

夏綠蒂的金髮是我看過最金的。她沒有跟我握手，而是迅速的和我揮揮手，露出微笑。

「嗨，奧古斯特。很高興認識你。」她說。

「嗨。」我說完立刻低下頭。她穿著一雙亮綠色的卡駱馳涼鞋。

「唔，」托許門先生說，雙手緩緩輕拍著。「我想，你們可以帶奧古斯特稍微逛逛學校。或許就從三樓開始？我記得你們的教室是 301 教室。嘉太太，是——」

「301 教室沒錯！」嘉西亞太太從另一間辦公室回喊。

「301 教室。」托許門先生點點頭。「然後你們可以帶奧古斯特參觀實驗室和電腦教室。接著下樓去圖書館，還有二樓的表演廳。當然也要帶他到餐廳走走。」

「要帶他去音樂教室嗎？」朱立安問。

「好點子，去吧。」托許門先生說：「奧古斯特，你玩樂器嗎？」

「沒有。」我說。音樂課不是我最愛的科目，因為我其實不算有耳朵。唔，我是有耳朵，但是跟平常人的耳朵看起來不太像。

「唔，你還是可以欣賞一下音樂教室，」托許門先生說：「我們有一整套打擊樂器，相當不錯。」

「奧古斯特，你不是一直想學打擊樂嗎？」媽似乎想辦法讓我看她。但是我的眼睛被瀏海遮住，因為我盯著一塊黏在托許門先生書桌底下的口香糖。

「太好了！那好，何不現在就出發？」托許門先生說：「只要記得……」他看看媽：「半小時後回來，好嗎？」

我看見媽點了點頭。

「唔，這樣你可以嗎，奧古斯特？」托許門先生問我。

我沒有回答。

「可以嗎，奧古斯特？」媽重複問道。我這才抬頭看她。我想讓她看到：我有多氣她。但是一看到她的臉，我只是點了點頭。她似乎比我還害怕。

那幾個小孩開始往門口走去，我也跟著他們走。

「一會兒見。」媽說，她的聲音似乎比平常還高了一些。我沒有回答。

9｜校園導覽

傑克．威爾、朱立安、夏綠蒂走過一條寬敞的走道，來到寬闊的階梯。爬往三樓的路上，沒有人說一句話。

爬上階梯以後，我們走進一條窄窄的走廊，兩旁有很多扇門。朱立安打開寫著301的那扇門。

「這是我們班，」他站在一扇半開的門前說：「我們班導師是沛托莎小姐。他們說她人還不錯，至少以班導師來說。不過我聽說，如果數學被她教到的話，她會非常嚴格。」

「才不是這樣，」夏綠蒂說：「我姊姊去年就給她教，說她人很好。」

「我聽到的可不是這樣，」朱立安回答：「不過算了。」他把門帶上，繼續穿越走廊。

「這間是科學實驗室，」走到下一道門時他說。跟兩秒鐘前一樣，他站在半開的門前，開始介紹。他一開始說話，就沒有看著我；我並不介意，因為我也沒看著他。「要到開學第一天，才會知道自然科學老師是誰，但是你會想被海勒老師教。他以前教低年級，他會在班上表演超大的土巴號。」

「是上低音號。」夏綠蒂說。

「是土巴號！」朱立安關上門說。

「喂，讓他進去，他才能瞧瞧。」傑克．威爾一面說，一面繞過朱立安，把門打開。

「想進去看就進去。」朱立安說。

這是他第一次看我。

我聳聳肩，走到門邊。朱立安迅速挪出空間，像是怕不小心被我碰到似的。

「沒什麼好看的，」朱立安跟在我後面，他開始指著教室裡的一堆東西解說：「那是培養皿。那個又大又黑的東西是黑板。這邊是書桌。那邊是椅子。這些是本生燈。這是一張很大的科學海報。這是蠟筆。這是板擦。」

「我想他知道什麼是板擦。」夏綠蒂說，口氣聽起來有點像維亞。

「我怎麼知道他知道什麼？」朱立安回答：「托許門先生說他從沒上過學。」

「你知道板擦是什麼，對不對？」夏綠蒂問我。

我承認我覺得很緊張，緊張到手足無措，不知道該說什麼，只能兩眼盯著地板。

「嗨，你會說話吧？」傑克．威爾問。

「嗯。」我點點頭。我還是沒有用兩眼直視過他們任何一個人。

「你知道板擦是什麼，對吧？」傑克．威爾再問。

「當然！」我低聲說。

「我剛剛就說過這裡沒什麼好看的。」朱立安聳聳肩說。

「我有個問題……」我說，努力讓自己的聲音保持穩定。

「你們說的『班』到底是什麼意思？是一門科目嗎？」

「不是，是你屬於的團體，」夏綠蒂解釋，完全不管朱立安在一旁竊笑。「就是一大早你到學校以後去的地方，你們班的導師會點名之類的。雖然不完全是一個班級，不過是你主要的上課地方。我的意思是，它是一個班，可是——」

「我覺得他聽懂了，夏綠蒂。」傑克．威爾說。

「你聽懂了嗎？」夏綠蒂問我。

「嗯。」我朝她點點頭。

「好，那麼我們離開這裡吧。」傑克．威爾邊走出去邊說。

「等等，傑克，我們理論上應該要回答他的問題。」夏綠蒂說。

傑克．威爾轉過頭，稍稍瞪大眼睛。

「你還有什麼問題嗎？」他問。

「嗯，沒有，」我答：「喔，唔，其實有。你到底是叫傑克還是傑克威爾？」

「傑克是我的名。威爾是我的姓。」

「喔，因為托許門先生跟我介紹你的時候，只說你叫傑克威爾，我還以為……」

「哈！你以為他的名字叫傑克威爾？」朱立安笑了起來。

「嗯，有些人叫我會連名帶姓的叫，」傑克聳聳肩說：「我也不知道為什麼。好了，我們可以走了嗎？」

「我們接著去表演廳吧，」夏綠蒂說，帶大家走出實驗室：「那裡很酷。奧古斯特，你會喜歡的。」

10 表演廳

我們走去二樓的路上，夏綠蒂還是說個不停。她在說去年他們演的一齣叫《奧利弗》的戲，雖然她是女生，她還是扮演奧利弗這個角色。她一邊說，一邊推開幾扇雙層門，通往一間很大的音樂廳，盡頭是一座舞臺。

夏綠蒂開始朝舞臺飛快跑去，朱立安在她後面跑著，然後在走道半路轉過頭。

「快點！」他大聲的說，向我揮手，要我跟上。我跑了過去。

「那晚觀眾席有好幾百人，」夏綠蒂說。我想了想，才恍然大悟原來她還在說《奧利弗》！「我超級、超級緊張。我的臺詞好長，還有好幾首歌要唱。真的好難、好難、好難！」雖然她在跟我說話，卻一直沒有看我。「開幕那一晚，我爸媽坐在禮堂後面，差不多是傑克現在的位置，但是燈光一暗，就沒辦法看到那麼遠。我心頭一慌，不停唸著：『我爸媽呢？我爸媽呢？』然後我們去年戲劇課的老師就說：『夏綠蒂，別這麼大驚小怪！』我就說：『好啦！』然後我瞥見我爸媽，整個人就好了。後來我一句臺詞也沒忘。」

她說話時，我注意到朱立安用他的眼角瞄著我。我常常看到別人這樣看我。他們以為我不知道，但我從他們頭傾斜的樣子就能知道。我轉過頭去看傑克在做什麼。他待在音樂廳後頭，一副無聊的樣子。

「我們每年都會演一齣戲。」夏綠蒂說。

「夏綠蒂，我不覺得他會想參加學校的戲劇公演。」朱立安諷刺的說。

「就算不『上臺』，你還是可以參與啊，」夏綠蒂看著我回答：「你可以負責燈光，也可以幫忙畫背景。」

「喔，哇。」朱立安一面說，一面轉動手指。

「不過，如果你不想的話，可以不用選戲劇課。」夏綠蒂聳聳肩，繼續說：「還有跳舞或合唱或樂團。也有領導課。」

「呆子才修領導課。」朱立安插話說。

「朱立安，你實在很惹人厭！」聽到夏綠蒂這麼說，朱立安忍不住笑起來。

「我要選自然科學課。」我說。

「真酷！」夏綠蒂說。

朱立安直視著我，說：「自然科學『照釐說』應該是最難的一門課，不是我故意想冒犯你，可是如果你之前**從沒**上過學，怎麼會覺得你有能力選科學課？我的意思是，你有學習過自然科學嗎？是真的科學喔，不是一般生活常識？」

「嗯。」我點點頭。

「朱立安，他之前有在家裡讀書。」夏綠蒂說。

「是老師去他家上課嗎？」朱立安一臉困惑的問。
「不是，是他媽媽教他！」夏綠蒂回答。
「她是老師嗎？」朱立安問。
「你媽媽是老師嗎？」夏綠蒂問我。
「不是。」我說。
「所以她不是真的老師！」彷彿這就證明了他的論點似的，朱立安說：「我的意思就是這樣。不是真的老師的人，怎麼有可能教自然科學？」
「我相信你會學得很好。」夏綠蒂看著我說。
「現在我們直接去圖書館吧。」傑克在一旁喊，聽起來像是他真的非常無聊。
「你的頭髮為什麼那麼長？」朱立安問我。他的口氣聽起來挺不悅的。
我不知道該說什麼，所以就聳聳肩。
「我可以問你一個問題嗎？」他說。
我再次聳聳肩。他不是才剛問過我問題嗎？
「你的臉到底是怎麼了？我的意思是，是被火燒傷，還是怎樣？」
「朱立安，你這樣問很沒禮貌！」夏綠蒂說。
「我又沒有怎樣，」朱立安說：「我只是問問題。托許門先生說，我們可以問問題。」

「但不是問那麼沒禮貌的問題吧，」夏綠蒂說：「而且，他出生時就那樣。托許門先生這麼說的。是你自己之前沒在聽。」

「我有在聽！」朱立安說：「我只是想，說不定他也有被火燒傷。」

「天啊，朱立安，」傑克說：「住嘴。」

「你才住嘴！」朱立安大喊。

「走，奧古斯特，」傑克說：「我們去圖書館吧。」

我朝傑克走去，跟著他走出音樂廳。他拉住雙層門讓我先走，當我經過他身邊的時候，他直視我的臉，有點像是要我看他，我也看了。接著，我竟然泛起微笑。我不知道，有時，當我覺得自己快哭的時候，會突然轉成一種近乎想笑的心情。想必，那時的我就是這種心情，因為我笑了，一副快要笑出聲的樣子。因為我臉的關係，不太認識我的人，不見得能看出我在笑。因為我的嘴角沒辦法像其他人那樣上揚，而是像在臉上橫橫劃過一道。不過，不知道為什麼，傑克．威爾居然看出我在對他笑。於是他也對我笑了笑。

「朱立安是混帳，」他在朱立安和夏綠蒂趕上我們之前，輕聲對我說：「可是，兄弟，你得開口說話。」他很嚴肅的說，像是他試圖想幫我忙。

我點點頭，朱立安和夏綠蒂已經過來了。我們安靜了半晌，四個人只是微微點頭，大家都盯著地板看。然後我抬頭看朱立安。

我說：「對了，你剛剛講錯了，是『照理說』才對。」

「你在講什麼？」

「你之前說『照釐說』。」

「我才沒有！」

「嗯，你有，」夏綠蒂也點點頭，說：「在你提到自然科學很難的時候。我有聽到。」

「我絕對沒有！」他堅稱。

「隨便你，」傑克說：「我們走吧。」

「嗯，我們走。」夏綠蒂同意的說，跟著傑克走下階梯到下一樓。我也起步準備跟她走，可是朱立安卻忽然抄到我面前，讓我重心不穩，差點往後摔倒。

「哎呀，抱歉啊！」朱立安說。

但是，從他的眼神，我知道他一點也不感到抱歉。

11 等你來上學

我們回到辦公室時，媽正在和托許門先生聊天。嘉西亞太太是第一個看到我們回來的，我們走進去時，她又露出那個燦爛的微笑。

「唔，奧古斯特，怎麼樣？一切還滿意嗎？」她問。

「嗯。」我點點頭，望著媽。

傑克、朱立安、夏綠蒂站在門邊，不大確定是要走開，還是繼續留下來。不知道在跟我碰面以前，他們聽說了我哪些事。

「你有看到小雞嗎？」媽問我。

我搖搖頭。朱立安立刻接著說：「你是說科學教室的小雞嗎？學校每到學期末就會把牠們捐到農場去。」

「喔。」媽失望的說。

「可是每年都會孵新的小雞，」朱立安補充：「所以春天時，奧古斯特就又可以看到牠們了。」

「喔，太好了，」媽看著我說：「那些小雞很可愛，奧古斯特。」

真希望她不要當著那麼多人的面，像對小嬰兒一樣的跟我說話。

「唔，奧古斯特，」托許門先生說：「他們都帶你參觀了嗎？還是你想再多看一點？我想到了，我忘了請他們帶你去看體育館。」

「我們去了，托許門先生。」朱立安說。

「太好了！」托許門先生說。

「我還有跟他介紹戲劇公演，跟一些選修科目。」夏綠蒂說，然後她像是忽然想起什麼似的又說：「啊，糟了！我們忘了帶他去看藝術教室！」

「沒關係。」托許門先生說。

「可是我們可以現在帶他去。」夏綠蒂提議。

「我們不是等一下就要去接維亞了嗎？」我問媽。

我是在暗示媽我真的想走了。

「喔，沒錯。」媽站了起來，連我都看得出來，她先假裝看手錶，然後說：「抱歉啊，我忘了看時間了。我們得去我女兒的新學校接她下課。她今天自己先過去看看。」這部分倒不是在說謊，維亞今天確實是去學校參觀。謊言的部分是：我們並沒有要去學校接她，因為她等一下會跟爸爸一起回來。

「她上哪個學校？」托許門先生站起來問。

「她今年秋天要讀福克納高中。」

「哇，那間學校不容易進去。真替她開心！」

「謝謝，」媽點頭說：「不過交通不大方便。要先搭火車到八十六號公車站，然後轉搭市區公車一路到東區。這樣坐車要花上一小時，但是開車只要十五分鐘。」

「辛苦總是值得的。我認識幾個讀福克納的學生，他們都說很喜歡那所學校。」托許門先生說。

「媽，我們真的該走了。」我一邊說，一邊拉拉她的手提包。

我們匆促的道了再見。我想，托許門先生有點驚訝我們會這麼突然的離開。我也在想，他會不會責怪傑克和夏綠蒂，因為真正讓我覺得有些難堪的，只有朱立安。

「大家都很好。」離開前，我特別跟托許門先生說。

「等你來上學。」托許門先生拍拍我的背說。

「再見。」我對傑克、夏綠蒂、朱立安說，但是我沒有抬頭看他們，或者說，一直到離開那棟建築物之前，我根本沒有抬起頭。

12 回家

從學校出來，走了至少半個街區，媽問我：「唔……怎麼樣？這間學校你還喜歡嗎？」

「媽，先別討論。到家再講。」我說。

回到家，一走進屋裡，我就衝進房裡癱到床上。我看得出來，媽媽根本不知道發生什麼事了，我想連我自己也不知道吧。怪異的是，我心裡既有難過的感覺，也有那麼一絲絲高興，有點像那種又想哭又想笑的情緒。

我的小狗菊兒跟著我走進房裡，跳上我的床，舔得我滿臉都是口水。

「你是不是小乖乖？」我學爸爸的聲音說：「你是不是小乖乖啊？」

「一切都還好嗎，親愛的？」媽進房來，她想在我身邊坐下，可是菊兒一直在我床上跳呀跳的。「菊兒，借過一下。」她坐下來，把菊兒輕輕推到一旁。「那些小孩對你不好嗎，奧吉？」

「喔，沒有，」我半撒謊的說：「他們還好。」

「但是他們對你好嗎？托許門先生一直跟我說這些孩子很乖，很好相處。」

「嗯。」我點點頭，但是我一直看著菊兒，親她的鼻子，揉她的耳朵，直到她的後腿開始微微抖動，像是要搔身上的跳蚤。

「那個朱立安看上去特別友善。」媽說。

「喔，不，他是裡面最不友善的。我喜歡傑克。他人很好。我以為他叫傑克威爾，結果只有傑克。」

「等等，我可能把他們倆弄混了。哪個是深色頭髮，往前梳的？」

「朱立安。」

「他人不好嗎？」

「嗯，不好。」

「喔。」她想了一會兒，「這麼說，他是那種在大人前一個樣，在同輩之間又是另一個樣的那種小孩嗎？」

「嗯，我想是吧。」

「喔，我最討厭這種孩子了。」她點點頭回答。

「他會說：『咦，奧古斯特，你的臉怎麼了？』」我一邊說，一邊目不轉睛的盯著菊兒。

「『是不是被火燒傷了？』」

媽什麼話也沒講。等我抬頭看她時，發現她整個人嚇呆了。

「他沒有惡意，」我迅速的說：「他只是問一問罷了。」

媽點點頭。

「可是我真的喜歡傑克，」我說：「他會說：『閉嘴，朱立安！』夏綠蒂也會說：『你怎麼這麼沒禮貌，朱立安！』」

媽又點點頭。她把手指壓在額頭上，像在舒緩她的頭痛。

「很抱歉，奧吉。」她靜靜的說。她的臉頰紅通通的。

「不，還好，媽，真的還好。」

「要是你不想的話，不必勉強自己去上學，親愛的。」

「我想去。」我說。

「奧吉……」

「真的，媽。我真的想去。」我沒有說謊。

13 開學第一天

好吧，我承認開學第一天，我緊張到五臟六腑都在翻攪。爸媽可能也有點緊張，但是他們也很興奮，更替我開心，還要我和維亞在離開家之前先幫我們照相，因為那天也是維亞開學的日子。

直到幾天前，我們都還不確定我到底要不要上學。那天逛完學校後，爸媽對我究竟上不上學，兩人的立場竟然對調。這下，媽變成那個說我不該去學校的人，爸則堅持說我該去。爸跟我說，他聽了我如何回應朱立安的話以後，非常以我為榮，說我變成強壯的大人了。我還聽見他跟媽說，他現在覺得她當初的堅持是對的。可是我看得出來，現在換媽不太確定了。當爸跟她說他和維亞今天想陪我走去學校，因為學校恰巧在往地鐵站的路上時，媽似乎鬆了口氣，因為我們會一起去。我想，連我自己也鬆了口氣吧。

儘管畢奇爾預備中學跟我們家只隔幾個街區，之前我也只去過那附近幾次。我通常會避開有很多小孩出沒的地方。在我們家那一區，大家都認識我，我也都認識大家。小至磚塊、大至樹幹，甚至人行道的每條裂縫，我都瞭若指掌。

我知道葛馬蒂太太，她總是坐在她家窗前；還有個老先生，他常常在街上走來走去，像隻鳥兒般吹口哨。還有街角的小鋪，媽媽都是去那兒買貝果；咖啡店的女服務生都叫我「親愛的」，每次看到我，都會請我吃棒棒糖。我喜歡我們北河高地的這座社區，也就是因為這樣，當我今天在這個街區走動，卻忽然感到陌生時，那種感覺挺怪異的。好比愛米司佛特大道這一條我已走過上百萬次的路，今天看來卻完全不同。街上塞滿我從沒看過的人，好多人在等巴士、推擠行人。

我們穿過愛米司佛特大道，轉上高地廣場：維亞像往常一樣走到我身邊，爸媽在我們後面。一轉過街角，我們就看到所有同學都聚集在學校前面。好幾百人分成一個個小團體，彼此在談笑、聊天，或和爸媽站一起，許多家長在交談。我把頭壓得低低的。

「大家都跟你一樣緊張，」維亞在我耳邊說：「要記得，今天對每個人來說，都是開學第一天，知道嗎？」

托許門先生站在學校門口，跟學生和家長打招呼。

我得承認，到目前為止，還沒什麼狀況發生。我沒有引來任何人的目光，或是特別注目。只有一次，我抬起頭時，發現幾個女生朝我這邊看，然後摀著嘴低聲交談。但是她們一發現我在看她們，就連忙把視線別開。

我們走到了前門門口。

「好啦，大男生，到嘍。」爸說，把手擺在我肩膀上。

「祝你上學第一天開心。我愛你。」維亞說，還親了我一下，抱抱我。

「你也是。」我說。

「爸爸愛你，奧吉。」爸說，也抱了抱我。

「再見。」

接著換媽抱我，但我看得出來，她快哭出來了。要是那樣會使我很難堪，所以我趕緊用力抱了她一下，轉身就跑進學校裡了。

14 密碼鎖

我直接走向三樓的 301 教室。我很慶幸那時有那場校園導覽，因為我連頭都不用抬，就知道怎麼走。現在，肯定有幾個小孩在盯著我看。我假裝沒發現。

走進教室，老師在黑板寫字，其他同學在不同的書桌前坐下來。書桌排成半圓形，面朝黑板，所以我選了中間靠後面的那張桌子，我想，這樣比較不會被人盯著看。我還是垂著頭，只把眼睛稍稍抬起，從瀏海看每個人的腳。

座位一個個坐滿，我發現，確實沒有人坐我旁邊。好幾次，有人準備在我旁邊的位子坐下，卻在最後一刻改變主意，坐到別的地方去。

「嗨，奧古斯特。」是夏綠蒂，她在最前面坐下，向我稍稍揮手。我實在搞不懂，怎麼會有人想坐那麼前面。

「嗨。」我點頭打招呼。然後我注意到朱立安坐在離她旁邊幾個座位的地方，他正在跟其他幾個同學聊天。我知道他有看見我，但是他沒有跟我打招呼。忽然間，有人坐在我旁邊。是傑克．威爾。傑克。

「嘿。」他說，向我點點頭。

「嗨，傑克。」我揮手回答，但我馬上感到後悔，因為這樣感覺不大酷。

「好了，同學們，好了，大家坐好！」老師轉過來面對著大家說。她在黑板上寫下她的名字——沛托莎小姐。「大家都找位子坐好。快點。」她對幾個剛進教室的小孩說，「那邊有位子，就在那兒。」

她還沒注意到我。

「來，首先，我要大家別再聊天，然後……」

她注意到我了。

「……把書包放下來，安靜。」

雖然她只猶豫了零點零一秒，但我還是看見她的眼神。我之前說過：我已經習慣了。

「現在我要點名，畫座位表。」她坐在書桌邊緣，身旁放了三排整齊的風琴夾。

她繼續往下說：「點到你名字時，請站起來，我會給你一個資料夾，上面有你的名字。裡頭有你的課表，還有個人密碼鎖，在我叫你們打開以前，都**不准**動。置物櫃密碼在課表上。先提醒大家，有些置物櫃不在教室外面，而在走廊盡頭。在你們發問以前，我就可以先回答：不行，不能換置物櫃，也不能交換鎖。要是待會兒這節課結束前還有時間，我們就把時間留給大家，讓同學彼此認識，好嗎？就這樣。」她拿起書桌上的點名板，開始大聲一一點名。

「好，朱立安．愛本司？」她抬起頭說。朱立安舉起手，同時間說了「有」。

「嗨，朱立安。」她說，一邊在座位表上做記號。她拿起第一個資料夾遞給他。「過來拿。」她有點一板一眼，不說廢話。朱立安站起來，從她手上接過資料夾。

「希梅納．琴？」她一邊點名，一邊遞給每個同學一個資料夾。

她一個個唸名字，我發現我隔壁的位子是班上唯一的空位，而有兩個同學合坐在同一個座位。叫到亨利．卓普林時，那是一個看起來已經像青少年的高個子，她說：「亨利，那邊有空位。為什麼不坐下來？」

她把他的資料夾遞給他，指指我身邊的位置。雖然我沒有直接看他，卻能看出亨利並不想移到我旁邊。他把書包拖在地板上，像是慢動作前進。然後他將背包高高架在書桌右側，像是要築起一道高牆，隔開我和他。

「瑪雅．馬可維茲？」沛托莎小姐說。

「有。」一個離我約四個座位距離的女生喊。

「邁爾斯．努瑞？」

「有。」那個跟亨利．卓普林坐在一起的同學說。他走回座位時，我看到他對亨利露出「你真倒楣」的表情。

「奧古斯特．普曼？」沛托莎小姐說。

「有。」我小聲的說，稍微舉高手。

「嗨，奧古斯特。」她說。我走過去領資料夾時，她十分和善的對我微笑。站在全班同學面前的那幾秒鐘，我感覺所有人灼熱的目光都像落在我背上；走回座位的路上，所有人也都低下頭。等我坐下來，我努力抗拒想把鎖轉開的欲望，即使其他人都在玩，因為剛剛老師才交代過別這麼做。

開鎖已經難不倒我，因為我的腳踏車也有上鎖。亨利一直想把他的鎖解開，卻沒辦法。他一副受挫的表情，又像在暗暗咒罵。沛托莎小姐又點了幾個名，最後一個是傑克．威爾。把傑克的資料夾遞給他以後，她說：「好，現在每個人把鎖的密碼寫在一個安全的地方，確定自己不會忘記，沒問題吧？不過，要是你們忘記的話，這種事每學期至少會發生幾次，嘉西亞太太那邊有張完整的表，上面記錄了每個人的密碼。現在，把鎖從資料夾拿出來，花幾分鐘的時間練習打開。雖然我知道，有些人早就自己進行了。」說這句話的時候，她的眼睛盯著亨利。「接下來，我想花幾分鐘自我介紹，然後你們也跟我介紹自己。唔，這樣我們就能彼此認識，聽起來不錯吧？很好。」

她對每個人微笑，雖然我覺得她給我的笑容最多。她的笑跟嘉西亞太太那種燦爛的笑法不同，是一個正常的笑容，感覺是真誠的。她看上去跟我原本以為的老師非常不一樣。我想，原本我以為她會像動畫電影《天才吉米小子》*裡的法爾小姐，是個頭上頂了塊麵包的老太太。不過，她看起來就跟《星際大戰五部曲》裡的蒙．莫斯瑪*一樣：髮型有點男孩子氣，穿著一件寬鬆的白襯衫，像古希臘人穿的長外衣。

她轉過身，在黑板寫字。

亨利還是沒辦法把鎖打開，每次一聽見又有人順利的解開鎖，他就變得越來越挫折。看到我第一次試就把鎖解開時，他尤其氣惱。好笑的是，要是他不把斗大的書包隔在我們中間，我想我一定會問他需不需要幫忙。

＊《天才吉米小子》（*Jimmy Neutron*），主角吉米．牛頓為小小發明家的動畫電影。

＊蒙．莫斯瑪（Mon Mothma），《星際大戰》裡的反抗軍首領。

15 全班同學

沛托莎小姐跟我們稍微自我介紹她來自哪裡。內容滿無聊的，就是說她原本一直想教書，然後六年前她為了追求教書的「夢想」而離開華爾街的工作。最後她問大家有沒有問題，朱立安立刻就舉手。

「請說……」她還得看看手上的名單，終於找到他的名字。「朱立安。」

「追求自己的夢想好酷。」他說。

「謝謝！」

「不客氣！」他露出得意的笑。

「好，朱立安，何不跟大家介紹一下自己？嗯，請大家想兩件你希望大家記得你的事。等一下，有多少人之前就讀畢奇爾的小學部？」大概有一半的同學舉手。

「所以，你們有些人已經彼此認識了。但是其他同學，我猜，都是新生對嗎？好，每個人想兩件想跟別人介紹的事，如果其他同學已經認識你了，就想些他們不知道的。好嗎？好。現在我們就從朱立安開始，全班同學輪流。」

朱立安揉揉臉，拍拍額頭，一副很努力思考的模樣。

「沒關係，等你準備好。」沛托莎小姐說。

「好，第一件是……」

「麻煩幫個忙，先報上大名，」沛托莎小姐插嘴說：「這也能夠幫助我記住你們每個人的名字。」

「喔，好，我的名字叫朱立安。第一件我想跟大家報告的事是……我剛幫我的 Wii 裝了**戰地風雲**，真的很酷。第二件事是，我們家今年夏天買了乒乓球桌。」

「很好，我喜歡乒乓球，」沛托莎小姐說：「有人要問朱立安問題嗎？」

「**戰地風雲**是多人遊戲還是單人？」一個叫邁爾斯的同學問。

「同學們，不能問這種問題，」沛托莎小姐說：「好，那你呢……」她指著夏綠蒂問，或許是因為她的書桌離教室前方最近。

「喔，沒問題。」夏綠蒂毫不猶豫，像是她早就知道要講什麼。「我叫夏綠蒂。我有兩個姊妹，七月剛養了一隻新的小狗，叫蘇奇。牠是我們從動物收容所抱來的，牠好可愛、好可愛！」

「太好了，謝謝你，夏綠蒂。」沛托莎小姐說：「好，下一個換誰？」

16 被送往屠宰場的羔羊

「被送往屠宰場的羔羊」：**用來比喻一個人先是平靜的抵達一個地方，對即將發生的暴風雨毫不知情。**

這是我昨晚上網 Google 查到的。沛托莎小姐叫我的名字，忽然要我說話時，我腦袋閃過的就是這句話。

「我叫奧古斯特。」我說，唔，沒錯，我有點支支吾吾。

「什麼？」有個人說。

「可以大聲點嗎，親愛的？」沛托莎小姐說。

「我叫奧古斯特，」我提高音量說，強迫自己抬起頭。「我，嗯……有個姊姊叫維亞，一隻狗叫菊兒。還有，嗯……就這樣。」

「有人要問奧古斯特問題嗎？」

沒有人說話。

「好，換你。」沛托莎小姐對傑克說。

「等等，我有問題要問奧古斯特，」朱立安舉手說，「你頭髮後面為什麼有那個小辮子？是像帕達瓦那樣嗎？」

「嗯。」我聳聳肩，點頭。

「像帕達瓦是什麼意思？」沛托莎小姐微笑問我。

「是《星際大戰》裡的人物，」朱立安回答：「**絕地武士**的學徒。」

「喔，很有意思，」沛托莎小姐接著看著我說：「這麼說你很喜歡《星際大戰》嘍，奧古斯特？」

「我想是吧。」我點點頭，沒有把頭抬起，因為我想鑽到書桌底下。

「你最喜歡哪個角色？」朱立安問。我開始在想，或許他這個人沒那麼壞。

「強格．費特*。」

「達斯．西帝*怎麼樣？」他說：「你喜歡他嗎？」

「好，同學們，你們可以下課後再去討論《星際大戰》。」沛托莎小姐愉快的說：「來，我們繼續。還沒聽**你**說呢？」她對傑克說。

接下來輪到傑克自我介紹，但我必須承認，他說了什麼，我一個字也沒聽到。或許剛剛沒人聽懂達斯．西帝的哏，或許朱立安沒特別意思。

但在《星際大戰三部曲：西斯大帝的復仇》中，達斯．西帝的臉因原力閃電灼傷，整張臉都變形了。他的皮膚捲縮起來，像是臉融化了。

我瞄了朱立安一眼，他也在看我。嗯，他真的知道自己在說什麼。

* 強格・費特（Jango Fett），《星際大戰》中出色的賞金獵人。
* 達斯・西帝（Darth Sidious），《星際大戰》西斯族的首腦，意圖破壞絕地秩序。

17 選擇仁慈

下課鐘聲響起，大夥兒全站起來，整個教室鬧哄哄的。我看看我的課表，上面寫著下一堂課是英文，在321教室。我沒有停下來看是不是有人跟我同方向，就急忙走出教室。穿過走廊，找到一個離講臺最遠的位子坐下。這堂課的老師是個個子很高的男人，蓄著黃褐色的鬍子，此時正在黑板上寫字。

同學有說有笑、三五成群的走進教室，不過我沒有抬起頭。上一堂課剛剛發生過的事，此時又重新上演：除了傑克以外，沒有人在我旁邊坐下。他跟幾個和我們不同班的人說笑，我看得出來，他是其他同學會喜歡的那種人。他有很多朋友。他能逗人笑。

鐘聲再度響起時，所有人都安靜下來，老師轉過身面對大家。他說他姓布朗，之後就開始介紹我們這學期的功課。在講到《時間的皺摺》*和《海中仙》*時，他好像注意到我，但仍然繼續講話。

大部分的時間，我都埋首在塗鴉筆記本，但偶爾也會偷瞄一下其他同學。夏綠蒂也在這個班上，還有朱立安、亨利。邁爾斯不在這個班。

布朗先生在黑板上用大寫字體寫下大大的：

P-R-E-C-E-P-T

「好，每個人都把這個字寫下來，寫在英文筆記本第一頁的最上方。」

我們照他的話做，接著他說：「好，誰告訴我這個字是什麼意思？有誰知道？」

沒人舉手。

布朗先生笑了笑、點點頭，之後轉身，又在黑板上加了幾個字：

P-R-E-C-E-P-T = 格言

真正重要的事！

「意思是像座右銘嗎？」有人大喊。

「沒錯，就像座右銘！」布朗先生一面點頭，繼續在黑板上寫：「好比經典格言，好比附在幸運餅乾的籤詩，是能激勵你的金玉良言、人生法則。基本上，這是在我們做重大決定時，能夠幫助我們的指引。」

「唔，你們覺得哪些東西是**真正重要**的？」他問我們。

有幾個同學舉手，他請他們說，並把他們的答案用非常、非常邋遢的字跡寫在黑板上：

校規、學校功課、回家作業

---

*《時間的皺摺》（*A Wrinkle in Time*），美國作家麥德琳・蘭歌（Madeleine L'Engle）的奇幻小說。

*《海中仙》（*Shen of the Sea*），美國作家亞瑟・包伊・克里斯曼（Arthur Bowie Chrisman）所寫的中國民間故事。

「還有什麼？直接說！」他一邊寫、一邊說，甚至沒有轉過頭。他把大家說的東西統統寫下來。

家庭、父母、寵物

一個女生說：「環境！」

環境

他在黑板寫下她說的，接著補充寫道：

我們的世界

「鯊魚，因為牠們會吃海裡的屍體！」一個叫雷德的男生這麼說，所以布朗先生寫下：

鯊魚

「蜜蜂！」「安全帶！」「資源回收！」「朋友！」

「好，」布朗先生一邊說，一邊把這些東西統統寫下來。寫完以後，他轉過身，再次面對大家，說：「但是，截至目前為止，還沒有人說出最重要的東西。」

大家都望著他，想不出答案。

「上帝嗎？」一個孩子問。我看得出來，雖然布朗先生也把「上帝」兩個字寫在黑板上，但那並不是他要的解答。他沒有再多說一句話，直接寫下：

我們是誰！

「我們是誰?」他在每個字底下畫線，說：「我們是誰！我們！對嗎?我們是怎樣的人?你是怎樣的人?這難道不是最重要的事嗎?這難道不是我們無時無刻都該問自己的事?『我是怎樣的人?』」

「有人注意到校門口旁的牌匾嗎?有人看到上面寫什麼嗎?有嗎?」

他環顧四周，沒有人知道答案。

「上面寫著：『認識自己。』」他一面微笑，一面點頭，說：「學習認識自己是誰，就是你們到這裡來要學的。」

「我以為我們這堂課是來學英文的。」傑克忽然說，班上同學一陣哄堂大笑。

「喔，沒錯，那個也要學！」布朗先生回答，我覺得他的回答很棒。他轉過身，用斗大的字體把整片黑板填滿：

布朗先生的九月格言：

當有人要你在正確與仁慈之間做抉擇，

選擇仁慈。

「好，那麼同學們，」他再次面對我們，說：「我要你們在筆記本闢一個新的專區，就叫它『布朗先生格言錄』。」

我們照他的話做，他繼續說：

「把今天的日期寫在第一頁最上面。從現在開始，每個月第一天，我都會寫一句新的『布朗先生格言』在黑板上，你們把它抄在筆記本裡，我們再一起討論那句話的含義。每個月底，你們要用那句格言寫一篇文章，闡釋那句話對你們的意義。這樣，到了學期末，你們就會有一份自己的格言了。」

「我會請同學想自己的格言，暑假時寫在明信片上，從你們度假的地方寄給我。」

「真的有人會這麼做嗎？」一個女生問，我不知道她叫什麼名字。

「喔，真的！」他回答：「大家真的會這麼做。我有一些學生，都已經從這間學校畢業好幾年了，還是會寄給我新的格言，真的很令人驚喜。」他停下來摸摸鬍子。

「不過，話說回來，我知道暑假離現在還很遠。」他打趣的說，大家笑了起來。

「大家先放鬆，我現在來點名。點完以後，再告訴你們今年我們要進行的好玩內容，我是指英文科！」他說這句話時，還特別指了指傑克。這實在很好笑，所以我們又笑了。

當我把布朗先生的格言抄下時，我忽然發現，無論發生什麼事，我會喜歡來上學。

18 午餐時間

維亞警告過我，說中學的午餐時間會比較麻煩，所以我想我早該知道那會是一場硬戰。只是，沒想到會這麼難熬。所有五年級的小孩同時擠進學校餐廳，大聲交談、相互碰撞，搶占位子。雖然餐廳裡有個老師說不准占位子，但我不知道她這麼說是什麼意思，或許其他人也不懂，因為幾乎每個人都在幫朋友占位子。我試著要在某張桌子前坐下，卻被坐在隔壁的小孩說：「抱歉，這裡已經有人坐了。」

於是，我挪到另外一張空的桌子，等大家移動就緒，讓餐廳老師告訴我們接下來該做什麼。聽她告訴我們餐廳規則時，我左右張望，想看傑克．威爾坐在哪，但沒在我這側的座位看到他。老師開始叫前幾排的同學拿盤子、去櫃臺排隊時，還有很多人陸續走進來。朱立安、亨利、邁爾斯坐在一張面朝餐廳後側的桌子。

媽幫我準備了一個起司三明治、全麥餅乾、一罐果汁，所以叫到我這桌時，我不必排隊領餐。我讓自己把注意力集中在將背包打開、把午餐袋拿出來，以及慢慢打開包住三明治的鋁箔紙。

即使沒把頭抬起來，我也知道其他人正盯著我看。我知道他們在左推右擠，用眼角餘光瞄我。我以為我早已習慣這種訕笑，但是現在看來，我並沒有。

我知道有一桌女生在交頭接耳，把我當成話題，因為我看見她們眼神怪異，還用手遮住嘴巴說話。她們的低語不斷傳進我耳裡。

我討厭自己的吃相。我知道那看起來很怪。在我還是嬰兒時就動過正顎手術，四歲時又動了一次，但即使如此，我的上顎還是有個洞。就算幾年前再做了下顎矯正手術，仍得用嘴前端才能嚼食物。原本我不知道自己吃東西時看起來是什麼樣子，直到有一次參加一個慶生派對，一個小朋友跟壽星的媽媽說，他不想坐在我旁邊，因為我吃東西時，碎屑會一直從我嘴巴噴出來。我知道那個小朋友不是故意捉弄我，不過後來他被處罰，當晚，他媽媽也打電話來我家道歉。從派對回來以後，我走去浴室，一邊照鏡子，一邊吃蘇打餅乾，想看看自己嚼東西到底是什麼樣子。

那孩子說得沒錯。我的吃相活像隻烏龜，如果你有看過烏龜進食的話。那看起來像是某種史前時代的沼澤生物。

19｜夏日餐桌

「嗨，這個位子有人坐嗎？」

我抬起頭，一個之前我沒見過的女生站在我桌前，端著一個午餐餐盤，裝滿食物。她有一頭棕色的長捲髮，穿一件咖啡色T恤，上面有個紫色的和平標誌。

「喔，沒有。」我說。

她把她的午餐盤放在桌上，背包丟在地上，在我對面坐下，然後就吃起盤子裡的起司通心粉。

「喔，」她吞下了第一口後說：「我真該跟你一樣自己帶三明治的。」

「嗯。」我說，點點頭。

「對了，我叫小夏。你叫什麼名字？」

「奧古斯特。」

「酷。」她說。

「小夏！」另一個女生端著拖盤走來我們桌前，對小夏說：「你怎麼坐這裡？回去我們那桌。」

「太擠了，」小夏回答：「來這邊坐吧。這裡很空。」

那個女生一臉茫然。我發現，她就是幾分鐘前在看我的人之一：用手遮住嘴竊竊私語的人。我想小夏原本也是剛剛那桌的吧。

「算了。」那女生說完便走了。

小夏看看我，聳肩，笑了笑。她又咬了口起司通心麵。

「嗨，我們的名字有點呼應。」她一口嚼麵一邊說。

我想她看得出來，我其實聽不懂她意思。

「夏天？八月*？」她笑著說，眼睛睜得圓圓的，等我會意。

「喔，是啊。」我停頓半晌後回答。

「我們可以把這張午餐桌取名『夏季限定』，」她說：「只有名字裡有夏天元素的人才能坐這裡。嗯，我來看看，這裡有人叫六月或七月的嗎？」

「有人叫瑪雅*」我說。

「精確的說，五月還是春天，」小夏回答：「不過如果她想坐這桌，我們可以為她破例。」她說話的樣子，像是她很仔細的考慮過。「朱立安在那兒，名字跟朱立亞接近，字根是七月*。」

我什麼話也沒說。

「我英文課上有個同學叫雷德。」我說。

「嗯，我知道雷德，可是雷德為什麼跟夏天有關？」她問。

「我不知道，」我聳聳肩說：「可能會想到蘆葦草之類的吧，有夏天的味道*。」

「嗯，好吧。」她點點頭，把她的筆記本抽出來。「還有沛托莎小姐也可以坐這兒。她的名字唸起來有『花瓣』的音，也有夏天的感覺*。」

「我的班導師就是她。」我說。

「她教我們班數學。」她做了鬼臉說。

她開始在她筆記本倒數第二頁寫下名單。

「唔，那還有誰？」她說。

午餐結束時，我們已經把可以坐在我們這桌的名單擬好了，如果他們想坐這桌的話。大部分的名字都不是真的夏天名，但是跟夏天有某種關連。我甚至還想辦法讓傑克．威爾也入選，比方說，造個「夏天傑克會去海灘」之類的句子。小夏聽了也同意，說可以說得通。

「可是，要是有人沒有夏天名，也想跟我們坐一起的話，」她非常認真的說：「只要他

---

* 奧古斯特（August），拼音同英文的「八月」（August）。
* 瑪雅（Maya），拼音接近英文的「五月」（May）。
* 朱立安（Julian），拼音接近英文的「七月」（July）。
* 雷德（Reid），拼音接近英文的「蘆葦」（reed）。
* 沛托莎（Petosa），拼音接近英文的「花瓣」（petal）。

人還不錯，我們也讓他們坐，如何？」

「好，」我點點頭：「冬天的名字也行。」

「酷。」她回答，對我伸出大拇指。

小夏就像她看上去的樣子。古銅膚色，眼睛綠得像葉子一樣。

20 一到十級

媽一直有個習慣，就是要我用一到十級，來形容不同的強度。一開始是因為我的正顎手術縫合了嘴巴，所以我不能講話。他們從我臀關節取出一片骨頭植入下巴，讓它看起來正常點，所以傷口很多地方都會痛。媽會指著其中一處繃帶，然後要我伸出指頭告訴她痛的程度。一級代表一點點痛；十級代表非常、非常痛。等醫生來巡房時，她就會跟醫生說需要調整的地方。媽有時很擅長讀我的心思。

之後，只要跟痛有關的，我們也都習慣用一到十來分級，像是我喉嚨痛的老毛病又犯的時候，她就問：「一到十哪一級？」我就會說：「三。」或看情況如何。

學校下課時，我走出校門跟媽碰面，她跟其他人的爸媽或保母一樣，在校門口等我。她先抱抱我，接著開口就問：「唔，今天怎麼樣？一到十哪一級？」

「五。」我聳聳肩說。看得出來，這樣的答案讓她很驚訝。

「唔，」她靜靜的說：「比我預期的好。」

「我們要去接維亞嗎？」

「今天米蘭達的媽媽會去接她。要我幫你提背包嗎，親愛的？」我們越過人群，有小孩、有家長，大部分的人都注意到我，然後「悄悄」的把我指給對方看。

「我還好。」我說。

「看起來好重，奧吉。」她作勢要幫我提。

「媽！」我把背包抓回來，快速穿過人群，走到她前面。

「明天見，奧古斯特！」是小夏。她從對面走過來。

「明天見，小夏。」我說，朝她揮手。

我們一過馬路，遠離人潮，媽就問：「那是誰，奧吉？」

「小夏。」

「她跟你同班嗎？」

「我有很多班。」

「有**哪一科**跟你同班嗎？」媽問。

「不知道。」我知道媽在等我多說點什麼，可是我就是不想開口。

「所以今天一切順利嗎？」媽又問。我看得出來，她有一百萬個問題想問我。「大家都還友善嗎？你喜歡你的老師嗎？」

「嗯。」

「那你上週碰面的那些同學呢？他們對你好嗎？」

「好，傑克很常跟我在一塊。」

「太好了，親愛的。那……那個男生朱立安呢？」

我想起達斯．西帝那件事。不過現在感覺起來，有點像一百年前的事了。

「他還好。」我說。

「那個金髮女孩呢，她叫什麼名字？」

「夏綠蒂。媽，我已經說過大家都很好了。」

「喔，好。」媽回答。

其實老實說，我也不知道為什麼我對媽有點生氣，但我真的感到不太高興。我們穿過愛米司佛特大道，她沒再多說什麼，一直到轉進我們社區裡。

「唔，」媽說：「那如果她沒跟你同班的話，你怎麼認識小夏的？」

「我們午餐時間坐在一起。」我說。

我把雙腳中間的石頭當足球踢，在人行道上來來回回的踢著。

「她人感覺很好。」

「嗯，沒錯。」

「而且她很漂亮。」媽說。

「嗯，我知道，」我回答：「我們倆有點像美女與野獸。」

沒等著看媽的反應，我就直接踢著石頭跑走了，還用盡全力把它往前踢。

21 帕達瓦

那晚，我剪掉我後腦勺的小辮子。爸是第一個注意到的。

「喔，很好，」他說：「我一直不喜歡你留那個東西。」

維亞則是不敢相信我竟然把辮子剪掉。

「你留好幾年了！」她說，簡直像要發飆：「為什麼剪掉？」

「我不知道。」我回答。

「是有人笑你嗎？」

「沒有。」

「你有跟克里斯多福說你剪掉了嗎？」

「我們根本就不算朋友了！」

「才不是，」她說：「真不敢相信你竟然直接剪掉。」她蠻橫的補充，離開我臥室時，還用力把我房門甩上。

爸進來看我時，我跟菊兒窩在床上。他輕輕把菊兒移開，枕著毛毯在我身邊躺下來。

「唔，小狗奧吉，」他說：「今天還算可以嘍？」

對了，「小狗奧吉」是隻臘腸狗，是爸從很久以前的卡通看來的。我四歲時，他去 eBay

拍賣網買的影集，有段時間我們很常看，尤其是在醫院的時候。他會叫我「小狗奧吉」，而我叫他「親愛老爹」，就像卡通裡那隻寵物小狗叫他的臘腸狗老爸那樣。

「嗯，非常好，沒問題。」我點點頭說。

「你一整晚都好安靜。」

「我想我累了吧。」

「今天很漫長吧，對嗎？」

我點點頭。

「可是真的沒問題嗎？」

我又點點頭。他沒再說什麼，所以幾秒鐘後，我說：「事實上比沒問題還好。」

「聽你這麼說我很高興，奧吉，」他靜靜的說，親吻我額頭：「看來你媽做了個好決定，要你去上學。」

「嗯。不過如果我想的話，隨時可以休學，對吧？」

「沒錯，我們是這麼約定的，」他回答：「雖然，我想也要看你是因為什麼原因想休學。你得讓我們先知道，你得跟我們聊，讓我們知道你的情況，特別是如果發生什麼麻煩的話，好嗎？你答應你會跟我們說？」

「嗯。」

「那我可以問你一個問題嗎？你對你媽生氣還是什麼的嗎？整晚你對她的態度都有點不耐煩。奧吉，你知道送你去學校這件事，我和你媽都有責任。」

「不，媽的責任比較大。是她出的主意。」

媽剛好在那時敲門，她探頭進來。

「只是想說晚安。」她說，看起來有點害羞。

「嗨，媽媽。」爸說，牽起我的手朝她揮。

「我聽說你把你的辮子剪掉了。」媽對我說，然後在我床沿坐下，坐在菊兒旁邊。

「沒什麼啦。」我草草的答。

「我沒說什麼。」媽說。

「嘿，今天換你哄奧吉睡怎麼樣？」爸爸坐起來和媽媽說，然後站起身。「我還有點工作要忙。晚安，兒子，寶貝兒子。」這又是我們的「小狗奧吉」密語，雖然我實在沒心情說**晚安，親愛老爹**。「我好以你為榮。」爸爸說，然後他就下床打算離開。

爸媽總是輪流哄我入睡。我知道我到現在還需要他們這樣，實在有點幼稚，可是我們家就是這樣。

「你去看看維亞好嗎？」媽一邊在我旁邊躺下，一邊對爸說。

他在床邊停下腳步，轉過頭。「維亞怎麼樣了嗎？」

「沒事，」媽聳聳肩說：「她是這麼說的。可是……總是中學開學第一天。」

「嗯，」爸說，然後他用手指指著我，向我眨眨眼。「你們這群孩子總是問題多多。」他說。

「從沒閒過半刻。」媽說。

「從沒閒過半刻。」爸重複：「晚安啦，大夥兒。」

他一把門關上，媽就拿出了最近幾週她正在唸給我聽的書。我鬆了口氣，原本我擔心她會想「聊聊」，因為我現在真的不想說話。幸好媽似乎也沒想多聊的意思。她翻到我們上次讀的地方，《魔戒前傳：哈比人歷險記》*我們差不多已經讀了一半。

「**『住手！住手！』索林大吼，**」媽大聲朗讀：「**但是為時已晚，興奮的矮人耗盡他們最後的箭，這會兒，比翁給的弓也無濟於事。**」

「**當晚，他們宛若喪家之犬，接下來幾天，情況更是每況愈下。他們跨越施了魔法的溪流，但是那之後的小徑不見好轉，與前面一樣崎嶇，到了森林荒涼依舊。**」

我也不知道為什麼，忽然開始哭起來。

媽把書放下，用手臂環繞著我。對於我的淚水，她似乎並不驚訝。「沒關係，」她在我

*《魔戒前傳：哈比人歷險記》（*The Hobbit*），英國作家J．R．R．托爾金（J.R.R. Tolkien）撰寫的奇幻小說。

耳邊輕說：「不會有事的。」

「對不起。」我抽噎著說。

「噓，」她用手背擦去我的眼淚說：「沒什麼好抱歉的……」

「為什麼我必須長得這麼醜，媽咪？」我低聲說。

「不，寶貝，你不醜……」

「我知道我醜。」

她親了我整臉，親我低垂的眼睛，親我像被搥到凹陷的臉頰，親我的烏龜嘴巴。

她溫柔的說了些安撫我的話，但是言語改變不了我的長相。

22 等九月結束再叫醒我

接下來的整個九月都很難熬。我不習慣每天早上那麼早起床，不習慣回家作業這種東西，月底還有生平第一次「小考」。以前媽在家裡教我讀書，從來沒有「小考」這種東西。我也很討厭再也沒有自己的休閒時間。之前，我想什麼時候玩就什麼時候玩，但現在看來，下課後總有一大堆功課要做。

學期初糟透了。每一堂新的課，都像是一個新的機會，看能不能讓同學「不瞪」我。他們用筆記本遮掩，從後面悄悄探出頭，或趁他們以為我沒注意的時候偷看我。

他們會繞遠路，只為了避開我，以免因為各種可能而撞到我，像是我身上有什麼細菌，或是我的臉會傳染。

走廊上，總是人潮熙攘。我的臉常常嚇到一些沒有心理準備的學生，或許他們還沒聽說過我吧。

他們會發出一小聲「啊」，像是下水前憋一口氣的聲音。九月的前幾週，這種情況一天至少發生四五次：在樓梯上、在置物櫃前、在圖書館。

一間學校有五百名學生：最終，他們都會看到我的臉。

前幾天，我就知道謠言已經傳開，因為不時會看到有人經過我身邊的時候，用手肘推他的朋友，或用手掩著嘴竊竊私語。我不用想就知道他們說我什麼。事實上，我寧願連想都不要想。

我的意思並不是他們刻意嘲笑我，補充說明一下：那些人一次也沒有笑過，也沒有製造噪音什麼的。

他們只是正常的笨小孩。我知道。我有點想直接對他們說，比如：沒關係，我知道我長得怪，但是你瞧，我不會咬人。或是，嗨，事實上，要是有**猿人**忽然開始上學，我也會很好奇，也想盯著看一下！

要是我是跟傑克或小夏走在一塊，我大概也會小聲對他們說：嘿，那邊有猿人。要是被猿人聽見我這麼說，他會知道我不是故意嘲笑他。我只是單純指出他是猿人這個事實。

我們班的人花了一星期才習慣我的臉。就是那些我每天每堂課都要碰面的同學。

至於其他跟我同年級的同學，花了兩星期才習慣我的臉。他們是我在餐廳、戶外活動、體育課、音樂課、圖書館、電腦課會碰到面的人。

等到全校學生都習慣我的臉，那已經是大約一個月以後的事。像是其他年級的學生；他們有些是大塊頭、有些髮型很前衛、有些穿鼻環、有些長青春痘，總之沒有人像我這樣。

23 傑克．威爾

導師課、英文、歷史、電腦、音樂、科學課，我都和傑克同班。每堂課的座位都是老師分配的，結果，我每堂課都坐在傑克旁邊，我想，是不是有人要老師把我和傑克排在一塊，如果不是就太巧了，簡直不可思議。換教室的時候，我也跟傑克一起走去上課。我知道他有注意到同學瞪著我看，但是他假裝沒有發現。

不過，有一次，去歷史課的路上，一個高大的八年級生兩步併一步的衝下樓梯，在樓梯底不小心撞到我們，把我撞倒。那個大男生扶我站起來，看了我一眼。他沒有故意，只說了聲「哇！」然後拍拍我肩膀，像要幫我撣掉灰塵，就跟他的朋友跑開了。

不知道為什麼，他的舉動讓我和傑克笑了出來。

「那個人的表情太好笑了！」我們在書桌坐下時傑克這麼說。

「我知道，我沒有看錯吧？」我說：「他一副**挫賽**的表情。」

「我發誓，他恐怕也尿褲子了！」

我們笑得很激動，連老師羅奇先生都出聲要我們安靜。

等我們讀完古代蘇美人怎麼發明日晷的段落，傑克低聲的問我：「你有想過要揍那些傢伙一頓嗎？」

我聳聳肩，說：「我想會吧。我不知道。」

「要是我就會。我想你可以弄一把祕密水槍還是什麼的，看怎麼把水連到你眼睛。要是發現有人瞪你，就噴個他們滿臉全溼。」

「或許再加點綠黏土或是什麼的。」我回答。

「不，要來點鼻涕蟲的黏液混合狗尿。」

「沒錯！」我完全同意。

「同學，」瑞奇先生的聲音從教室另一端傳來：「其他人還在看書。」

我們點點頭，低頭看我們的書。然後傑克又低聲說：「你一輩子都會長這個樣嗎，奧古斯特？我的意思是，你難道不能動個整型手術之類的嗎？」

我笑了笑，指著我的臉說：「拜託？這已經是動過手術**以後**的成果了。」

傑克把他的手壓在額頭，歇斯底里的笑了起來。

「兄弟，你真該告你的醫生！」他一邊咯咯笑，一邊回答。

這一次，我們倆都笑到沒辦法停下來，就連瑞奇先生走過來叫我們跟旁邊的同學換位子也一樣。

24 布朗先生的十月格言

布朗先生的十月格言是：

行為是一個人的紀念碑

他告訴我們，這是數千年前某個埃及人的墓誌銘。因為我們正要開始讀古埃及的歷史，所以布朗先生覺得選這句當本月格言很恰當。

我們的回家作業就是寫我們覺得這句格言是什麼意思，還有對它的感想。

我是這樣寫的：

這句格言是說我們應該以行立名。我們所做的事，才是一個人最重要的價值；比起我們說的話或外表都來得重要。人的所作所為能超越有限的生命，就像人們為了紀念英雄建造的紀念碑，也像埃及人為了榮耀法老王所建的金字塔。只是，這座紀念碑不是用石頭打造的，而是人們對你的記憶。所以說，行為是一個人的紀念碑。用記憶打造，而非石頭。

25 蘋果

我的生日是十月十號。我喜歡這個生日數字：卄。要是剛好我也在早上或晚上十點十分出生就更棒了，不過我不是。

我是在剛過午夜時出生的。不過我還是覺得我的生日很酷。

我通常會在家裡辦個小型慶生會，但是今年，我問媽可不可以改辦大型保齡球派對。媽聽了很訝異，但是她很高興。她問我班上想要邀請誰，我說班上所有人加上小夏。

「這樣很多人耶，奧吉。」媽說。

「我必須每個人都請，因為我不希望有人發現自己沒有受邀而感到受傷，可以嗎？」

「好，」媽同意道：「就連那些『你是怎麼啦』的小孩也要邀嗎？」

「嗯，你也可以邀朱立安，」我回答：「拜託，媽，這種事你早該忘記了。」

「我知道，你說得對。」

幾週以後，我問媽誰要來參加我的派對，她說：「傑克．威爾、小夏、雷德．金斯利、兩個麥克斯，還有其他幾個小孩，他們說會盡量撥空過來。」

「比方說誰？」

「夏綠蒂的媽媽說夏綠蒂那天在派對之前有場舞蹈排練，但是時間允許的話，她會趕過來。還有崔斯坦說他足球賽結束後可能會來。」

「**就這樣嗎**？」我說：「那也只有……五個人。」

「超過五個人，奧吉。我想很多人先前就已經排了計畫。」媽回答。

我們倆在廚房。我們剛從農場市集買了幾顆蘋果，她削著其中一顆，把它削成一小塊、一小塊，讓我比較容易吃。

「怎樣的計畫？」我問。

「我不知道，奧吉。我們的邀請函發得有點晚。」

「他們都是怎麼告訴你的？都說什麼理由？」

「每個人的理由都不同，奧吉。」

她聽起來有點不耐煩。「真的，親愛的，他們的理由是什麼真的不重要。大家各有各的計畫，就這樣。」

「朱立安給什麼理由？」我問。

「你知道的，」媽說：「他的媽媽是唯一連回覆都沒有的人。」她看看我：「我想蘋果是不會掉在離樹太遠的地方＊。」

＊「The apple doesn't fall far from the tree.」意指有什麼樣的爸媽就會生出什麼樣的小孩。

我笑了起來，因為我以為她是在開玩笑，結果發現不是。

「那是什麼意思？」我問。

「別放在心上。現在，去洗手準備吃飯吧。」

結果，我的慶生派對比原本想像的迷你許多，但是依然很棒。

傑克、小夏、雷德、崔斯坦和兩個麥克斯都從學校過來，克里斯多福也從大老遠的橋港和他的爸媽一塊過來。還有班叔叔，而凱特阿姨、波特叔叔從波士頓開車過來。塔塔和波爸因為在佛羅里達過寒假，沒辦法來。派對很好玩，因為所有大人都在我們旁邊的保齡球道丟球，感覺真的像是好多人在幫我慶生，好熱鬧。

26 萬聖節

隔天午餐時間，小夏問我萬聖節要扮成什麼。

這個問題我打從去年萬聖節就在想了，所以我馬上就有答案。

「波巴．費特*。」

「你知道萬聖節那天可以變裝到學校對吧？」

「不會吧，真的嗎？」

「只要與政治無關。」

「什麼意思？不能帶刀帶槍？」

「沒錯。」

「那雷射槍呢？」

「我想那依然是槍吧，奧吉。」

「喔，那可麻煩了……」我搖搖頭，因為波巴．費特身上配有雷射槍。

「至少我們不必扮演書裡的人物。去年我扮的是《綠野仙蹤》裡的西方邪惡女巫。」

*波巴．費特（Boba Fett）《星際大戰》裡的賞金獵人角色，強格．費特的兒子。

「可是那是電影，又不是書。」

「我沒聽錯吧？」小夏回答：「《綠野仙蹤》一開始是書！事實上，它還是全世界我最喜歡的書之一。我一年級的時候，我爸爸每晚都唸給我聽。」

小夏說話時，尤其是某件事讓她很興奮的話，她的眼睛會像在大太陽下那樣瞇起。

我很少在其他時間看到小夏，因為我們共同的科目只有英文課。

但是自從開學的第一頓午餐起，我們就每天都一起吃午餐，就只有我們兩個。

「那你呢？你要扮什麼？」我問她。

「我還不知道。我知道自己想扮什麼，但又怕會太遜。你知道嗎，薩瓦娜幫的那群人今年甚至不打算變裝。她們覺得我們年紀太大了，不適合萬聖節了。」

「什麼？才不是這樣。」

「對啊，可不是？」

「我以為你不在乎那群女生怎麼想。」

她聳聳肩，喝一大口她的牛奶。

「唔，你想打扮成什麼？」我微笑著問她。

「答應不會笑我？」她揚起眉毛、聳起肩，一臉害羞的模樣。「獨角獸。」

我笑了笑，低頭看我的三明治。

「喂！你答應過我不笑的！」她自己也笑了起來。

「好吧，好吧，」我說：「但是你說得沒錯：的確有點遜。」

「我知道！」她說：「但是我都計劃好了：我會用紙糊做頭，把角漆成金黃色的，讓鬃髮也是金黃色的……一定會很棒。」

「好啊，」我聳聳肩。「那就這麼做，誰管其他人怎麼想，對吧？」

「不然我就只在萬聖節遊行時變裝，」她彈指說：「在學校就當……哥德少女。好，就這樣，就這麼做。」

「聽起來不錯。」我點點頭。

「謝謝你，奧吉，」她咯咯笑著說：「你知道嗎，這就是我最喜歡你的地方。我覺得好像什麼事都可以告訴你。」

「真的嗎？」我點點頭回答。我對她伸起拇指。「酷。」

27 學校團體照

我想，要是有人知道十月二十二日學校要拍團體照那天我不想出席，誰也不會驚訝。絕不。謝謝。不久前，我開始不讓任何人幫我照相。我想可以稱作「恐懼症」吧。不，事實上，不是恐懼症，而是「反感」，這個字我剛從布朗先生的課學來的。「我對照相很反感。」唔，很好，造了一個句子了。

原本我以為媽會勸我克服反感，還是跟大家一起照團體照，但是她沒有。不幸的是，雖然我幸運的逃過個人照，卻沒辦法不參加班級合照。喔。攝影師看到我的臉時，像是吃完一整顆檸檬。我確定，他認為我毀了那張相片。我在前排，坐著。我沒有笑，或者說，沒有人看出我有沒有笑。

28 發臭起司

不久前，我注意到雖然大家漸漸習慣我，卻沒有人會真的碰我。一開始我沒發現，是因為中學生本來彼此接觸的機會就不大。但是上星期四的舞蹈課，那是我最不喜歡的課，老師艾塔娜比太太想指定希梅納・琴做我的舞伴。唔，之前我從沒親眼看過任何人「受驚嚇」，只有聽說過；我確定，在那一秒，希梅納受到嚴重驚嚇。她變得非常緊張、臉色發白，而且在一分鐘內發了一身汗，努力想了一些蹩腳的理由跟老師說她要去廁所。總之，後來艾塔娜比太太決定放她一馬，因為最後她沒有讓任何人結伴跳舞。

再來是昨天的科學課。老師讓我們做一個很酷的實驗，要檢測出白色粉末的酸鹼性，很有意思。大家都必須把粉末放在加熱板上觀察，所以我們都抱著筆記本聚集在粉末旁。課堂上有八個人，其中七個人都擠在加熱盤的一邊，另一個——也就是我，則一個人在空間寬敞的另一邊。我當然注意到這個現象，但我希望魯賓小姐不要發現，因為我不想她過來說什麼。不過，她當然注意到了，當然也表達了她的意見。

「同學們，那邊有很多空間。崔斯坦、尼諾，過去那邊，」她都這麼說了，崔斯坦和尼諾只能跑過來我這邊。崔斯坦和尼諾一直對我還可以，真希望我能繼續這麼說；並不是超級好，但是他們會破例跟我在一起，會跟我打招呼，也會用正常的態度跟我說話。魯賓小姐叫他們過來我這邊時，他們也沒有做鬼臉，很多其他小孩就會，還以為我沒有看見。

總之，一切都很順利，直到崔斯坦的粉末開始溶解，而我的粉末也開始溶化。他得把他的鋁箔紙從加熱板上移走，而我也得把我的鋁箔紙移開。途中，我的手不小心撞到他的手。就那麼一秒，崔斯坦立刻把他的手迅速抽開，甚至因此把他的鋁箔紙揮到地上，連帶的也把其他人的鋁箔紙全撞得從加熱板掉下來。

「崔斯坦！」魯賓小姐大喊，但是崔斯坦不在乎撒落一地的白色粉末，也不在乎他毀了整個實驗。他最關心的只有趕快衝去實驗室洗手臺洗手。

就在那時，我才明白在畢奇爾中學裡，碰到我就等於夢魘。

我想，就好像《葛瑞的囧日記》*裡的臭起司橋段。故事裡的小孩擔心如果碰到籃球場上那塊發霉的起司，他們會長蝨子。而在畢奇爾，我就是那塊起司。

---

*《葛瑞的囧日記》（*Diary of a Wimpy Kid*），美國作家傑夫・肯尼（Jeff Kinney）的兒童短篇小說。

29 變裝日

對我來說，萬聖節是全世界最棒的節日，甚至勝過耶誕節。因為我可以換裝，也可以戴面具，就算和其他小孩一樣四處走動，也不會有人覺得我看起來奇怪。不會有人多看我一眼、不會有人注意到我、不會有人知道是我。

真希望每天都是萬聖節。所有人都可以戴一整天面具。然後我們可以到處走走，認識彼此，看不見面具底下真正的樣子。

我小的時候，常常走到哪兒都戴著一頂太空人頭盔。我戴去遊樂場、戴去超級市場、戴去接維亞下課。就連熱烘烘的夏天裡臉會冒汗，我照樣戴。我想我這樣戴了好幾年，直到我的眼睛必須動手術時，才不得不停止。

那時我差不多七歲吧，之後，頭盔就找不到了。媽到處幫我找，可是怎麼找也找不到，她覺得大概是忘在外婆家的閣樓，她一直想要去找找看，但是等到那時候，我也已經習慣不戴了。

我有每一年萬聖節變裝的相片。第一張我是一顆南瓜。第二張我是跳跳虎。第三張我是彼得潘（我爸扮成虎克船長）。第四張我是虎克船長（我爸扮作彼得潘）。第五張我是太空人。第六張我是歐比王・肯諾比*。第七張我是複製人士兵。第八張我是達斯・維達。第九張我是尖叫骷髏，還有冒牌鮮血從面具流出。

今年我要扮波巴．費特：不是《星際大戰二部曲：複製人全面進攻》裡的小孩，而是《星際大戰五部曲：帝國大反擊》裡的男人。媽四處幫我找衣服，但是找不到我的尺寸，所以她就幫我買了一套強格．費特的服裝。因為強格是波巴的爸爸，盔甲的樣式一模一樣，只要把盔甲塗成綠的就好了。她還做了其他效果，讓盔甲表面看起來有磨損的感覺。總之，看起來好真實。媽對服裝很有一套。

在班級教室裡，大家都在討論萬聖節要扮成什麼。夏綠蒂要扮《哈利波特》裡的妙麗。傑克要當狼人。聽說朱立安要扮強格．費特，真是個詭異的巧合。我想，他不會想聽到我要扮波巴．費特。

萬聖節早上，維亞不知為了什麼大哭。她通常很冷靜、鎮定，但今年她發生這種狀況已經好幾次了。爸因為上班快遲到，急著說：「維亞，快點！快點！！」爸平常對什麼事都很有耐性，但是提到上班遲到可就不一樣了。他一吼，維亞變得更加緊張，而且哭得更大聲。於是媽叫爸帶我去上學，她來負責看維亞怎麼了。

媽很快的吻我與我道別，我都還沒換上服裝，她就趕著去維亞的房裡了。

「奧吉，我們快走了！」爸說：「我早上要開會，不能遲到！」

「我還沒換衣服！」

「那就快點換上。給你五分鐘。我在外面等你。」

我衝到我房間，趕緊要換上波巴．費特的服裝，但是忽然間，我不想穿它。我也不知道為什麼，大概是因為有很多腰帶要扣，我需要有人幫我；也或許是因為漆還沒乾的味道。總之，換這套裝需要浩大工程，而老爸現在就在外面等我，要是我害他遲到，他肯定會非常不耐煩。所以，最後一刻，我改變心意，換上去年的尖叫骷髏服裝。換這套服裝很容易，就是一件黑黑的長袍，一個大大的白面具。

出門時我從門口喊再見，但是媽沒聽到。

「我以為你要扮強格．費特。」我走到外面時爸說。

「是波巴．費特！」

「總之，」爸說：「這套比較好。」

「嗯，挺酷的。」我回答。

＊歐比王．肯諾比（Obi-Wan Kenobi），《星際大戰》裡啟蒙導師與教育者的角色。

30｜尖叫骷髏

那天一直到穿過走廊走去置物櫃的路上，我得說，那趟路真是棒極了。一切都變得不一樣了。我也不一樣了。以前我會低頭走過、努力迴避視線的地方，今天可以抬頭挺胸的通過，還可以東張西望。我想被別人看見。有人跟我穿一樣的服裝，長長的慘白骷髏臉，流著鮮紅色的假血，在樓梯間擦肩而過時還跟我擊掌。我不知道他是誰，我忍不住想，如果他看到面具底下的我，是否還會跟我打招呼？

我正在想，今天會是有史以來最精采的一天，然後我走進班級教室。

一走進門看到的服裝是達斯・西帝。塑膠面具上的輪廓好逼真，還有一頂黑色大斗篷套住頭，一件黑色的長袍子。我當然一眼就認出那是朱立安。他一定也在最後一刻改變主意，因為他以為我要扮強格・費特。他在跟兩具木乃伊講話，想必是邁爾斯和亨利，他們都望著門口，有點像在等誰走進來。我知道他們等的不是尖叫骷髏。是波巴・費特。

本來我想走去平常的座位，但不知怎麼的，卻發現自己往靠近他們的書桌走去。我聽得見他們的談話。

其中一個木乃伊說：「看起來真的很像他。」

「這裡特別像……」朱立安的聲音回答。他的手指故意擺在達斯・西帝面具上臉頰和眼睛的位置。

「說真的，」木乃伊說：「他真的長得很像死人頭。你們有看過嗎？他看起來就是那個樣子。」

「我覺得他看起來像半獸人。」

「沒錯！」

「要是我長那個樣，」朱立安的聲音，有點摻著笑，「我發誓，我每天都會拿頂帽子遮住我的臉。」

「這件事我想很久了，」第二個木乃伊說，聽起來很正經，「我真的覺得……要是我長那樣，說真的，我想我會自殺。」

「你才不會。」達斯．西帝回答。

「不，是真的，」同一個木乃伊堅稱：「我沒辦法想像每天早上起床照鏡子，看到自己長那樣。那種感覺一定很恐怖，還要一天到晚被盯著看。」

「那你幹麼還那麼常跟他在一起？」達斯．西帝問。

「我不知道，」那個木乃伊回答：「托許門先生開學時就叫我陪他，他一定也叫其他老師每堂課都把我們排在一起，還是什麼的。」木乃伊聳聳肩。我當然認得那聳肩的樣子。我也認得那個聲音。我知道那一刻我想立刻衝出教室，但我仍然站在原地，聽傑克．威爾把話說完：「問題是，我去哪裡他都跟著我。我該怎麼辦？」

「甩掉他不就得了。」朱立安說。

我不知道傑克回答什麼，因為我直接步出教室，旁人甚至不知道我進來過。

走下樓梯的時候，我的臉像著火了一樣。我的身體在冒汗。我哭了起來。我沒辦法阻止這些事情發生。眼眶裡的淚水多到我快看不見，但是因為戴著面具，我沒辦法伸出手擦。我想找個小地方躲起來。我想找個我可以掉進去的洞：一個可以把我吞噬的黑洞。

31 名字

鼠男、怪人、怪獸、鬼王佛萊迪、外星人、噁心鬼、蜥蜴臉、突變人。我知道他們用這些名稱叫我。我去過夠多的遊樂場，知道小孩有時很殘忍。我知道，我都知道。

最後我來到二樓的廁所。沒有人在那兒，因為第一堂課已經開始了，大家都在教室。我把淋浴間的門關上，脫下面具，哭了起來，不知道哭了多久。然後我走去護士的辦公室，告訴她我胃痛，確實也是真的，因為我覺得五臟六腑像是被狠狠踢了一腳。護士茉莉打電話叫媽媽到學校來，還讓我躺在她書桌旁的沙發上。十五分鐘以後，媽媽已經在門邊。

「親愛的。」她說，走過來抱我。

「嗨。」我咕噥著說。我不想讓她問什麼，什麼都之後再說吧。

「你胃痛嗎？」她問，直接把手擺在我額頭看我有沒有發燒。

「他說他想吐。」護士茉莉說，用很和善的眼睛看我。

「還有頭痛。」我低聲說。

「是不是吃壞肚子了？」媽說，一臉擔心的樣子。

「應該是腸胃炎。」護士茉莉說。

「喔，真糟糕，」她的眉毛揚起，搖搖頭，然後扶我站起來。「要我叫輛計程車嗎？還是你可以走回家？」

「我能走。」

「這孩子真勇敢！」護士茉莉說，拍拍我的背，陪我們走到門口。「要是他開始吐還是發燒，記得幫他叫醫生。」

「一定，」媽說，跟護士茉莉握手：「謝謝你照顧我的小孩。」

「我的榮幸。」護士茉莉回答，她伸手扶著我的下巴，把我的臉微微抬起，說：「要照顧自己，知道嗎？」

我點點頭，低聲說了聲「謝謝」。

媽抱著我一路走回家。我沒告訴她究竟發生什麼事，之後，她問我有沒有好點，晚一點要不要參加放學後的「不給糖就搗蛋」，我說不要。這讓她很擔心，因為她知道我非常熱中這項活動。

我聽見她在電話上跟爸說：「……他連去『不給糖就搗蛋』的體力都沒有……沒有，根本沒發燒……唔，他要是再沒好，我看我都要發燒了……我知道，可憐的孩子……竟然錯過萬聖節。」

隔天是星期五，我也請假沒去上學。所以我有整個週末可以把所有事想一遍。我很確定一件事，我不會再回那間學校。

—第二部—

維亞

在遙遠的世界之上
地球湛藍
我卻手足無措

——大衛．鮑伊〈太空怪人〉
（David Bowie, *Space Oddity*）

1 銀河之旅

奧古斯特是太陽。我和媽和爸是圍繞太陽的星球，我們家的親戚和朋友，則是飄浮在行星四周的小行星和彗星。唯一沒有繞著奧古斯特這顆太陽轉的天體，就只有狗狗菊兒。但那是因為對她小小的狗眼睛來說，奧古斯特的臉和其他人類的臉看起來沒有太大的不同。在菊兒看來，我們的臉看起來都很像，跟月亮一樣平平白白的。

我習慣宇宙就是這麼運作的。我從不介意，因為打從他出生就是這樣。我一直知道奧古斯特是個特別的孩子，有特別的需求。要是我玩得太大聲，他剛好要睡午覺，我知道我得改玩別的；有些活動不能玩太久，因為他需要休息，否則他會變得虛弱或疼痛。我知道如果想要爸媽來看我踢足球，十次有九次他們會錯過，因為他們忙著載奧古斯特去做語言治療或物理治療，或是看新的醫師，不然就是進行手術。

爸媽常常說我是全世界最善解人意的小女孩。我不知道我是不是，我只知道，抱怨也沒有用。我看過奧古斯特手術後的模樣：小小的臉腫脹，整個臉用繃帶包起來，為了讓他維繫生命，瘦小的身軀插滿點滴、血管。在你看過一個人處於這種狀態之後，要是再抱怨沒有得到你要求的玩具，或錯過學校戲劇表演，似乎有點離譜。我六歲時就知道這些事了。沒有人告訴過我。我就是知道。

所以，我早已習慣不抱怨，也習慣不拿小事打擾爸媽。我習慣靠自己解決事情：像是怎麼收玩具，怎麼安排自己的生活才不會錯過朋友的生日派對，怎麼把學校功課顧好，成績不會落後。我的作業從來不會找爸媽幫忙，也從不需要人家提醒記得作功課或準備考試。要是在學校裡哪一科有問題，我就回家自己讀，靠自己想辦法把問題弄懂。我自己上網學會約分，每樣學校功課，幾乎都是我自己做的。爸媽要是問我學校怎麼樣，我總是說「很好」——即使並不是永遠都那麼好。我最糟的一天、最糟的跌倒、最糟的頭痛、最糟的瘀血、最糟的抽筋，聽到最糟的壞話，跟奧古斯特比起來，都不算什麼。對了，不是我故作高貴：我只是知道這樣罷了。

在我們的小宇宙裡，我的處境永遠是這樣。但是今年，宇宙似乎有些轉變。銀河在改變。行星沒有成一直線。

2 在奧古斯特誕生以前

我真的不記得在奧古斯特出現以前，我的生活是什麼樣子。我看自己嬰兒時期的相片，看到爸媽抱著我，笑得好開心。真不敢相信，他們那時看起來好年輕：老爸是時髦的嬉皮小子，老媽是可愛的巴西女郎。三歲生日那天我們拍了張相片：爸站在我正後方，媽捧著蛋糕，上面點燃三根蠟燭，在我們後面有塔塔和波爸、外婆、班叔叔、凱特阿姨、波特叔叔。大家看著我，我看著蛋糕。在那張相片裡，看得出我真的是第一個孩子，第一個孫子，第一個姪女。我當然不記得那種感覺了，但是在相片裡能清楚看見。

我不記得他們把奧古斯特從醫院帶回來的那一天了。我不記得第一眼看到他時，自己說了什麼、做了什麼、感覺怎樣，雖然每個人都有一篇故事能講。顯然，我默默的看著他好一會兒，什麼也沒說，最後我說：「他一點都不像莉莉！」莉莉是媽媽懷孕時，外婆為我的洋娃娃取的名字，讓我「練習」當一個姊姊。那洋娃娃逼真得不可思議，有好幾個月，我走到哪兒都帶著它，幫它換尿布，餵它吃東西。他們說我甚至為它做了條嬰兒背帶。還說，除了最初看到奧古斯特的反應，過了幾分鐘（外婆說的）還是幾天（媽媽說的），我就整個人撲到他身上，親他、摟他，跟他講嬰兒話。後來，我就沒怎麼碰或提起莉莉了。

3 看見奧古斯特

我從來不曾用其他人看奧古斯特的眼光看他。我知道他看起來不完全正常，但我真的不明白為何陌生人看到他時會那麼震驚。嚇呆、噁心、生懼，我可以用好多語詞，去形容人們臉上的表情。我真的不懂，好長一段時間，我會生氣。因為他們瞪大眼睛生氣、把眼睛別開生氣。我會對路人大吼：「你到底在看什麼？」即使是大人也不例外。

大概在我十一歲的時候，到蒙托克去跟外婆住了四週，因為奧古斯特得進行一項大型的正顎手術。這是我離家最久的一次，忽然可以遠離讓我生氣的一切，我得說，那種感覺棒極了。去城裡買雜貨時，沒有人會瞪著我和外婆看。沒有人對我們指指點點。甚至沒有人注意到我們。

外婆是那種什麼事都陪著孫子一起做的奶奶。要是我要求的話，即使身上穿著高級服裝，她也會跑進海裡。她會讓我玩她的化妝品，也不介意我抹在她臉上練習。就算我們還沒吃晚餐，她也會帶我去吃冰淇淋。她會拿著蠟筆，在房子前的人行道上畫馬。一天晚上，我們剛從城裡散步回來，我告訴她我希望可以永遠和她住在一起。我在那裡好開心。我想，那可能是我人生最快樂的日子。

待了四週，回到家時，一開始覺得很怪異。我印象很深刻，記得踏進門，看見飛奔過來迎接我的奧古斯特，就在這短短的一刻，我發現我不是用平常的方式看他，而是像其他人一樣。只是那麼一秒，他抱住我，很高興我回家了，但是那個感覺讓我很驚訝，因為我從不曾這樣子看他，我也從來沒有過這樣的感覺。這種感覺升起時，我恨我自己。在他全心全意的親我的時候，我只看見從他下巴滴出的口水。忽然間，我跟那些人一樣，瞪大眼睛，或是別開眼睛。

嚇呆、噁心、生懼。

幸好，那種感覺只持續了一秒；一聽到奧古斯特尖尖的笑聲，那感覺就結束了。一切一如往常。但是那個瞬間像是為我開了道小門。一個窺視的孔。在門的另一端有兩個奧古斯特：一個是我盲目所見的，一個是其他人看見的。

我想，這一切，我只能跟外婆說，但是我沒有，因為在電話解釋太困難了。我想，或許等到她感恩節來我們家時，我再跟她說我的感覺。但是，從蒙托克回來的兩個月後，我美麗的外婆死了。突如其來的噩耗。顯然她幫自己辦了住院手續，因為她一直身體不太舒服。我和媽開車去看她，從我們住的地方到醫院花了三小時，等我們到的時候，外婆已經走了。是心臟病，他們這麼說。她就這樣走了。

一個人前一天還好端端的，隔天忽然從地球上消失，真是怪異。她去哪兒了？我真的還能再見到她嗎？還是根本就是天方夜譚？

不管電影或電視節目，常會看到有人在醫院接到噩耗，但對我們來說，送奧古斯特去醫院，最後都是好結果。外婆死去的那一天，印象最深的就是媽整個人崩潰在地，緩緩啜泣抽咽，捧著胃，像是有人搥了她一拳。我從沒看過媽那樣、從沒聽她發出那種聲音。奧古斯特經過那麼多次手術，媽也都是一副勇敢表情。

我待在蒙托克最後一天，我和外婆在海灘看夕陽。我們帶了條毯子當坐墊，由於天氣轉涼，我們改拿毯子裹著身體，窩在一塊聊天，一直聊到海面上沒有一點陽光。就在那時，外婆告訴我她有個祕密：全世界，她最愛的人是我。

「那奧古斯特呢？」我問。

她笑了笑，摸摸我頭髮，像是在想怎麼說比較好。

「我非常、非常愛奧吉，」她輕輕的說。我都還記得她那濃濃的葡萄牙語口音，尤其是捲舌音。「但是他已經有很多天使為他守護了，維亞。外婆希望你知道，你有**我**為**你**守護。唔，我希望你知道，你是我心裡的第一名。你是我……」她遠望前方的海洋，張開手，像是她想撫平海浪。「你是我的一切。了解嗎，維亞？**你是我的愛。**」

我了解她的意思。我也知道，為何她說那是祕密。外婆不能偏心寵愛任何一個小孩，這是大家都知道的道理。但是她離開以後，我緊握著那個祕密，讓它像一張毛毯，覆蓋著我。

4 另一面的奧古斯特

他的眼睛大約在比原本應該在的位置低一吋、幾乎是臉頰中間的地方。一對眼睛以誇張的角度下垂，像是有人在臉上斜斜劃過一道，左眼明顯比右眼低。他的眼睛向外凸，因為他的眼窩太淺，無法完全容納。上眼皮總是半闔著，像是他就快睡著一樣。下眼皮陷得好深，像是有條看不見的線在往下扯；你能看見眼睛裡的血紅皮肉，像是快內外翻轉過來。他沒有眉毛，也沒有睫毛。以臉的比例來說，他的鼻子過大，也有點多肉。耳朵的位置，兩側凹陷，像是有人用大鉗子把他的臉從中央壓扁。他也沒有顴骨。他的鼻子兩側都有深深的摺痕，讓他外表看起來有點像熔化的蠟。有時人們以為他是火災燒傷，所以他的五官看起來才會像是熔化、滴落的蠟燭。幾次的下顎手術讓他的嘴邊留下幾道疤痕，最明顯的一道是從他上唇中央，參差不齊的切到他的鼻子。他的上排牙齒很小，而且外展，牙齒嚴重咬合不正，顎骨也過小。他的下巴很小。他在很小的時候，動過外科手術，把一片臀骨植入他的下側下巴，他是真的沒有下巴，那時他的舌頭就直接從嘴裡伸出來，底下沒有任何東西擋著。幸好，這情形現在好多了。至少他能吃東西，不像他小一點的時候，只能插一條餵食管。他能說話，也能學著把舌頭擺在嘴裡，儘管他花了好幾年才學會。他還學會控制流下頸部的口水。這些都被視為奇蹟。他還是嬰兒的時候，醫生根本不認為他能活。

他也聽得見。大部分出生就有這些缺陷的小孩，中耳都有聽力問題，但是到目前為止，奧古斯特能用他花椰菜狀的小耳朵聽得很清楚。不過，醫生認為，最後他還是會需要使用助聽器。奧古斯特不喜歡這項宣布，他覺得戴助聽器太引人注意。當然，我沒告訴他助聽器其實是最不明顯的問題，因為我相信他知道。

不過，我實在不確定奧古斯特到底知道什麼？不知道什麼？了解什麼？不了解什麼？奧古斯特看得出別人怎麼看他嗎？還是他已經習慣不去看，所以也不會困擾他？還是他其實也介意？當他看著鏡子時，他看見的是爸媽看到的，還是其他人看見的？或者，他看的人其實是另一個奧古斯特，藏在他不幸的頭與臉之後，一個活在夢中的自我？有時，我看著外婆時，我能看見皺紋底下，那個過去的漂亮女孩。我能從老太太的步態，看見那個來自依帕內瑪的女孩。會不會奧古斯特看見的，其實是如果沒有那造成他臉部傷殘的基因，他所能擁有的臉蛋？

真希望可以直接問他這些事。真希望他會告訴我他的感覺。在那些手術以前，他比較好了解。要是他眼睛瞇起來，你就知道他開心；要是他嘴巴拉成一直線，代表他想調皮搗蛋；要是他的臉頰顫抖，表示他快哭了。當然，他現在好看多了，但是以前我們能用來猜測他心情的特徵都不見了。每個新特徵，爸媽都讀得懂，但是我還有點跟不上。心裡也有一個部分不想跟上：為什麼他不能跟其他人一樣，直接把感覺說出來就好？他嘴裡現在沒有讓他不能說話的氣切管、他的下巴也沒有縫合。他十歲，他會講話表達。但是我們卻成天圍繞著他，彷彿他還是嬰兒。我們動不動就改變計畫，隨他的心情、需求、突發奇想決定每件事，話說到一半也無妨。這在他小的時候還行得通，但是他現在必須長大了。我們得放手、幫助他、看著他成長。我是這麼想的：我們大家都花了這麼多時間，想讓奧古斯特覺得自己是正常的，他看起來像是真的覺得自己正常。但事實上，他並非如此。

5 高中

我一直很喜歡高中的一點，是學校跟家裡有所區隔。到那邊，我可以當奧麗維亞・普曼，而不是在家裡大家喚我的維亞。小學的時候，大家也叫我維亞。那時，當然大家知道我們家大大小小的事。媽常常下課後來接我，奧古斯特總是坐在嬰兒推車裡。因為能照顧奧古斯特的人不多，所以我們學校的戲劇演出、音樂會、詩歌朗讀，爸媽都會帶他來，還有所有學校的慶典、烘焙義賣、書展。我的朋友認識他，我朋友的爸媽也認識他，我的老師認識他，工友認識他（「嗨，你好嗎，奧吉？」他總是這麼說，然後朝奧古斯特舉手擊掌）。奧古斯特彷彿成了這兒的地標。

不過到了高中，很多人不知道奧古斯特的事。我以前的朋友當然知道，但是新的朋友並不知情。就算知道，也不是他們對我的第一印象，而是第二或第三件他們知道我的事情。「奧麗維亞嗎？嗯，她人不錯。你有聽說她有個畸形的弟弟嗎？」我一直很討厭這個字眼，但是我知道大家就是這麼形容奧吉的。我也知道，諸如此類的對話時時上演，不論是離開派對時，或在披薩店撞見一群朋友。那其實沒關係，我永遠都是一個天生殘疾的小孩的姊姊，我並不介意。我只是不想時時刻刻都被這麼界定。

到了高中，最棒的就是，幾乎沒什麼人認識我。當然，除了米蘭達和艾拉以外。但她們知道不要四處張揚。

米蘭達、艾拉和我從一年級就認識了。最棒的是，我們從來不需要跟對方解釋什麼。當我決定要她們叫我奧麗維亞而不是維亞的時候，我什麼都不必說，她們就知道了。

打從奧古斯特還是個小嬰兒時，她們就認識他了。我們小的時候，最喜歡做的事就是跟奧吉玩扮裝遊戲，幫他套上羽毛圍巾、大帽子、金色假髮。他當然很喜歡，我們也覺得他很可愛，有自己的風格。艾拉說他讓她想起外星人。當然她這麼說不是惡意（但或許有點刻薄啦）。而且事實上，E．T．電影裡確實有一幕是茱兒．芭莉摩用一頂金色假髮打扮成外星人，所以就讓奧吉在我們的麥莉．希拉秀裡大放異彩吧。

中學時代，米蘭達、艾拉、我三個人自成一個小團體。我們算介在超級熱門與人緣不錯中間：不是頂聰明，不是特別出色，不有錢，不嗑藥，不惡毒，不是大好人，沒有出風頭，沒有被看扁。不知道我們三個之所以湊在一起，是因為我們有很多共通點，還是因為我們聚在一塊，於是產生很多相似之處。

發現我們都能進福克納高中時，我們真的好開心。尤其是原本的學校就只有我們三個上榜。還記得我們收到錄取函時，對著電話尖叫的興奮心情。

所以，我實在不了解我們最近怎麼了，上了高中，跟我原本想的都不一樣。

6 湯姆少校

在我們三個人之中，米蘭達一直對奧古斯特最好；在我和艾拉都已經改玩別的，她仍會經常抱抱他、陪他玩。就連我們更大一些，大家在聊天，米蘭達也總會確定奧古斯特沒有落單，問他過得怎樣，跟他聊聊《阿凡達》、《星際大戰》或《人骨》*之類的話題，她知道他喜歡什麼。奧古五、六歲時幾乎天天戴的那頂太空人頭盔，就是米蘭達送他的。她會叫他湯姆少校，然後一起唱〈太空怪人〉這首歌*。這是他們之間的小遊戲，他們把歌詞記得滾瓜爛熟，還存在 **iPod** 裡，再一起大聲唱出來。

米蘭達總是一從夏令營回來，就打電話到我家，所以這次完全沒她的消息，我實在有些訝異。甚至連我傳簡訊給她，她也沒有回。後來我想，她大概打算在夏令營待久一點吧，因為她現在是小隊輔。也或許她遇到不錯的對象了。

後來，我在她的臉書上看到她其實已經回來整整兩週了，所以我發了封即時訊息給她，我們在線上聊了一會兒，但她沒告訴我為什麼沒打電話，我覺得挺怪的。

*《人骨》（Bone）美國漫畫，由傑夫．史密斯（Jeff Smith）撰文、繪圖。
* 英國搖滾樂手大衛．鮑伊〈太空怪人〉（*Space Oddity*）一曲中，虛構的太空人角色。

米蘭達一直有點反覆不定，所以我想大概就這樣吧。我們本來說好在市中心碰面，但後來我不得不取消，因為週末我們要開車去看塔塔和波爸。

所以最後，我沒有跟米蘭達或艾拉碰面，直到開學那天。我得承認，我嚇到了。米蘭達看起來好不一樣：她把頭髮剪成超可愛的鮑伯頭，還染成亮粉紅色，穿了件條紋無肩帶背心，那不但不適合穿來學校，也完全不是她往常的風格。米蘭達穿著一向嚴謹，可是現在，她卻一頭粉紅色頭髮，暴露的上衣。不一樣的還不只是她的外表，整個人的舉動也變得不同了。並不是說她不友善，她還是很和氣，可是她的態度有點疏遠，好像我只是她認識的人。這真是全世界最怪異的事。

午餐時間，我們像往常一樣坐在一起吃飯，可是氣氛變得很不同。顯然艾拉和米蘭達暑假時聚了幾次，但沒有找我，也沒有跟我說。我們聊天時，我裝作一點也不生氣，可是我能感覺到自己臉頰發燙、笑容僵硬。

雖然艾拉沒有米蘭達穿得那麼暴露，但我也注意到她的風格有點不同。就好像她們先討論過到了新學校要改變新造型，卻不想找我一起。我承認，我一向覺得自己沒有青少女的小心眼，但是整個午餐時間，我的喉嚨都像是腫了一塊。鈴聲響起，我說了聲「待會兒見」，聲音是顫抖的。

7 放學後

「聽說我們今天要載你回家。」

米蘭達第八節課時這麼說。她在我正後方的座位坐下。我忘了這件事，媽昨晚打電話給米蘭達的媽媽，問她放學後能不能載我下課。

「沒關係，」我反射性的隨口回答：「我媽可以來接我。」

「她不是要去接奧吉嗎？」

「她可以之後再來接我。她剛剛傳簡訊給我。沒問題。」

「喔。好吧。」

「謝謝。」

其實我說謊，但我實在不想跟新的米蘭達同車。放學後，我躲進一間廁所，以免撞見米蘭達的媽媽。半小時後，我走出學校，用跑的穿過三個街區，來到巴士站牌，跳上八十六號公車搭到西中央公園，再轉搭地鐵回家。

「嗨，親愛的！」我一走進前門媽就這麼說，「開學第一天怎麼樣？我正在想你們都到哪兒去了。」

「我們半路停下來吃了披薩。」謊言出口的速度，令人訝異。

「米蘭達沒有和你們在一塊嗎？」她似乎很驚訝米蘭達沒有跟在我後面。

「她直接回家了。我們回家作業很多。」

「開學第一天就這樣嗎？」

「嗯，開學第一天就這樣！」我大喊，完全嚇到媽。但是趕在她說下一句話以前，我就接著說：「學校還好。校園真的很大，同學感覺不錯。」我想一次跟她多說點，以免她問東問西。「那奧吉第一天還好嗎？」

媽遲疑了一會兒，她的眉毛仍然高高揚起，因為我不久前打斷她。

「嗯。」她緩緩的說，像是在吐氣。

「『嗯』是什麼意思？」我說：「是好還是不好？」

「他說好。」

「那你為什麼覺得不好？」

「我沒有說不好！拜託，維亞，你是怎麼了？」

「算了，忘了我剛剛問的。」我回答，然後誇張的衝進奧吉的房間，把門甩上。他正在玩電動，根本沒把頭抬起。電動總讓他僵硬得像個殭屍，我很討厭他這樣。

「學校怎麼樣？」我把菊兒移開，在他旁邊的床上坐下來。

「還好。」他回答，還是沒把眼睛從電動移開。

「奧吉，我在跟你講話！」我把遙控器從他手裡抽走。

「喂！」他生氣的說。

「學校怎麼樣？」

「我說還好！」他吼回來，把遙控器搶回去。

「同學對你友善嗎？」

「還可以！」

「沒有人欺負你？」

他把遙控器放下，抬頭看我，彷彿我剛問了全世界最蠢的問題。「他們幹麼欺負我？」他說。

這是我第一次聽他用諷刺的口氣說話。我沒想過他也有這一面。

8｜帕達瓦消失記

我不確定奧吉那晚是什麼時候剪掉他的帕達瓦辮子，也不知道這件事為何讓我很生氣。他對《星際大戰》的一切樣樣著迷，我一直覺得這項迷戀挺討厭的；而他後腦勺的那條辮子，還有一顆小珠珠，尤其惹人厭。可是他一直很引以為傲，因為花了好久時間才留到這麼長，還親自去蘇活區的藝品店挑珠珠。他和他最好的朋友克里斯多福以前只要聚在一塊，常一起玩光劍，或是《星戰》的玩具，兩個人也差不多時間開始留辮子。那晚奧古斯特剪掉辮子，一句解釋也沒有，甚至沒有事先告訴我（這讓我很驚訝），也沒有打給克里斯多福，我真的很氣，氣到講不出理由。我看過奧吉對著浴室鏡子梳頭髮。他總是謹慎細心的想把每根頭髮都梳得整齊。他還會側著頭，用不同角度看自己，彷彿鏡子裡有什麼魔幻角度，能改變他臉的情況。晚飯後媽敲我的門。她看起來筋疲力盡，我察覺除了我和奧吉以外，今天對她來說也是難熬的一天。

「所以你想告訴我怎麼了嗎？」她又輕又柔的問。

「不要現在談，好嗎？」我回答。我在讀書。我累了。或許晚點我再告訴她米蘭達的事，但不是現在。

「那等你上床睡覺前我再來看你。」她說，然後過來在我額頭親了一下。

「菊兒今晚可以跟我一起睡嗎？」

「當然可以，我待會兒再抱她進來。」

「別忘了回來。」她離開時，我說。

「我保證。」

可是她那晚沒有回來，來的是爸。他跟我說，奧吉今天開學第一天狀況不好，媽花很多精神陪伴他。他問我今天過得如何，我跟他說還好。他說他不相信，我告訴他米蘭達和艾拉是混帳（不過我沒提我自己搭地鐵回家）。他說高中是測試友誼的最佳方法，接著拿我在讀托爾斯泰的《戰爭與和平》這件事說笑。這可不是開玩笑，因為我曾聽他跟人吹噓他有個「十五歲就在讀托爾斯泰的女兒」。他老是喜歡打趣的問我書看到哪兒了，是看到戰爭部分還是和平部分，還有，裡面是不是有拿破崙時代嘻哈舞者之類的東西。這些實在很蠢，但是爸總有辦法讓每個人笑。有時，你只需要這個，就能精神百倍。

「別生媽的氣，」他彎身給我晚安吻時這麼說：「你也知道她有多擔心奧吉。」

「我知道。」我理解。

「要開著燈還是關掉？有點晚了。」他說，在門邊的電燈開關旁停下。

「你可以先把菊兒抱進來嗎？」不一會兒，他懷裡抱著菊兒進來，把她放在我身邊的床上。

「晚安，寶貝。」他說，親吻我的額頭。他也親了菊兒的額頭。「晚安，孩子。祝好夢。」

9 門前幻影

有回半夜，我因為口渴醒來，看見媽站在奧吉的房門外。她把手放在門把上，額頭倚在門邊，看起來很奇怪。她不像是要進去他房間，也不像是剛出來，就只是站在門外，彷彿她在聽他睡覺時的喘息聲。走廊的燈關了。唯一將她照亮的，是奧古斯特臥室裡的夜燈。她站在那兒，好像一幢鬼影；或者，我該說宛若天使。我本想悄悄走回房間，別驚擾她，但她聽見我的腳步聲，朝我走來。

「奧吉還好嗎？」我問。我知道有時候他會忽然醒來，不小心翻背轉身，被自己的口水嗆到。

「喔，他還好。」她說，用雙臂環繞住我。她陪我走回房裡，幫我把毯子拉上，吻我，祝我晚安。她沒有解釋她究竟站在他的門外做什麼，我也沒有問。

不知道有多少個夜晚，她都是這麼站在門外。我也在想，她是否會那樣站在我門外。

10 早餐

「你今天可以去學校接我嗎？」隔天早上我在我的貝果抹奶油起司，一邊問媽。

媽正在做奧古斯特的午餐（美國起司加在全麥麵包上，夠鬆軟，奧吉能吃）。奧古斯特在餐桌前吃燕麥粥，爸正準備上班。我上高中以後，新的作息安排是早上跟著爸爸一起搭地鐵出門，因此，他必須比平時提前十五分鐘出門，我在學校那站下車，他則繼續往前搭。放學後，再由媽開車載我下課回家。

「我才正想打給米蘭達的媽媽，問她能不能再載你回家。」媽回答。

「不要，媽！」我趕緊說：「你來載我。不然我就自己搭地鐵。」

「你知道我不喜歡你一個人搭地鐵，」她回答。

「媽，我十五歲了！我這種年紀，大家都自己搭地鐵！」

「讓她自己搭地鐵，她可以。」爸從另一間房裡這麼說，一邊調整領帶，一邊走進廚房。

「為什麼不讓米蘭達的媽媽載她回家？」媽跟爸爭辯。

「她夠大了，可以自己搭地鐵。」爸堅持。

媽看了看我們倆。「發生什麼事了嗎？」她沒有特別把問題指向我或爸。

「要是你昨晚有回來看我，你就會知道了，」我恨恨的說：「**你自己說**你會回來看我的。」

「喔，天啊，維亞，」媽想起她昨晚完全把我忘了，她放下剛剛幫奧吉把葡萄切成兩半的刀子（因為奧吉的上顎太小，葡萄對他來說仍是會噎到的障礙物）。「很抱歉。我在奧吉的房裡睡著了。醒來的時候……」

「我知道，我知道。」我漠不關心的點點頭。

媽走過來，把她的手擺在我臉頰，把我的臉抬起來看著她。

「真的、真的很抱歉。」她低聲說。我聽得出來，她是說真的。

「沒關係！」我說。

「維亞……」

「媽，不要緊。」這次我是說真的。她聽起來真的很抱歉，讓我想放她一馬。

她吻了我，抱抱我，然後回頭繼續弄葡萄。

「唔，跟米蘭達發生什麼不愉快嗎？」她問。

「沒什麼，單純是她像個混帳。」我說。

「米蘭達不是混帳！」奧吉很快插嘴。

「她也可能是！」我大喊：「相信我。」

「好吧，那我去接你，沒問題。」媽決意的說，用刀背把切半的葡萄掃進一只點心袋裡。「反正也順路。我先開車去接奧吉，我們再開去接你，大概三點四十五左右到。」

「不！」我堅決的說，搶在她把話說完。

「依莎貝爾，她可以搭地鐵！」爸不耐煩的說：「她已經大了。她不只在讀《戰爭與和平》，而且能大聲朗誦。」

「《戰爭與和平》跟這又有什麼關聯？」媽回答，顯然相當惱怒。

「代表你不必開車接她，把她當成小女孩。」他嚴厲的說：「維亞，你好了嗎？去拿書包，我們走了。」

「我好了，」我說著背上背包。「拜，媽！拜，奧吉！」我快速親了他們倆，朝門走去。

「你有捷運卡嗎？」媽在我背後問。

「她當然有捷運卡！」爸回答，相當惱怒的模樣。「唉，媽媽！別操心這麼多了！拜拜。」他說完，在她臉頰吻了一下。「拜，我的大男孩，」他對奧古斯特說，也親親他的額頭。「我以你為榮。祝你有開心的一天。」

「拜，爸比！你也是。」我和爸小跑步走下門廊的階梯，往街道走去。

「放學後上地鐵前記得打電話給我！」媽從窗邊朝我大喊。我甚至沒轉過身，只朝她揮揮手，讓她知道我聽見了。爸倒是轉過頭，往回走了幾步。

「《戰爭與和平》，依莎貝爾！」他大喊，微笑指著我。「《戰爭與和平》！」

11｜基因101

爺爺奶奶雙方的家族都是來自俄國和波蘭的猶太人。波爸的祖父母從大屠殺逃出，在世紀交接之時來到紐約市。塔塔的爸媽也從納粹集中營逃出，在四〇年代來到阿根廷。波爸和塔塔是在下東區一場舞會認識，那時她進城去看一個表弟。後來他們倆結婚，搬去灣區，生下老爸和班叔叔。

媽這邊的家族來自巴西。除了她媽媽，也就是我美麗的外婆，還有她爸爸奧古思托，外公在我出生前去世；媽媽的其他家人，所有優秀的阿姨、叔叔、表兄弟姊妹，全都還住在熱內盧，位在里約南側的奢華郊區。外婆和奧古思托在六〇年代初期搬去波士頓，生了媽和凱特阿姨，凱特阿姨後來嫁給波特叔叔。

爸媽在布朗大學認識，他們從那時候就在一起了。依莎貝爾和奈特，兩人就像豆莢裡的一對豌豆。他們大學一畢業就搬去紐約，幾年後懷了我，大概在我一歲時，搬去北河高地市中心的磚造別墅，那裡有很多新手爸媽組成的小家庭。

即使家裡混合了多國血緣，但是基因庫中，沒有人有奧古斯特那種疾病的顯著特徵。我研究過那些綁頭巾、老早過世的親戚，他們在粒狀的黃褐相片裡；還有穿著亮白亞麻西裝、軍服的遠房表兄弟，留著蜂巢狀髮型的淑女黑白快照；以及穿著喇叭褲的青少年、長頭髮的嬉皮拍立得照；我從沒在他們的臉上發現奧古斯特的影子。一點也沒有。

奧古斯特出生後，我爸媽去找遺傳基因諮詢顧問。他們告訴我爸媽，奧古斯特似乎是有「產前無法預知的下顎骨顏面發育不全症，是由第五對染色體上的 TCOF1 基因的染色體隱性突變，外加半側面部肢體發育不良。」有時，這些突變可能在懷孕期產生。有時，突變會遺傳自帶有顯性基因的父母。有時，是由眾多基因交互作用導致，也或許併有環境因素。這稱為多因素遺傳。以奧古斯特的例子，醫生只能辨識出其中一項是由於「單核苷酸缺失突變」，造成他的顏面損傷。奇怪的是，當你看著我爸媽時，你一定不會發現：我爸和我媽都有那個突變基因。

是的，我也帶有這個基因。

12 棋盤方格法

如果我有小孩，我將有缺陷的基因遺傳給他們的機率是二分之一。這並不代表他們會長得像奧古斯特，但是他們將會帶有奧古斯特的那種缺陷基因。那種基因在奧吉身上發生的機率變成兩倍，導致他的外表如此。如果我嫁給一個有同樣缺陷基因的人，我們的小孩有一半的機率會帶有缺陷基因，但外表完全正常；有四分之一的機率完全不帶基因；有四分之一的機率會像奧古斯特那樣。

如果奧古斯特和一個沒有這種基因的人生小孩，他們的小孩百分之百會遺傳這樣基因，但是他們的小孩像奧古斯特那樣的機率是零。這就代表，無論如何，奧吉的小孩都會帶有基因，但可以外表看起來完全正常。要是奧吉和一個帶基因的人結婚，那麼，他們小孩受缺陷基因影響的機率和我小孩一樣。

不過，這只解釋了奧古斯特能夠解釋的層面。他的基因結構還有別的部分，不是來自遺傳，而是因為運氣不好。

多年來，很多醫生都為我爸媽畫過棋盤圖，想為他們解釋基因法則。基因學家用龐式表方格法來判斷遺傳、隱性顯性基因、機率可能性等。不過即使如此，還是有很多未知的部分。縱使他們能預測機率，也無法確切保證。他們使用諸如「生殖系嵌合體」、「染色體重組」、「遲延突變」等詞彙解釋為何科學有所極限。其實，我很喜歡聽醫生解說。我喜歡「科學」這個詞唸起來的聲音。我喜歡聽他們用你不了解的字解釋你不了解的事。

「生殖系嵌合體」、「染色體重組」、「遲延突變」這些詞底下，住著無數人。無數永遠不會出生的孩子，好比我的。

13 過去式

米蘭達和艾拉是過去式了。她們黏著一群新的人，成天想的是出風頭的高中生活。經過一週痛苦的午餐時間、聽她們討論我不感興趣的人物，我決定脫離這個三人團體。她們沒問什麼，我也沒說謊，大家單純分道揚鑣。

一段時間以後，我甚至不介意了。不過，我大約一星期沒去吃午餐，這讓過渡期好過一點，避開虛假的**喔，真是的，這桌沒你的位子啊，奧麗維亞！**直接去圖書館讀書比較乾脆。

十月時，我讀完了《戰爭與和平》。太棒了。大家都以為這本書很硬，不好讀，但其實整本書只是一齣肥皂劇，很多角色墜入愛河、為愛爭奪、爭得你死我活。真希望有天我也能那樣戀愛。我要我老公愛我，就像安德烈王子愛娜塔莎那樣。

後來我常跟一個叫愛麗諾的女生出去，是我之前在社團認識的，雖然我們以前讀不同的學校。愛麗諾一直是個非常聰明的女生，她以前有點愛哭，不過人很好。我一直沒發現她那麼有趣（不是那種大刺刺的搞笑，而是常常妙語如珠），她也從不知道我能這麼活潑。

我想，愛麗諾一直把我想得很嚴肅。後來發現，她一直都不喜歡米蘭達和艾拉。她覺得她們倆自命清高。

透過愛麗諾的引介，午餐時間我改為加入資優學生桌。這群人，比我原本習慣交遊的人多，背景也都不同。裡面有愛麗諾的男友凱文，他有天一定會變成級長；幾個理工很強的男生、幾個跟愛麗諾一樣參加畢業紀念冊委員會和辯論社的女生；還有一個叫賈斯汀的男生，他戴著一副小小圓圓的眼鏡，很安靜，拉小提琴，我第一眼就迷上他。

偶爾巧遇米蘭達和艾拉時，我們會說聲：「嗨，你好。」然後繼續各走各的。她們現在都跟超級受歡迎的人來往。偶爾，米蘭達會問我奧古斯特最近怎樣，然後說「幫我跟他打招呼」。其實我一直沒有幫她傳話。不是因為鄙視米蘭達，而是因為，近來奧古斯特都把自己囚禁在自己的世界。有時在家裡，我們甚至不來往，不講話。

14 十月三十一日

外婆是在萬聖節前夕過世的。雖然四年過去了，但打從那時起，每年一到這個時節仍是我的傷心季。對媽來說也是如此，雖然她不會掛在嘴邊。她會把注意力轉移到幫奧古斯特準備服裝上，因為我們都知道，一年之中，萬聖節是他最喜歡的節日。

今年也是一樣。奧古斯特想扮《星際大戰》裡的一個角色，叫波巴．費特，所以媽就去幫他找合他尺寸的費特服裝。但奇怪的是，到處都缺貨。她每家網路商店都找了，總算在eBay拍賣網找到幾件，但是沒有辦法單買一件，所以最後她就買了一件強格．費特的服裝，然後塗上綠漆，修改成波巴．費特裝。整套作業，她大概花了兩星期，完成那套蠢服裝。喔，不，我不會提我媽從沒幫我準備過萬聖節服裝的事，因為沒有任何意義。

萬聖節那個早上，我醒來時想起外婆，我覺得很傷心、很想哭。爸一直催我趕快把衣服換好，這讓我壓力變得更大，忽然就哭了出來。我只想待在家裡。

所以那天早上，由爸帶奧古斯特去學校，媽說我可以待在家裡，我們倆一起哭了好一會兒。有一件事是我確定的：無論我有多麼想念外婆，媽對她的想念一定更深。每次奧古斯特動完手術後生命垂危被緊急送進急診室時，外婆永遠都在媽身邊。可以和媽一起哭，感覺真好。我想，這對我們倆來說都一樣。

媽提議我們倆一起看《幽靈與未亡人》*，那是我們最愛的黑白電影之一。我同意，這確實是個好點子。我想，我大概會利用這個看影片兼發洩眼淚的空檔，告訴媽在學校跟米蘭達和艾拉的不愉快。但就在我們電視前坐下，準備播放DVD時，電話忽然響了。是奧古斯特學校的護士打來的，跟媽說奧古斯特胃痛，請她來學校接他。就這樣，老電影和母女知心時間告吹。

媽去接奧古斯特，他一回家，馬上進浴室嘔吐。然後立刻躲進他房裡，拉起棉被蓋住頭。媽幫他量體溫，端熱茶給他，再度回復「奧古斯特的媽」這個角色。至於那個短暫復出的「維亞的媽」，當然又被擱在一旁。不過我了解：奧古斯特的狀況很糟。

我們都沒有問他為什麼穿尖叫骷髏去學校，而不是媽為他準備的波巴・費特裝。窩在地板做了兩星期的衣服，最後根本沒派上用場。不知道媽看了，是不是很生氣。就算會，她也沒有展露出來。

*《幽靈與未亡人》（*The Ghost and Mrs. Muir*），一九四七年美國電影。

15 不給糖就搗蛋

那天下午，奧古斯特說他不舒服，沒辦法去敲門要糖果。這對他來說一定不太好受，因為我知道他有多愛去要糖，特別是戶外已漸漸沉入夜色。雖然我老早過了要糖的年紀，通常我也會隨便戴個面具或什麼的，陪他在我們的社區走上走下，看他敲人家的門，興奮的搖搖擺擺。我知道，這是一年之中，他唯一能跟其他小孩一樣的日子。沒有人知道在面具底下，他的臉跟別人不一樣。這對奧古斯特來說，感覺一定很神奇。

那晚七點的時候，我敲敲他的門。

「嗨。」我說。

「嗨。」他回我。他沒有在玩電動，也沒有在看漫畫。單純躺在床上看天花板。菊兒跟往常一樣，躺在他身邊，把頭枕在他大腿上。尖叫骷髏裝丟在地上，癱在波巴．費特旁邊。

「你的胃還好嗎？」我說，在他床邊坐下。

「我還是想吐。」

「你確定你不去萬聖節遊行？」

「確定。」這讓我很訝異。奧古斯特通常不輕易向身體狀況屈服，無論是手術幾天後玩滑板，或是在嘴幾乎縫死的情況下，勉強用吸管喝湯。這是一個不到十歲，就已經接受過比一般人十輩子都還多的針、藥、治療的孩子，難道現在一點反胃就礙得了他？

「想告訴我怎麼回事嗎？」我說，語氣聽來有點像媽。

「不想。」

「是學校的事嗎？」

「嗯。」

「老師？功課？朋友？」他沒有回答。

「有誰說什麼嗎？」我問。

「有人閒言閒語。」他酸溜溜的說。我聽得出來，他快哭了。

「告訴我發生什麼事。」我說。

他總算告訴我事情經過。他聽到學校一些男生**非常**惡毒的說他壞話。其他男生怎麼說他不介意，他早已心裡有數，但是，其中一個之前被他當成「最好朋友」的傑克．威爾也這樣說，讓他非常受傷。我記得過去幾個月，他提起傑克好幾次。我記得爸媽說他看起來是個很好的孩子，說他們很慶幸奧古斯特在學校交到這種朋友。

「小孩有時就是這麼蠢。」我輕輕的說，握住他的手。「我相信他不是故意的。」

「那他為什麼要那麼說？他一直假裝是我的朋友。大概是托許門先生用加分賄賂他吧，還是什麼的。我敢打賭，他一定是說，嗨，傑克，要是你行行好去跟那個怪物做朋友，今年就不用參加考試。」

「你知道事情不是這樣的。還有，不要叫你自己怪物。」

「隨便。真希望我一開始就沒有踏進那所學校。」

「可是我以為你滿喜歡的。」

「我恨死了！」他忽然怒火上升，搥他的枕頭出氣。

「我恨死了！我恨死了！我恨死了！」他簡直用最大嗓門這麼尖叫。

我沒說什麼。我不知道該說什麼。他受傷了。他很生氣。

我讓他繼續發洩他的情緒幾分鐘。菊兒開始舔他臉上的淚。

「快別這樣，奧吉，」我說，輕拍他的背。「你為什麼不換上你的強格・費特裝然後……」

「是波巴・費特裝！為什麼大家都把兩件事搞混？」

「波巴・費特裝，」我改口，努力保持鎮定，伸出手臂摟著他。「我們去遊行好嗎？」

「要是我去遊行的話，媽一定會覺得我康復了，這樣明天她就會叫我去上學。」

「媽不會逼你的，」我回答：「快點，奧吉。我們走吧。一定會很好玩的，我保證。我把我的糖都給你。」

他沒有再爭辯，而是下床，慢慢穿上他的波巴・費特裝。我幫他調整皮帶、拉緊腰帶，等他把頭盔也戴好時，看得出來，他好多了。

16 重新思考

隔天，奧古斯特假裝胃痛，這樣他就不必去上學。我承認，我覺得媽有點可憐，因為她是真的擔心他的胃，但我已經答應過奧古斯特不把他學校的事告訴媽。

到了星期天，他還是執意不回學校。

「你打算怎麼跟爸媽說？」他這麼說時我問他。

「是他們自己說我隨時可以休學。」他說這句話的時候，眼睛還是盯著他手上的漫畫書。

「可是你從來不是那種會中途放棄的小孩，」我誠實的說：「這不像你。」

「我要休學。」

「你得把理由告訴爸媽。」

我提醒他，把他手上的漫畫抽走，逼他抬頭看我。

「這樣媽才能打電話去學校報備，讓所有人都知道。」

「傑克會有麻煩嗎？」

「應該會吧。」

「那很好。」

我得承認，奧古斯特讓我越來越驚訝。他又從書櫃抽了本漫畫，翻讀起來。

「奧吉，」我說：「你真的要讓一、兩個小鬼阻礙你的求學路？我知道你上學上得很開心，別讓那些人對你發揮那麼大的影響，別讓他們稱心如意。」

「他們甚至不知道我聽見了。」他解釋道。

「嗯，我知道，可是……」

「維亞，沒關係，我知道我自己在做什麼。我已經下定決心。」

「可是這太瘋狂了，奧吉！」我加重語氣的說，又把新的漫畫抽走。

「你得回學校去。大家都會有討厭上學的時候。我有時也討厭上學、討厭朋友。可是這就是生活，奧吉。你希望別人用正常的態度對你，對嗎？這樣就是正常！就算有時不順遂，我們一樣要去上學，懂嗎？」

「別人會特別閃開以免碰到你嗎，維亞？」他回答，讓我瞬間答不出話。「嗯，沒錯，我正是這麼想的。請不要把你在學校的不如意跟我比好嗎？」

「嗯，你這麼說有道理，」我說：「可是重要的不是比誰的日子慘，奧吉。而是，所有人都得忍耐不如意。唔，除非你這輩子都想被別人當成小朋友，或是有特殊需求的小孩，否則你得振作，繼續下去。」

他沒再說什麼，但我想，最後幾句話有抓到他的心。

「你不必跟那些小孩多說什麼，」我繼續說：「奧古斯特，其實，我覺得，你知道他們說什麼，可是他們不知道你聽到什麼，這很酷，你不覺得嗎？」

「什麼意思？」

「你知道我什麼意思。你不必再跟他們講話，如果你不想的話。他們也永遠不會知道原因。了解嗎？或者，你也可以跟他們假裝是朋友，但是內心深處知道不是。」

「你就是這樣對米蘭達嗎？」他問。

「不是，」我迅速的說，像是在自我防衛。「我從不會偽裝我對米蘭達的感覺。」

「那你為什麼說我應該那麼做？」

「我沒有！我只是說，你不該讓那些小混蛋阻撓你，只是這樣而已。」

「就像米蘭達跟你。」

「你幹麼一直提米蘭達？」我不耐煩的大吼。「我正在跟你討論你朋友的事，別把我扯進去。」

「你甚至沒跟她做朋友了。」

「這跟我們現在談的事有什麼關係？」

奧古斯特看我的表情，使我想起洋娃娃的臉。他一臉空白的瞪著我，一雙洋娃娃的眼睛半闔著。

「她前幾天打電話來。」最後他說。

「什麼？」我嚇呆了。「那你怎麼沒告訴我？」

「她不是打給你，」他回答，把兩本漫畫從我手裡抽走。「她是打給我。只是打招呼，看我過得如何。她甚至不知道我去學校上學，我真不敢相信，你竟然都沒跟她講。她說你們倆現在比較不常賴在一塊，但是她希望我知道，她永遠會像大姐姐一樣愛我。」

這下我更震驚了。像被叮到一樣。大吃一驚、嘴裡吐不出話。

「你為什麼沒告訴我？」最後我說。

「我不知道。」他聳聳肩，又把第一本漫畫翻開。

「唔，如果你不去上學的話，我就把傑克．威爾的事告訴爸媽。」我這麼說：「托許門大概會打電話叫你去學校，要傑克和其他小孩當眾跟你道歉，然後大家就把你當成一個應該送去特殊學校的小鬼。這是你要的嗎？因為事情一定是這樣發展。否則，你就回學校繼續上課，像是什麼都沒有發生。或者，你想逼問傑克，也可以。可是無論如何，你……」

「好、好、好。」他插嘴。

「什麼？」

「好，我回去上學！」他大吼，雖然不大聲。「可以了吧。我現在可以看我的書了嗎？」

「好！」我答。轉身離開他房間時，我想到一件事。「米蘭達有提到我嗎？」

他從漫畫書抬起頭，直直看著我眼睛。

「她叫我告訴你她想你。報告完畢。」

我點點頭。

「謝啦。」我隨興的說，不好意思讓他看見我有多開心。

第三部

小夏

無論他們說什麼
你是美麗的
任何言語都無法擊倒你
你是美麗的，從每一個方面
是的，任何言語都無法擊倒你

——克莉絲汀·阿奎萊拉，〈美麗的〉
（Christina Aguilera, *Beautiful*）

1 怪孩子

有些人真的直接跑來問我，幹麼那麼常跟「那個怪物」在一起。這些人甚至不認識他，如果他們認識他的話，就不會那麼叫他了。

「因為他是個好人！」我總是這麼回答。「還有，別那麼叫他。」

「你真是聖人，小夏，」希梅納．琴幾天前這麼對我說：「我沒辦法那麼做。」

「沒什麼大不了的。」我誠實的回答她。

「是托許門叫你去跟他做朋友的嗎？」夏綠蒂．寇蒂這麼問。

「不是。我跟他做朋友，是因為我想跟他做朋友。」我回答。

誰料想得到，午餐時間我和奧古斯特．普曼坐一塊，竟可以引起這麼一番軒然大波？其他人的反應，好像那是全世界最怪的事。小孩有時真的能怪到讓人無法想像。

開學第一天我去和他一起坐，是因為我覺得他很可憐，就只是這樣而已。他就坐在那裡，一個看起來很奇怪的小孩，來到一個全新的學校，沒人跟他講話，大家都瞪著他。我原本坐的那一桌，幾個女生都在交頭接耳、竊竊私語。他並不是畢奇爾中學唯一的新生，卻是唯一一個被拿來當話題的人。

朱立安還給他封了個綽號，叫**殭屍小鬼**，於是大家都這麼叫他。「你看到那個殭屍小鬼了嗎？」諸如此類的流言開始流傳。奧古斯特當然知道。就算你有一張正常的臉，當一個新生也不是件容易的事，何況他有那樣一張臉？

所以我過去和他坐在一起。那沒什麼大不了的，我真希望大家別一直炒熱這個話題。他只是個孩子。我不否認，他確實是我看過長得最奇怪的孩子。

但是，他也只是個孩子。

2 黑死病

我承認，奧古斯特的臉確實需要花點時間適應。我已經和他坐在一塊午餐兩個星期了，不得不說，他的吃相確實不太好看。不過他人滿好的，我也得說，我不再覺得他很可憐。或許那是我一開始跟他坐在一起的理由，卻不是讓我繼續下去的原因。我找他一塊吃午餐，是因為他很有趣。我很不喜歡這個年級的原因在於，很多人會擺出一副自以為已經長大成年，那種不屑玩某些東西的態度。下課時間，他們只想「賴在一塊」或「聊八卦」。現在，他們滿嘴講的都是誰愛誰，誰很迷人，誰不迷人等。奧古斯特就不會管這些。下課時他喜歡玩 Foursquare 上的打卡遊戲，我也愛玩這個。

就是因為我跟奧古斯特玩 Foursquare，我才發現「黑死病」這個玩意兒。顯然，這是從今年初開始的一種「遊戲」：誰要是不小心碰到奧古斯特，得在三十秒內洗手或是找到手部消毒液，否則就會受到感染。我不確定要是被感染的話會怎樣，因為目前為止還沒有人碰過奧古斯特，沒有人直接碰。

我會發現這件事，是因為瑪雅．馬可維茲告訴我她下課不跟我們玩 Foursquare，是因為她不想感染黑死病。我問她：「什麼是黑死病？」然後她才告訴我。我跟瑪雅說，我覺得這種想法很愚蠢，她也同意，但她還是不願碰奧古斯特剛碰過的球，如果她可以的話。

3｜萬聖派對

我好興奮，因為我收到薩瓦娜的萬聖派對邀請。

薩瓦娜恐怕是全校最受歡迎的女生。所有男生都喜歡她，女生也都想跟她做朋友。她是全年級第一個真的有「男朋友」的女生。不過她後來甩了他，開始跟亨利‧卓普林交往。這也很合理，因為他們倆看起來已經像青少年了。

總之，雖然我不屬於「最受歡迎」的小圈圈，卻還能收到邀請，真是太棒了。我跟薩瓦娜說我會去她派對時，她對我很好，還特別強調她沒有邀很多人，叫我不要跟沒有受邀的人炫耀。好比瑪雅就沒有受邀。薩瓦娜也提醒我不要變裝。還好她有提醒我，要不然，我一定會變裝參加萬聖派對，不是我為萬聖遊行準備的獨角獸裝，而是我會穿去學校的哥德女孩裝，但即使是那樣的打扮也是薩瓦娜派對的禁止項目。

去參加薩瓦娜派對唯一的缺點就是，去了我就不能參加晚上的遊行，而我的獨角獸裝就要白白浪費了。這實在有點討厭，不過還算可以接受。

總之，到了她的派對以後，薩瓦娜在門口迎接我，接著問：「你男朋友呢，小夏？」

我一開始不知道她在說什麼。

「我想他萬聖節也不必戴面具吧？」她補充道。我知道了，她在說奧古斯特。

「他不是我男朋友。」我說。

「我知道。我只是開玩笑！」她親了親我的臉頰（她那群朋友用親臉頰向彼此打招呼），然後幫我把外套掛在走廊上的衣帽架。她牽起我的手走下階梯來到地下室，派對就在這裡舉辦。我沒看到她爸媽。

現場大概有十五個人：他們都是人氣很旺的同學，不是薩瓦娜那夥人，就是朱立安那一群。因為其中有幾個人正在交往，我想他們就乾脆聚成一個超大的人氣團體。之前我甚至不知道同學之間有那麼多班對。我的意思是，我知道薩瓦娜和亨利在一起，可是希梅納和邁爾斯呢？還有愛莉跟艾莫思？愛莉跟我差不多平凡耶。

總之，我才到差不多五分鐘，亨利和薩瓦娜站到我旁邊，他們簡直像盤旋在我正上方。

「唔，我們想知道，你為什麼那麼常跟那個殭屍小鬼混在一起？」亨利說。

「他不是殭屍啦。」我笑著說，彷彿他們是在開玩笑。我露出微笑，雖然我並不想笑。

「你知道嗎，小夏，」薩瓦娜說：「你要是沒跟那傢伙在一塊的話，你的人氣會旺很多。我就跟你直說好了：朱立安他喜歡你。他想約你出去。」

「是嗎？」

「你覺得他迷人嗎？」

「嗯……唔，是吧，我想。嗯，他滿有魅力的。」

「這樣的話你得做個選擇，看你要跟誰在一起。」薩瓦娜跟我講話的態度，好像是一個大姐姐跟小妹妹訓話似的。「大家都喜歡你，小夏。每個人都覺得你真的很好，而且你真的、真的很漂亮。要是你想的話，你可以加入我們，沒問題的。相信我，在我們那一年級裡，想要得到這個特權的女生可多著呢。」

「我知道。」我點點頭。「謝謝你。」

「不客氣，」她回答：「要我叫朱立安過來跟你說嗎？」

我循著她指的方向看過去，看到朱立安也在往我們的方向看。

「嗯，其實我需要先去上洗手間。在哪裡？」

我往她指的方向走去，在浴缸邊坐下，然後打電話叫媽來接我。

「一切都還好嗎？」媽問。

「嗯，我只是不想待太久。」我說。媽沒有再問什麼，只說她十分鐘後到。

「別按門鈴，」我告訴她：「你到了以後先打給我。」

我在洗手間一直待到媽打電話來，然後我溜上樓，趁沒人看見，拿了外套走出去。

才九點半而已。愛米司佛特大道的萬聖遊行正熱鬧著，四處都是洶湧的人潮。大家都換上萬聖裝。有人骨、海盜、公主、吸血鬼、英雄。

可是一隻獨角獸也沒有。

4 十一月

隔天到學校，我跟薩瓦娜說我吃了過期的萬聖節糖果，肚子痛，就先離開了。她相信了我的話，畢竟最近確實正流行腸胃炎，所以是個不錯的謊話。

我還告訴她我喜歡上別人，但不是朱立安，請她放過我，可以的話幫我把話傳給朱立安，說我沒有興趣交往。她當然想知道我喜歡上誰，我就跟她說是祕密。

萬聖節隔天奧古斯特沒有來上學，後來碰到他的時候，我看得出來，他有心事。

他好奇怪！午餐幾乎沒講一句話，連我跟他說話時，他都只低頭看著他的食物，不想直視我的眼睛。

最後，我就問：「奧吉，一切都好嗎？你對我生氣還是什麼的嗎？」

「沒有。」他說。

「你萬聖節那天不舒服，真可惜。我一直在走廊找波巴．費特的蹤影。」

「嗯，我生病了。」

「你也得了腸胃炎嗎？」

「嗯，我想是吧。」

他打開一本書開始看，實在有點沒禮貌。

「埃及博物館計畫真讓人興奮，」我說：「你覺得呢？」

他搖搖頭，嘴裡塞滿食物。我這次把視線移開，因為他嚼東西的樣子，很像是他故意擺出噁心的表情。還有他眼睛有點微閉，讓我有股很不好的感覺。

「你選什麼計畫？」我問。

他聳聳肩，從他牛仔褲的口袋拿出一小張紙，從桌上輕輕丟給我。

為了十二月的埃及博物館日，我們這個年級，每個人都被分派要製作一項埃及文物。老師們把主題寫在一張張小紙上，放進金魚缸，讓每個同學排隊，輪流抽出自己的題目。我打開奧古斯特的小紙條。

「喔，好酷！」我說，或許語氣有點太興奮了，因為我想振奮他的精神。「你抽到薩卡拉階梯金字塔！」

「我知道！」他說。

「我拿到阿努比斯，是『來生』的守護神。」

「狗頭人身的那一個嗎？」

「其實是胡狼頭，」我糾正他。「嗨，你要不要下課後一起做報告？你可以來我家。」

他把手中的三明治放下，倚在椅子上往後靠。我甚至無法描述他臉上的表情。

「你知道嗎，小夏，」他說：「你沒必要這麼做。」

「你在說什麼？」

「你沒必要跟我做朋友。我知道是托許門先生吩咐你的吧。」

「我完全聽不懂你在說什麼。」

「你不必假裝，我只想說這個。我知道托許門先生在開學前跟幾個人聊過，要你們跟我做朋友。」

「他沒有找我，奧古斯特。」

「有，他一定有。」

「不，他沒有。」

「有，他一定有。」

「沒有，他真的沒有！我發誓！」我把手高舉在空中，讓他看見我的手指沒有交疊，證明我沒說謊。他馬上低頭看我的腳，所以我也趕緊把我的雪靴甩掉，讓他檢查我的腳趾，完全沒有交叉。

「你穿著褲襪。」他還是懷疑。

「你有看到，我的腳趾是平的！」我大喊。

「好，你不必尖叫。」

「我不喜歡莫須有的罪名，好嗎？」

「好。對不起。」

「你應該。」

「他真的沒吩咐你？」

「奧吉！」

「好，好，真的很抱歉。」

原本我還繼續在氣他，但是他告訴我萬聖節當天發生的不幸，我就再也生氣不起來了。簡單的說，他聽到傑克在他背後說他壞話，很難聽的一些話。他這麼一說我就了解了，我也知道他為什麼「生病」缺席了。

「答應我不跟別人講。」他說。

「我不會。」我點點頭。「答應我，以後不會再用那種冷酷的態度對我，好嗎？」

「我保證。」他說，然後我們打勾勾。

5｜警告：請做好心理準備

我跟媽警告過奧古斯特的臉。我也描述過他的長相。我這麼做，是因為我知道她有時不太擅長掩飾自己的感覺。奧古斯特今天第一次來我們家，我甚至在她上班時發了封簡訊給她，特別提醒她這件事。但是她下班回到家以後，我還是能從她臉上讀出，她的準備還不夠。她穿過門、第一次看見他的臉時，她嚇到了。

「嗨，媽，這是奧吉。他可以留下來吃晚餐嗎？」我迅速的問。

我的問題甚至花了一秒，才正式對她生效。

「嗨，奧吉，」她說：「嗯，那當然，親愛的。如果有跟奧吉的媽媽說過的話。」

奧吉用他的手機打給他媽媽時，我輕聲對她說：「別再擺出那種奇怪的臉！」她要是看新聞或是聽到什麼恐怖的消息，臉上就會浮現那種表情。但她很快點點頭，像是沒意識到自己做出怪表情，之後對奧吉就很親切，也很正常。

一會兒以後，我和奧吉報告做累了，去客廳晃一晃。奧吉在看壁爐架上的相片，他看到一張我和爸爸的合照。

「這是你爸爸嗎？」他問。

「嗯。」

「我之前不知道你是……該怎麼說？」

「混血兒。」

「沒錯！就是這個字。」

「嗯。」

他又看看那張相片。

「你爸媽離婚了嗎？我從沒看他接你下課或什麼的。」

「喔，沒有，」我說：「他是軍隊士官。幾年前過世了。」

「咦！沒聽你說過。」

「嗯。」我點點頭，遞給他一張我爸穿軍服的相片。

「哇，看看他身上的勛章。」

「嗯，他滿厲害的。」

「小夏，我很抱歉聽到這件事。」

「嗯，真的很難過。我很想念他。」

「嗯。」他點點頭，把相片遞還給我。

「你有認識的誰過世了嗎？」我問。

「我外婆，不過我連她的樣子都不太記得。」

「真是太糟了。」

奧吉點點頭。

「你有想過人死了以後去哪裡嗎？」我問。

他聳聳肩。「不算有吧。我的意思是，我想，是上了天堂嗎？我外婆是去那邊。」

「這個問題我常常想，」我說：「我想，人死的時候，他們的靈魂會去天堂，但只是去一會兒。他們會在那裡看見自己的老朋友之類的，有點像是緬懷過去的歲月。但是之後，我真的覺得，靈魂會開始思考他們在地上的生活，看看自己是好人還是壞人。然後他們又重新出生，成為這個世界的新生兒。」

「為什麼他們會想這麼做？」

「因為這樣，他們就有機會把錯誤改正，」我回答：「他們的靈魂會有機會重新開始。」

他想了想我說的，然後點點頭。「這有點像是補考。」他說。

「嗯。」

「可是他們再回來的時候，看起來不會一樣，」他說：「我的意思是，再回來的時候，他們的長相會完全不一樣，對不對？」

「喔，沒錯，」我回答：「你的靈魂保持原狀，但是其餘一切都不一樣。」

「我喜歡這個說法，」他頻頻點頭。「我真的喜歡，小夏。這樣代表，我下輩子不會長這張臉。」

這麼說的時候，他指著自己的臉，眨眨眼睛，讓我笑了起來。

「我想不會吧。」我聳聳肩。

「嗨，我還有可能變帥哥呢！」他笑著說：「很酷吧？我重新投胎的時候，可能變成帥哥，又高又帥。」

我又笑了起來。他很喜歡自我解嘲，是我最喜歡奧吉的地方。

「嗨，奧吉，我能問你一個問題嗎？」

「嗯。」他說，像是他完全知道我想說什麼。

我遲疑了一會兒。這個問題我想問一段時間了，卻一直沒有勇氣提起。

「什麼？」他說：「你想知道我的臉怎麼了嗎？」

「嗯，我想是吧。如果我能問的話。」

他聳聳肩。看到他沒有生氣或難過，我心裡那塊石頭總算放下。

「嗯，沒什麼大不了的，」他輕鬆的說：「主要是一種叫『下顎骨顏面發育不全』的東西，這個名字我花了好久才背起來。但是我還有其他症狀，名稱我不會講。這些東西，有點像結合在一起，變成一個更大的症狀，因為很罕見，甚至沒有名字。我的意思是，我不是想吹噓或什麼的，但醫學界甚至把我視作奇蹟，你明白嗎？」

他露出微笑。

「剛剛那句是笑話，」他說：「你可以笑。」

我微笑，搖搖頭。

「你很幽默，奧吉。」我說。

「是的，我確實，」他驕傲的說：「我很酷。」

6 埃及之墓

接下來一個月，奧古斯特和我下課後常常在一起，不是去他家就是來我家。奧古斯特的爸媽甚至邀了我和媽媽好幾次，去他們家吃晚餐。我還聽見，他們說想安排媽和奧古斯特的班叔叔相親呢。

埃及博物館展覽那天，我們都很興奮，也有點頭昏眼花。前一天下了雪，雖然沒有像感恩節假期下那麼多，但畢竟還是下了雪。

體育館搖身一變，成了大型博物館，大家的埃及文物一字排開，展示在桌子上，還放上一張簡介小卡。大部分的展示作品都很棒，但我得說，我真的認為我和奧古斯特的最棒。我的阿努比斯雕塑看起來跟真的一樣，上面甚至用了真的金漆。奧古斯特用方糖製作他的階梯金字塔。一共兩呎高，兩呎寬，他還在金字塔上噴了仿沙的噴漆，看起來棒極了。

我們都換上埃及服飾。有些小孩是印第安那瓊斯風格的考古學家，有些穿得像法老王。奧古斯特和我穿得像木乃伊，除了眼睛兩個孔、鼻子一個洞露出外，整張臉也都包起來了。

家長抵達的時候，他們都在體育館前的走廊排成一列。然後老師跟我們說可以去找爸媽，大家就拿著手電筒，穿越黑暗的體育館，帶爸媽繞一圈。我和奧古斯特一起帶著我們的媽媽參觀，在每一個作品前停下來看，解釋是什麼東西，低聲交談，回答問題。因為光線很暗，我們一邊聊，一邊拿手電筒照亮展覽品。有時，為了增添戲劇化的效果，我們還會把手電筒放在下巴下，詳細的做解釋。聽著黑暗裡的低聲細語，看著所有光束在昏暗的體育館裡穿梭，真的很好玩。

後來，我走去飲水機喝水，不得不把木乃伊纏繞帶解開。

「嗨，小夏，」傑克走過來對我說，他打扮得像電影《神鬼傳奇》裡的男人。「很酷的裝扮。」

「謝謝。」

「另外一個木乃伊是奧古斯特嗎？」

「嗯。」

「嗯……嗨，你知道奧古斯特為什麼生我的氣嗎？」

「嗯。」我點點頭。

「你能告訴我嗎？」

「不能。」

他點點頭，似乎不怎麼開心。

「我跟他說過我不會告訴你。」我解釋。

「真是奇怪，」他說：「我完全不知道他為什麼忽然生我的氣。真的不知道。你不能至少給我個線索嗎？」

我抬頭看看奧古斯特，他正在另一頭跟我們的媽媽講話。我才不要打破我的承諾。我答應過他，不把他在萬聖節聽到的話跟任何人說。但我覺得傑克滿可憐的。

「尖叫骷髏。」我在他耳邊小聲說了這句，然後就走開了。

第四部

傑克

這是我的祕密。非常簡單。
只有用一個人的心，才能看得清楚。
不可或缺的事物，肉眼無法看見。

——聖艾修伯里《小王子》
（Antoine de Saint-Exupéry, *The Little Prince*）

1 電話

八月的時候，我爸媽沒接到那通托許門先生的來電，他是我之後要讀的中學校長。我媽說：「或許他打給所有新生歡迎他們吧。」我爸說：「這麼說他得打很多電話。」於是我媽回了校長電話，我能聽見她跟托許門先生電話交談的內容。

她是這麼說的：

「喔，嗨，托許門先生。我是愛曼達．威爾，您剛剛打來過？**停頓**。喔，謝謝！您這麼說真好。他也很期待。**停頓**。嗯。**停頓**。唔。**停頓**。喔。那當然。**一段很長的停頓**。喔。嗯。**停頓**。唔，您這麼說太客氣了。**停頓**。那當然。喔。哇。喔。**超長的停頓**。我知道，那當然。我相信他會的。讓我把這件事寫下……知道了。等我找機會跟他說過以後，我再打給您，好嗎？**停頓**。不會，謝謝您想到他。再見！」

等她掛上電話，我就問：「怎麼了，他說什麼？」

媽說：「唔，其實挺榮幸的，但也滿令人難過的。唔，有個男生今年開始讀中學，但是他之前從沒去過學校，因為他在家就學。所以托許門先生就問低年級的老師，問他們覺得有沒有誰是特別棒的孩子，今年要升五年級。一定是老師向他推薦你，說你是個特別出色的孩子，當然我知道你很優秀，所以托許門先生想問你願不願意協助這個孩子，讓他在學校生活能早一點上軌道？」

「是說要我跟他一起玩嗎？」我說。

「沒錯，」媽說：「他的說法是，當一個『迎賓大使』。」

「為什麼是我？」

「我跟你說過了。你的老師跟托許門先生說，你人緣很好，和善親切。我的意思是，我很榮幸他們這麼看重你……」

「那為什麼難過？」

「什麼意思？」

「你剛剛說很榮幸也有點難過。」

「喔。」媽媽點點頭。「唔，顯然這孩子有點……嗯，我想，他的臉出了點問題……還是那之類的吧。我不太確定，或許他出過意外什麼的。托許門先生說等你下週到學校去，他會解釋得更清楚點。」

「學校九月才開學！」

「他要你在學校開學前先跟這個孩子碰面。」

「我非得這麼做嗎？」

媽看起來有點驚訝。

「唔，不，當然不是，」她說：「可是如果你能這麼做，會很不錯。」

「如果我不是非得這麼做，」我說：「那我不想這麼做。」

「你可以至少考慮看看嗎？」

「我考慮了，我不想這麼做。」

「唔，我不會勉強你。」她說：「不過，至少再想想看，好嗎？我明天才會回覆托許門先生電話，所以再想一想。我的意思是，傑克，我真的覺得請你花點額外時間照顧一個新來的孩子，不是過分的要求……」

「不只是新來的問題，媽，」我回答：「他臉部畸形。」

「你這樣說很糟，傑克。」

「他真的就是，媽。」

「你甚至不知道人家是誰！」

「不，我知道，」我說，因為她一提，我就知道是那個叫奧古斯特的小孩。

2 卡佛爾

我記得第一次看到他，是在愛米司佛特大道上的卡佛爾商店前面，那時我大概才五、六歲。我和保母薇若妮卡坐在店外的長椅上，我的弟弟傑米坐在面向我們的手推車裡。我想，那時我忙著吃手上的冰淇淋甜筒，完全沒注意誰坐在我們旁邊。

後來，我轉頭去吸甜筒底部的冰淇淋，就在那時，我看到他：奧古斯特。他就坐在我旁邊。我知道這樣不好，但是看到他時，我叫了聲「喔」，因為我真的被嚇到了，我以為他是戴殭屍面具還是什麼的。那種「喔」，是看恐怖電影時，看見壞人從叢林裡冒出來時會發出的驚嘆聲。總之，我知道我這樣做不好，雖然那個小孩沒聽見，我知道他姊姊聽見了。

「傑克！我們得走了！」薇若妮卡說。她站了起來，把嬰兒車掉頭，因為傑米顯然也發現那個小孩，她怕他會說出什麼不禮貌的話。所以我也忽然跳起來，像是一隻蜜蜂降落在我身上似的，趕緊追著薇若妮卡。我聽見那個小孩的媽媽在後頭輕聲的說：「好了，孩子們，我想我們該走了。」我回過頭再看他們一眼，那個小孩還在舔冰淇淋甜筒，媽媽撿起他的滑板車，而他的姊姊怒視著我，模樣像是想把我殺了。我趕緊把眼睛別開。

「薇若妮卡，那個小孩怎麼了？」我小聲問。

「住嘴！」她說，聲音慍怒。我愛薇若妮卡，但是她這個人要是生氣，就是真的**抓狂**。

傑米也不安分的從嬰兒車探出來，想再多看一眼，薇若妮卡趕緊把他推開。

「可是，薇若妮卡……」傑米說。

「你們這些小男生真的很調皮！非常調皮！」我們往另一頭走時薇若妮卡說：「你們竟然那樣瞪人家！」

「我不是故意的！」我說。

「薇妮卡。」傑米說。

「我們竟然那樣匆匆離開，」薇若妮卡嘀咕著說：「喔，天啊，那位小姐真可憐。我跟你們說，孩子們。每天，我們都應該感謝上帝賜給我們的一切，聽到了嗎？」

「薇妮卡！」

「怎麼了，傑米？」

「是萬聖節了嗎？」

「不是，傑米。」

「那……那個男生幹麼戴面具？」

薇若妮卡沒有答話。要是她對某件事非常生氣的時候，就會那樣。

「他沒有戴面具。」我跟傑米解釋。

「閉嘴，傑克！」薇若妮卡說。

「你幹麼這麼生氣，薇若妮卡？」我忍不住想問。

我以為這會讓她更生氣，她卻只是搖搖頭。

「我們那樣反應非常失禮，」她說：「直接站起來，一副我們看見鬼的樣子。我很擔心傑米可能脫口而出的話，你知道嗎？我不希望他說出什麼話傷到那個小男孩的心。可是我們就那樣離開，真的非常糟糕。那個媽媽有看到我們。」

「可是我們不是故意的。」我回答。

「傑克，有時不是你故意才會傷害到人家。你了解嗎？」

那是我第一次在社區看到奧吉，至少記憶中是這樣子的。那之後我還看過他幾次，幾次在遊樂場，幾次在公園。以前，他偶爾會戴著頭盔，但我總是知道頭盔底下是他。這個社區的孩子都知道是他，大家多多少少都看過他。我們都知道他的名字，即使他不認識我們。

每次我看到他時，我總努力記得薇若妮卡說的。但是好難。不去多看一眼，真的好難。看到他，實在很難表現得正常。

3 為什麼我改變心意

「那托許門先生還有打給誰？」那晚後來我問媽。「他有告訴你嗎？」

「他提到朱立安和夏綠蒂。」

「朱立安！」我說：「喔，為什麼是朱立安？」

「你以前不是常跟朱立安玩？」

「媽，那已經是幼兒園的事了。朱立安這個人最虛偽了。他一直很努力想要變成超受歡迎的人。」

「唔，至少人家朱立安願意幫忙。至少他願意。」我沒說什麼，因為她說得沒錯。

「那夏綠蒂？」我問：「她也答應幫忙嗎？」

「嗯。」媽說。

「她當然會答應。夏綠蒂是個超級模範生。」我回答。

「兒子，你最近似乎看誰都不順眼。」

「只是……」我想要說：「媽，你不知道那個小孩的長相。」

「我能想像。」

「不，你不能！你沒有看過他。我有看過。」

「可能跟你想的是不同人。」

「相信我，是同一個。而且我跟你說，他的情況真的、真的很嚴重。他臉部畸形，媽，他的眼睛垂到這裡。」我指著臉頰位置。「而且他沒有耳朵。他的嘴巴像是……」

傑米剛好走進廚房，打開冰箱想拿一罐果汁。

「去問傑米，」我說：「傑米，記不記得去年放學後我們在公園看到的那個小孩？叫奧古斯特的？臉不一樣的那個？」

「喔，那個小孩？」傑米的眼睛睜得好大。「他害我做惡夢！記得嗎，媽咪？去年我做的殭屍惡夢？」

「我還以為你是因為看了恐怖片！」媽回答。

「不是！」傑米說：「是因為看到那個小孩！我一看到他，就『啊！』一聲逃走了……」

「等等，」媽忽然變得嚴肅。「你在他面前那麼做嗎？」

「我忍不住！」傑米說，有點像在哀號。

「你當然可以忍住！」媽責備的說：「孩子們，我得告訴你們，我真的對你們很失望。」她的聲音跟表情一致。「想想看，他只是個小男孩，跟你們一樣的小男孩！你能想像他看著你一邊尖叫、一邊跑走，會是什麼心情嗎，傑米？」

「那不是尖叫，」傑米爭辯：「我只是『啊！』」他把手放在臉頰，開始繞著廚房跑。

「拜託，傑米！」媽生氣的說：「我真的以為我的兩個兒子都會更有同情心一點。」

「什麼是同情心？」傑米說，他才剛要升二年級。

「你完全知道我講同情心是什麼意思，傑米。」媽說。

「可是他真的好醜，媽咪。」傑米說。

「喂！」媽大吼：「我不喜歡聽到那個字！傑米，要拿你的果汁快拿。我想單獨跟傑克談一下。」

「聽好，傑克。」傑米一離開我就知道媽要對我發表長篇演說。

「好啦，我答應就是了。」我的回答完全嚇到她。

「你真的願意？」

「對啦！」

「這麼說我可以打給托許門先生了？」

「可以！媽，可以，我說可以！」

媽露出微笑。「我就知道你會克服的。很好，傑克，我以你為榮。」她摸摸我的頭髮。

這就是我最後為什麼改變心意。並不是因為這樣我就能逃過媽的長篇大論，也不是因為這樣能保護奧古斯特不被朱立安欺負；我知道朱立安之所以會答應這件事一定不安好心。而是因為聽到傑米說他看到奧古斯特就「啊！」的逃走，這忽然讓我感到很難過。總是會有像朱立安那樣的混帳，但如果連傑米這個平常還算乖的小孩，也都會做出傷害到他的事，那麼奧古斯特的中學生活，看來是完蛋了。

4 四件事

首先，你得習慣他的臉。好幾次，我心裡想，喔，天啊，我一定永遠也不會習慣。但是，大概一週以後，我就想，哎，其實也沒那麼糟。

再來，他這個人其實滿酷的。我是說，他很有趣。像是老師上課講什麼東西，奧古斯特常常會偷偷低聲跟我發表他的意見，沒讓其他人聽見，我聽了簡直快笑死了。總之，他人不錯，很好相處，也很能聊天什麼的。

第三，他真的很聰明。原本我以為他功課會落後，因為他之前從沒上過學。結果，在大部分的科目，他都比我厲害。或許沒像夏綠蒂或希梅納那樣聰明，但是他也挺強的。而且，跟夏綠蒂或希梅納不同的是，如果我有需要，他會讓我抄他的答案（雖然我只跟他要過幾次）。他也讓我抄過一次功課，雖然下課後我們倆都惹上麻煩。

「昨天的回家功課，你們倆竟然錯完全相同的題目。」魯賓小姐瞪著我們兩個，像在等待解釋。

但是我不知道該說什麼，因為真要解釋的話，也只能說：喔，那是因為我照抄奧古斯特的作業。

可是奧古斯特卻撒謊保護我。他說：「喔，那是因為昨晚我們一起做功課。」這當然不是實話。

「唔，一起做功課是好事，」魯賓小姐回答：「可是你們還是得各自作答，好嗎？你們可以肩並肩一起用功，但不能真的一起寫功課，好嗎？懂嗎？」

我們離開教室以後，我說：「嗨，剛才謝謝你。」他就說：「別客氣。」

那真的很酷。

第四，在我認識他以後，我會說，我真的想和奧古斯特這個人做朋友。一開始，我承認我只是因為托許門先生要我對他特別友善，才跟他來往。但是現在，我是真的想找他聊天。不管我說什麼笑話他都會笑。我也有點覺得，我能把所有事統統告訴奧古斯特。他就像我的好朋友，要是讓五年級全部的人在牆壁前一字排開，讓我選要跟誰出去，我會選奧古斯特。

5 前好友

尖叫骷髏？什麼跟什麼？小夏．道森一直跟人有點格格不入，但這次未免也太離譜。我不過是問她奧古斯特為什麼一副生我氣的樣子，我以為她會知道。想不到她竟然只回答「尖叫骷髏」？我根本不知道那是什麼意思啊。

這真的很怪。前一天，我和奧古斯特還是朋友；隔天，呼，他幾乎不跟我講話。我甚至不知道為什麼。當我跟他說：「嗨，奧古斯特，你在生我的氣嗎？」他聳聳肩就走了。所以我只好把那當作肯定是的意思。我自認為我沒做什麼會讓他生氣的事，我就想，或許小夏能告訴我發生什麼事了吧。結果，我竟然只聽到「尖叫骷髏」？是啊！這麼幫忙，真是謝啦，小夏。

你知道，我在學校還有很多朋友。所以，如果奧古斯特想正式成為我的前好友，那好，我沒問題，你們看我會不會介意吧。現在，在學校我已經開始學他，碰到了也當作沒看見。只不過這實在有點難度，因為我們幾乎每堂課都坐在一起。

其他同學也注意到了，開始追問我和奧古斯特是不是吵架了。沒人問奧古斯特，反正幾乎沒人跟他講話。我的意思是，唯一會和他在一起的人，除了我以外，就只有小夏。他偶爾也會跟雷德．金斯利一起玩，還有兩個麥克斯有幾次下課找他一起玩 RPG 遊戲《龍與地下城》。至於超級模範生夏綠蒂，在走廊遇到他時，頂多也只是點個頭、打聲招呼。我也不知道還會不會有人在他背後傳「黑死病」那類的謠言，因為從沒有人當面跟我說。我的意思是，除了我以外，他其實沒什麼能打發時間的朋友。如果他想甩掉我，那就是他的損失，我可沒差。

這就是我們現在的近況。只有在討論學校的事，才非不得已交談，好比，我會問：「魯賓小姐說回家功課是什麼？」然後他會回答。或者他說：「我可以用你的削鉛筆器嗎？」我會把削鉛筆器從鉛筆盒裡拿出來給他。但是只要下課鐘聲一響，我們就各走各的。

這樣也不錯，因為現在我可以跟很多人一起玩了。之前，我一整天陪著奧古斯特，其他人就不跟我玩。好像因為這樣他們就也得當他朋友。不然就是他們會排擠我，像是黑死病一樣，對我有所保留。我想，除了小夏和《龍與地下城》那票人，我是唯一不知情的人。

每個人都急著投奔受歡迎的小圈圈，他絕對是跟受歡迎最背道而馳的那個。現在，我愛跟誰在一起就跟誰在一起。要是我想加入熱門陣線，絕對沒有問題。

但這其實不妙，因為，第一：我其實沒有真的那麼愛加入他們的行列。第二：我其實真的喜歡跟奧古斯特在一起。

所以我有點把事情搞砸了。一切都是奧古斯特的錯。

6 雪

冬天的第一場雪，在感恩節假期之前降下。由於學校關門，所以我們多賺到一天假。我感到很慶幸，因為和奧古斯特之間的不愉快讓我覺得很煩，很希望可以不用天天見面。

此外，在雪天醒來是全世界我最愛的事。我很喜歡那種一大早睜開雙眼，甚至不知道為何一切看來和往常不一樣的感覺。然後就會驚覺：周圍靜悄悄的，沒有汽車喇叭聲，沒有公車在街上跑。接著再跑到窗邊，看著窗外的一切覆上白雪：人行道、樹、街上的車、房間的窗玻璃都白茫茫的一片。特別是要上學的日子，學校卻停課，不管我幾歲，我都會覺得那是世界上最棒的感覺。我也絕不會變成那種雪天撐傘的大人，絕對不會。

爸的學校也停課，所以他帶我和傑米去公園的骷髏山丘滑雪橇。他們說，幾年前，有個小孩從山丘滑下時扭傷脖子，不過我不知道這究竟是真的還是傳說。回家的路上，我發現一架毀損的木雪橇，就在舊印地安石紀念碑後頭。爸說放著別管，只是垃圾而已，但是某個直覺告訴我，它能夠搖身一變，變成一架最好的雪橇。所以爸讓我把它拖回家，接下來那一整天，我都在修整它。

我把破損的翼板用強力膠黏好，拿堅固的特殊膠帶裹住，增加耐力。然後我用之前埃及文物展時，拿來製作人面獅身像用的漆，把整座雪橇噴成白色。等漆乾了，我在中間的那片木板上用金漆寫上**閃電**兩個字，更加畫了小小的**閃電**標誌在上頭。我不得不說，看起來滿專業的。爸說：「哇，傑克！你的雪橇真不賴！」

隔天，我們帶著閃電回到骷髏山丘。那真是我騎過最快的東西，比先前騎的塑膠雪橇快太多、太多了。現在天氣暖和了點，雪變得比較扎實，也比較溼，剛好適合搓雪球。整個下午，我和傑米一直待在公園裡輪流玩**閃電雪橇**，直到手指都凍僵了，嘴唇也有點發青。爸簡直要拖著我們才能回家。

到了週末尾聲，雪開始轉成灰黃，然後，一陣暴雨來襲也讓大部分的雪融化。等到星期一回學校上課，已經看不到積雪了。

收假後的第一天，下著雨，令人不悅。溼溼黏黏的一天。那也是我心裡的感覺。

剛看到奧古斯特時，我跟他點頭，說了聲「嗨」。我們在置物櫃前面。他也點點頭，回了我「嗨」。

我想跟他講**閃電**的事，但是我沒有。

7 命運眷顧勇者

布朗先生的十二月格言是：**命運眷顧勇者**。我們都得寫一篇短文，寫人生某個時刻因為做了非常勇敢的事，而有好事降臨的經驗。

我想了很久，說實在話。我得說，我做過最勇敢的事就是跟奧古斯特做朋友。但是我當然不能寫這個，因為我擔心萬一得站起來唸給全班同學聽，或者布朗先生會把文章貼在布告欄之類的。所以，我就改寫老掉牙的東西，寫以前小時候我怕碰到海浪。這很蠢，但我實在想不到別的。

不知道奧古斯特寫什麼。他心裡大概有許多選擇吧。

8｜私立學校

我爸媽並不有錢。我這麼說是因為，大家有時會以為，上私立學校的人都很有錢，但我們家並不是。老爸是老師，老媽是社工人員，也就是說，他們並不是年薪百萬的那種人。以前我們有車，但是傑米進入畢奇爾附設幼兒園之後我們就把車賣掉了。我們並不是住大洋房，或公園旁有管理員的那種大廈。我們住在五樓高、沒電梯的公寓頂樓，房子是跟一個叫多娜．派楚拉的老太太租的，位在百老匯的「另一邊」。對北河高地那區的人來說，這裡算「偏僻」，大家甚至不想把車停來這兒。我和傑米共用一個房間。我會聽見我爸媽討論像「我們可以等明年再買冷氣嗎？」或是「或許這個夏天我能做兩份工作。」

今天下課時間我跟朱立安、亨利、邁爾斯在一起。大家都知道朱立安家裡很有錢，他就說：「真討厭，今年耶誕節我得回巴黎。**有夠**無趣！」

「嗨，同學，可是，那可是**巴黎**耶。」我像個蠢蛋的說。

「相信我，真的**很**無趣，」他說：「我奶奶住在一片荒地中央的小房子。大概離巴黎一小時車程，是一個很小、很小、很小的村莊。我對上天發誓，那裡**什麼都沒有**！只有，喔，牆上那邊有隻蒼蠅！瞧，人行道有隻新來的狗在躺著睡覺。哎喲，無聊到爆炸。」我笑了起來。朱立安有時滿好笑的。

「我爸媽是有在說今年不去巴黎，改辦大型派對。希望如此。你放假都做什麼？」朱立安問。

「就晃晃。」我說。

「你真幸運。」他說。

「真希望再下雪，」我答：「我有一臺新雪橇，超棒的。」我正想跟他們講**閃電**的事，可是邁爾斯忽然插嘴。

「我也有新雪橇！」他說：「我爸幫我去漢默丘．舒莫本店買的，是最先進的設計。」

「雪橇哪有什麼先不先進的？」朱立安問。

「差不多八百美元。」

「哇！」

「我們真該都去滑雪橇，從骷髏山丘溜下來比賽。」我說。

「那片山丘太容易了。」朱立安回答。

「你在開玩笑嗎？」我說：「有小孩子在那兒摔斷脖子，所以那裡才會叫骷髏山丘。」

朱立安瞇起眼看我，眼神像在說我是全世界最智障的笨蛋。他說：「笨蛋！那裡叫骷髏山丘是因為那邊是古印地安墓地，總之，那裡現在應該叫**垃圾山**才對，垃圾多得誇張。上次我去那邊時，到處都是飲料罐和破瓶子。」他搖搖頭。

「我把我的舊雪橇留在那兒，」邁爾斯說：「想不到那個破得可以的爛雪橇，竟然也會有人要！」

「或許是遊民撿去滑了吧！」朱立安笑著說。

「你扔在哪裡？」我問。

「山丘底的大石頭旁。隔天我再去看時已經不見了。不敢相信竟然有人要拿！」

「不如我們這麼做，」朱立安說：「下次下雪，讓我爸載我們去威徹斯特的高爾夫球場。你只要去過那兒，就知道骷髏山丘根本不算什麼。喂，傑克，你要去哪啊？」

我起身走開。

「我得去櫃子拿本書。」我撒謊。

我只想趕緊離開他們。因為我不想讓任何人知道，那個拿雪橇的「遊民」，就是我。

9 科學課

我不是世界上最好的學生。我知道有些人真的很喜歡上學，但坦白說，我不是那種人。我喜歡學校的某些地方，像是體育課和電腦課，還有午餐、下課時間。不過，就算不去上學，我一樣能過得很好。我最討厭的就是回家功課，他們覺得光是上課坐著聽不夠，還要我們努力保持清醒，把一堆恐怕一輩子也用不到的東西塞進腦袋，像是怎麼計算立方體的表面積，或者動能和位能之間的差異。我心想，誰在乎？我一輩子也不曾聽我爸媽說過「動能」這兩個字！

所有科目中，我最討厭科學課。作業好多，一點都不好玩！還有老師魯賓小姐，她對什麼事都好嚴格，就連我們怎麼在報告頂端寫標題都要規定！有一次我的回家作業被扣了兩分，只因為我忘了在上面加注日期。實在有夠扯。

我跟奧古斯特還是朋友的時候，我的科學成績還可以，因為奧古斯特就坐我旁邊，他總是讓我抄他的筆記。奧古斯特的字跡，很清秀，上下整齊，很小的圓圓字體，是我看過的男生筆跡中最整齊的。不過因為現在我們是**前朋友**，就不能再請他讓我抄筆記，真是悲慘。我今天有點像在打混戰，只想快點把魯賓小姐講的東西記下來（我的筆跡很潦草），但忽然間，她竟開始說起什麼五年級的科展計畫，意思是我們每個人都得選一個主題來做。

天呀！才剛做完討厭的埃及展覽，現在又得來新的？她說話的時候，我腦裡忽然閃過一個畫面，**喔不！**沒錯，就是像電影《小鬼當家》那個嘴巴張開、手擺臉上的小孩一樣。我現在心裡正是那種感覺。突然，一個不知道在哪兒看過、融化、血盆大口的鬼臉，在對著我尖叫。這個記憶瞬間飛入我腦海，然後，我知道小夏說的「尖叫骷髏」是什麼意思了。

在這時忽然想起這一切真是太詭異了。萬聖節那天，班上有人穿尖叫骷髏的服裝來。我記得看到他站在跟我隔幾張桌子的地方，之後就沒再看到他了。

這節是科學課，老師還在臺上講課，但我忽然想起這件事。

喔，我的天。那人是奧古斯特！

喔，我的天。

那時我正在跟朱立安講奧古斯特的事。喔，我的天。現在我懂了！我那時講了狠毒的話。我甚至不知道為什麼，也不知道說了什麼，反正很糟就對了。大概就那麼一、兩分鐘，因為我以前跟朱立安很熟，而大家都在傳我整天跟奧古斯特混很怪。我自己也覺得很蠢，不知道當時為什麼會說那些話。蠢斃了。喔，天啊。他應該要扮波巴．費特的！要是在波巴．費特面前，我一定不會講那種話。可是那個人是他，那個在書桌前遙望著我們的尖叫骷髏，長長的白色面具，假冒的鮮血，嘴巴張得大大的，像是哭號的鬼魂。就是他。

我覺得我要吐了。

10 組員

那之後，魯賓小姐說了什麼，我一個字也沒聽進去。吧啦……吧啦……吧啦……科展計畫。吧啦……吧啦……吧啦……組員。吧啦……吧啦……感覺就好像查理．布朗電影裡的大人在講話，就像是有人在水底說話。嗚—嗚—嗚—嗚—嗚。

忽然間，魯賓小姐開始點名班上同學。「雷德和崔斯坦，瑪雅和麥克斯，夏綠蒂和希梅納，奧古斯特和傑克。」她一邊說一邊指著我們。「邁爾斯和艾莫思，朱立安和亨利，薩瓦娜和……」我沒把其他話聽完。

「啊？」我說。下課鐘聲響了。

「同學！別忘了找你的組員，從清單上選一個科展主題。」魯賓小姐話還沒說完，大家陸續起身。我抬頭看奧古斯特，但他已經背上背包，幾乎走出門外。

我臉上一定浮現了很蠢的表情，因為朱立安走過來說：「看來你跟你兄弟是最佳拍檔啊。」他說這話時露出賊笑。我當下真的很討厭他。

「哈囉，傑克．威爾在嗎？」因為我沒回答，他故意作勢要敲門問我。

「住嘴，朱立安。」我把我的資料夾放進背包，只希望他快點走開。

「你竟然會被他纏住，真是有夠笨，」他說：「你應該跟魯賓小姐說你想換組員。我敢打賭，她會答應。」

「不，她不會。」我說。

「去問她。」

「不要，我不想。」

「魯賓小姐？」朱立安說，同時轉身、舉手。

魯賓小姐正在教室前擦黑板。聽見自己的名字，她轉過頭。

「不要，朱立安！」我低聲吶喊。

「怎麼啦，同學？」她不耐煩的說。

「如果我們想的話，可以換組嗎？」朱立安一臉無辜的說：「我和傑克有個科展點子，想一起做……」

「唔，我想那我們可以換一下……」她說。

「沒有，魯賓小姐，沒關係。」我很快說完，朝門口走去。「再見！」

朱立安跑過來。

「你為什麼要那樣？」他說，在樓梯間趕上我。「我們原本可以一組的。要是你不想的話，你不必跟那個怪物當朋友，你知道的……」

我揍了他一拳。正中嘴巴。

11 留校察看

有些事你就是沒辦法解釋。你連試都不想。你不知道該從何開始。要是你張開嘴，所有句子都像打結一樣糾在一起。不論你用什麼字，結果都不對。

「傑克，這件事非常、非常嚴重，」托許門先生說。我在他的辦公室裡，坐在他書桌對面的椅子上，看著他身後牆上的那張南瓜圖畫。「這種行為可能會讓你被學校退學，傑克！我知道你是個好孩子，所以我不希望那樣處罰，但是你得解釋清楚。」

「傑克，這很不像你會做的事。」媽說。學校一打電話給她，她就馬上從上班的地方趕過來。我看得出來，她目前介在非常生氣和非常驚訝之間，搖擺不定。

「我還以為你和朱立安是朋友。」托許門先生說。

「我們不是朋友。」我把手臂交叉在胸前

「可是，傑克，動手揍人？」媽提高音量說：「我的意思是，你在想什麼？」她看著托許門先生：「說真的，他從來沒打過人。他不是那種孩子。」

「朱立安的嘴在流血，傑克，」托許門先生說：「你把他一顆牙齒打掉了，你知道嗎？」

「只是乳齒。」我說。

「傑克！」媽搖搖頭說。

「茉莉護士這麼說的！」

「你沒聽到重點！」媽大喊。

「我只是想知道為什麼。」托許門先生抬起肩膀說。

「說了只會讓事情更糟而已。」我嘆氣說。

「告訴我，傑克。」

我聳聳肩，還是沒有說什麼。我沒辦法說。如果我告訴他朱立安叫奧古斯特怪物的話，他肯定會找朱立安談，朱立安也會把我說奧古斯特壞話的事告訴他，那麼所有人就都會知道了。

「傑克！」媽說。

我開始哭了起來。「對不起……」

托許門先生揚起眉毛、點點頭，但是他什麼都沒說。他只是朝掌心吹吹氣，像是天氣冷的時候會做的。「傑克，」他說：「我實在不知道該說什麼好。我的意思是，你揍了一個同學。學校是有校規的，你知道嗎？動手打人學校可以罰你自動退學，而你連解釋都不肯。」

我哭得更慘了，媽一把她的手臂繞在我肩上，我就放聲哭了出來。

「我們，嗯……」托許門先生說，把眼鏡摘下擦拭。「傑克，不如我們這麼做吧。反正我們下週就要放寒假，不如你這週就都待在家裡，等寒假過後你再回來，改過自新，一切重新開始。」

「我被休學了嗎?」我抽噎著問。

「唔,」他聳聳肩說:「理論上來說是,不過只有幾天而已。我告訴你。你在家裡花些時間把發生的事想一遍。如果你想寫信給我,跟我解釋發生什麼事,或是寫封道歉的信給朱立安,那我就不會把這件事放進你的永久紀錄,好嗎?回家跟你的爸媽談談,或許明天一早你就會想通。」

「聽起來是個好建議,托許門先生,」媽點頭說:「謝謝你。」

「一切都會好轉的,」托許門先生走到門邊,門還關著。「我知道你是個好孩子,傑克。我也知道,有時就連好孩子都會做蠢事,對吧?」他打開門。

「謝謝你這麼為我們著想。」媽說,在門邊跟他握手。

「沒問題。」他走近媽,低聲跟她說了什麼,我聽不清楚。

「我知道,謝謝你。」媽點點頭說。

「那麼,孩子,」他對我說,把他的手擺在我肩膀。「好好想想自己做了什麼,祝你假期愉快。光明節快樂!耶誕快樂!收穫節快樂!」我用袖子擦擦鼻子,走向門口。

「跟托許門先生說謝謝。」媽說,拍拍我的肩。

我停下腳步、轉過頭,但是我無法看著他說:「謝謝你,托許門先生。」

「再見,傑克。」他回答。然後我走出門外。

12 耶誕賀卡

怪的是，我們回到家，媽從信箱拿出幾張耶誕賀卡，有朱立安家寄來的，也有奧古斯特家的賀卡。朱立安的卡片是一張他的相片，他打個領帶，看起來像要去聽歌劇之類的。奧古斯特家的賀卡則是一隻可愛的老狗狗，戴上馴鹿角、紅鼻子，還穿了小紅靴。狗頭上方畫了卡通泡泡，寫著「呵—呵—呵！」，卡片裡面寫著：

致 威爾一家

願世界和平

奈特、依莎貝爾、奧麗維亞、奧古斯特（還有菊兒）

「好可愛的卡片，對吧？」我跟媽說，走回家的一路上，她幾乎都不跟我說話。我想，她是真的不知道該說什麼。「那一定是他們家的狗。」我說。

「傑克，你想告訴我你心裡到底在想什麼嗎？」她嚴肅的回答我。

「跟你打賭，他們每年都把狗的相片放在卡片上。」我說。

她把卡片從我手中抽走，仔細的看那張相片。然後她揚起眉毛、聳聳肩，把卡片還給我。「我們非常幸運，傑克。有很多事，我們都視為理所當然……」

「我知道，」我說。她不必多說，我也知道她想說什麼。「我聽說朱立安的媽媽把班級合照上奧古斯特的臉用 **Photoshop** 修掉了。然後把修過的相片拿給其他幾個媽媽。」

「那有點過分，」媽說：「人有時……很不善良。」

「我知道。」

「你是因為這樣才打朱立安的嗎？」

「不是。」

然後，我告訴她為什麼我揍朱立安。我跟她說奧古斯特現在是我的前朋友了。我也把萬聖節的事告訴她。

13 信、電子郵件、臉書訊息

十二月十八日

親愛的托許門先生：

對於打傷朱立安的事，我非常抱歉。我這麼做真的很不應該。我也有寫信跟他道歉。如果可以的話，我真的很希望能不告訴你我打人的理由，因為就算說了也無法解決問題。還有，我也希望別讓朱立安惹上麻煩，只因為他說了不該說的話。

非常誠懇的　傑克・威爾

十二月十八日

親愛的朱立安：

很抱歉、很抱歉我打了你。是我的錯。希望你沒事。希望你的恆齒很快就會長出來。我的牙齒都是這樣的。

誠懇的　傑克・威爾

十二月二十六日

親愛的傑克：

非常感謝你的來信。我當了二十年的中學校長，我學到一件事：每個故事，幾乎都有兩個以上的說法。雖然我不知道細節，但我也隱約能猜到你與朱立安的過節是怎麼來的。

雖然毆打同學沒有任何理由能當藉口，絕對沒有；但我也知道，好朋友是值得維護的。中學的第一年，對很多學生來說，都是辛苦的一年。

請繼續維持以往的好表現，繼續當個好孩子，我們都知道你是。

祝福你

羅倫斯．托許門

收信者：ltushman@beecherschool.edu
副本抄送：johnwill@phillipsacademy.edu; amandawill@copperbeech.org
寄件者：melissa.albans@rmail.com
主旨：傑克．威爾

親愛的托許門先生：

我昨天跟愛曼達和約翰．威爾聊過，他們對傑克出手毆打我兒子朱立安這件事，表達了歉意。寫這封信，是想讓您知道我和我先生都同意您的決定，讓傑克休課兩天後再回到學校。雖然我認為在其他學校毆打同學可懲退學，但也同意這樣極端的處理方式不適合我們的情形。打從朱立安讀幼兒園起，我們就認識威爾一家了，也有信心學校會有妥善的規範，保障這種狀況不再發生。

此外，我也在想，傑克突發的暴力行為，是否也是因為小小年紀就肩負重任，使他壓力過大？我指的是那個有特殊需求、新來的孩子，校方要求傑克和朱立安「跟他做朋友」。在看過這孩子在學校活動和班級合照的相片之後，我想，要求我們的孩子承受這種事情實在太難。當朱立安跟我們提起要跟那個男孩做朋友有多難受的時候，我們告訴他，你可以「卸下重擔」。我們認為，升上中學已經是一段難熬的過渡期，更別提在這些禁不起壓力的幼小肩上，加諸更多的負擔或挑戰。同時，我也想以學校董事會成員的身分，針對校方當初接受該學生的入學申請，沒有更細膩的考量提出意見，因為畢奇爾中學並非一所融合學校。有很多像我一樣的家長，忍不住想質疑校方為何同意該生入學。我也不能認同該名學生並沒有和其他中學學生一樣，接受相同的嚴格審核取得入學資格（如：參加面試）。

祝好

曼里莎．帕普．愛本司

收件者：melissa.albans@rmail.com

寄件者：ltushman@beecherschool.edu

副本抄送：johnwill@phillipsacademy.edu; amandawill@copperbeech.org

主旨：傑克．威爾

親愛的愛本司太太：

感謝您致函提出您的疑慮。我們確信傑克．威爾已對自己的行為深感抱歉，也相信他不會重蹈覆轍，若非如此，校方不會允許他重返畢奇爾中學。

至於您針對我們的新生奧古斯特表達的意見，請明白他並沒有所謂的特殊需求。他沒有肢體殘障、行動不便、或發展遲緩，因此，質疑校方收該生進畢奇爾中學就讀，是沒有道理的。無論這裡是否為融合學校，在入學申請流程方面，我與教務主任都認為，替奧古斯特舉辦校外的入學面試是恰當的辦理方法，原因非常明顯。我們覺得，無論從哪個角度來看，儘管申請流程有些微例外，但絕非歧視偏見。奧古斯特是非常優秀的學生，也和幾位真的很優秀的同學培養了很好的友誼，包括傑克．威爾在內。

學期一開始，我列出幾個學生請他們組成奧古斯特「歡迎委員會」，這麼做是為了幫助他紓解踏入學校環境的不適。我並沒有要求這些學生對這位新生特別好，所以也不會對任何人造成額外的「負擔或壓力」。事實上，我認為這能幫助他們學習同理心、友誼，以及忠誠的心。

事實也證明，傑克．威爾並不需要特別學習這些美德，因為他本身已充分具備。

再次感謝您的聯繫。

誠摯的　羅倫斯．托許門

收件者：melissa.albans@rmail.com

寄件者：johnwill@phillipsacademy.edu

副本抄送：ltushman@beecherschool.edu; amandawill@copperbeech.org

主旨：傑克．威爾

嗨，曼里莎：

非常感謝您諒解此次傑克的逾矩行為。如您所知，他對自己出手打人感到非常抱歉。希望您讓我們負擔朱立安的牙醫費用。

非常感謝您關心傑克與奧古斯特的交友情況。我們曾問過傑克是否對此感到不當的壓力，他的答案是「不會」。他很喜歡有奧古斯特陪伴，也覺得自己交到好朋友。

祝 新年快樂！

約翰＆愛曼達．威爾

Facebook

傑克．威爾很希望能成為你的 Facebook 朋友喔。

確認邀請　**查看所有邀請**

收件人：auggiedoggiepullman@email.com

主旨：**抱歉！**

嗨，奧古斯特。是我，傑克．威爾。我發現我已不在你的好友名單裡面。希望你再把我加進去，因為我真的很抱歉。我只是想說這個。抱歉。我知道你為什麼生我的氣，現在我覺得很抱歉，我是無心的。我很笨。希望你可以原諒我。希望我們還能是朋友。

傑克

奧古斯特

收到你的訊息。你知道我為什麼生你的氣？是小夏告訴你的嗎？

12月31日 下午4：47

傑克．威爾

她只跟我提示尖叫骷髏，我一開始沒聽懂，但後來想起萬聖節出現在教室的尖叫骷髏。不知道那是你，我以為你要扮波巴．費特。

12月31日 下午4：49

奧古斯特

我最後一刻改變主意。你真的打朱立安嗎？

12月31日 下午4：51

傑克．威爾

嗯，我揍他一拳，打掉一顆牙齒。乳牙一顆。

12月31日 下午4：54

奧古斯特

你幹麼揍他？?????????

12月31日 下午4：55

傑克・威爾

不知

12月31日 下午4：56

奧古斯特

騙人。應該是他說了我什麼對吧？

12月31日 下午4：58

傑克・威爾

他是混帳。但是我自己也是。真的真的對我講的話很抱歉。

拜託！我們可以再當朋友嗎？

12月31日 下午5：02

奧古斯特

ok

12月31日 下午5：03

傑克・威爾

太好了！

12月31日 下午5：04

奧古斯特

說實話

如果你是我的話，你真的會想去自殺嗎？

12月31日 下午5：06

傑克．威爾

不會！！！！！

我發誓

可是——

如果我是朱立安的話我倒是會想；）

12月31日 下午5：08

奧古斯特

哈哈哈

我們又是朋友了

12月31日 下午5：10

14 寒假過後

儘管托許門先生那樣保證，一月我回學校時，並沒有所謂的「全新開始」。事實上，從早上走到我的置物櫃那一刻起，一切就都非常詭異。我在艾莫思旁邊，他一直是個有話直說的人，我問他：「嘿，怎麼啦？」他只是點點頭，匆忙說了聲哈囉，就把櫃門關上離開。我心裡覺得怪怪的。然後我又問亨利：「嗨，怎麼啦？」他甚至連露出半點微笑都沒有，就直接把眼睛別開。

好，一定發生了什麼事。短短五分鐘內，被兩個人冷眼相待。倒不是我真的認真在計算。我再試了一次，這次找崔斯坦，結果也一樣碰壁。他真的看起來很緊張，像是他害怕跟我講話一樣。

我心想，現在該不會是換我得了某種黑死病，這大概是朱立安復仇記吧。

整個早上，幾乎都是這樣。沒人跟我講話。不對：女生群還滿正常的。當然奧古斯特也有跟我說話。我也得說，兩個麥克斯也都有打招呼，讓我覺得，跟他們同班五年，以前卻從沒跟他們一起玩，實在有點抱歉。

原本希望午餐時間會好過點，卻不是那麼回事。我在平常習慣坐的桌前坐下，跟盧卡、以賽亞一起。本以為他們並不屬於超受歡迎的那群人，只能算介在中間，跟他們一起坐應該還算安全。可是，即使我說哈囉，他們也不怎麼點頭。等叫到我們這桌取餐時，他們拿了午餐就沒再回來了。我看到他們去餐廳的另一頭找了個位置坐。他們不在朱立安那一桌，可是離他很近，就在當紅人氣圈的邊邊。總之，我被甩了。我知道換餐桌這種事差不多會在五年級發生，但我從沒想過會發生在自己身上。

獨自一個人的餐桌真是糟透了。感覺上好像每個人都在看我，也讓我覺得自己沒有朋友。所以我決定略過午餐，直接去圖書館。

15 大戰

是夏綠蒂跟我透露內幕的。快放學前，我在我的置物櫃裡發現一張紙條。

放學到 301 教室來。自己一個人來！ 夏綠蒂

我走進去時，她已經在教室裡。「哈囉。」我說。

「嗨，」她走到門邊，左右張望，然後關上門，把門鎖上。這才轉身面對我，一邊咬指甲、一邊講話。「唔，我對於現在的狀況感到很抱歉，我只是想告訴你我知道的。答應我不跟任何人說我找你聊過？」

「我保證。」

「嗯，朱立安寒假時辦了個大型的假日派對，」她說：「我的意思是，**超大**。我姊姊的朋友去年在同個地方慶祝十六歲生日。大概有兩百多人吧，所以我說是個**超大派對**。」

「嗯，然後呢？」

「嗯，然後……唔，幾乎全年級的每個人都到了。」

「沒有每個人。」我開玩笑的說。

「嗯，沒有每個人。唔。可是就連家長也來了，像我爸媽就有去。你知道朱立安媽媽是學校董事會的副會長，對吧？所以她認識**很多**人。總之，那場派對上，朱立安到處去跟人家說你打他，因為你有情緒困擾……」

「什麼！」

「還有你原本要被退學，是他的爸媽求學校別開除你的……」

「什麼！」

「他們還說這一切原本都不會發生，要不是托許門當初強迫你跟奧吉做朋友。他說他媽媽，覺得你……我引述她的話，壓力過大才會崩潰……」

我不敢相信我所聽到的話。「沒人相信這種鬼扯吧？」我說。

她聳聳肩。「那甚至不是重點。重點是他現在很紅。還有，你知道嗎？我媽聽說他媽真的強迫學校重審奧吉的入學申請。」

「她有那種能耐？」

「她說畢奇爾不是融合學校。就是那種混合正常學生和有特殊需求學生的學校。」

「實在很蠢。奧吉才沒有什麼特殊需求。」

「嗯，可是她一直說如果學校更動以往的辦事作風……」

「他們才沒有更動什麼！」

「嗯，其實他們有。你沒有注意到**新年藝術展**的主題換了嗎？以前五年級生都是畫自畫像，可是今年，卻要我們把自畫像畫成可笑的動物，記得嗎？」

「又沒什麼大不了。」

「我知道！我不是說我同意，我只是說這是她講的。」

「我知道，我知道。真的一團亂……」

「我知道。總之，朱立安說他覺得跟奧古斯特做朋友會把你拖下水，為了你自己好，你該停止和他在一塊。等你開始失去你以前的朋友，就該得到教訓了。因此，為了你好，他決定不再和你做朋友。」

「真是天大的新聞：是我先不跟他來往的！」

「沒錯，但是他已經說服那群男生聽他的，先別跟你當朋友。所以才會沒人跟你說話。」

「你有跟我說話。」

「嗯，主要是男生之間啦，」她解釋：「女生多半中立。除了薩瓦娜那票人例外，因為她們都跟朱立安那群出去。但對其他人來說，這只是一場男生之間的戰爭。」

我點點頭。她把頭側到一邊嘟著嘴，彷彿她很替我感到難過。

「我跟你說這些真的沒問題吧？」她說。

「嗯！那當然！我不在乎誰跟我說話，誰不跟我說話，」我撒謊。「這種事太蠢了。」

她點點頭。

「嘿，奧吉知道這件事嗎？」

「當然不知道。至少，我沒有跟他說。」

「那小夏呢？」

「應該也沒有吧。唔，我該走了。對了，補充一句，我媽媽覺得朱立安的媽媽是大蠢蛋。她說朱立安的媽媽只關心班級合照看起來怎樣，而不做該做的事。你有聽到 **Photoshop** 修圖的事對吧？」

「嗯，真的很噁。」

「真的，」她點頭回答：「總之，我最好走了。只是想讓你知道最近發生的事。」

「謝謝你，夏綠蒂。」

「要是我聽到什麼我再告訴你，」她說。她出去之前，又在門外左顧右盼，直到確定沒人發現她的行蹤才離開。我想，就算她保持中立，她也不想被人看到和我一起。

16 換餐桌

隔天午餐時間，愚笨的我，試圖跟崔斯坦、尼諾、帕保羅坐一桌。我以為他們或許是安全人選，因為他們並不是太受歡迎的那種人，也沒有在下課玩《龍與地下城》。總之，他們有點像中間人。一開始，我朝他們那桌走，他們也都沒特別反應，跟他們打招呼，他們也都回我「嗨」，雖然我看得出他們看了彼此一眼。接著，昨天發生的事又重新上演：叫到我們這一桌時，他們拿著食物，往餐廳另一頭的空桌子走去。

不幸的是，當天是嘉太太負責監督午餐，她看到這個情形，立刻追過去找他們理論。「同學，不可以這樣！」她大聲斥責他們：「這裡可不是那種學校。回到你們的餐桌去。」很好，彷彿這樣會有用。在他們被迫坐回這桌以前，我端著我的餐盤起身，火速離開。我聽見嘉太太叫我，可是我假裝沒聽見，就繼續走到餐廳的另一頭，一直走到午餐臺後方。

「跟我們一塊坐吧，傑克。」

是小夏。她和奧古斯特坐在一起，兩個人都在朝我揮手。

17 為何開學第一天我沒跟奧古斯特坐在一起

好吧，我這人真的很虛偽，我知道。我記得開學第一天，在餐廳看到奧古斯特的事。當時，每個人都在看他、討論他，沒有人能習慣他的臉，也沒什麼人知道他要來畢奇爾讀書。因此，開學第一天在學校看到他，對很多人來說是很大的震驚。大部分的學生，甚至連靠近他都會害怕。

所以，當我看到他在我前面走進餐廳時，就知道不會有人願意和他同桌，但我就是沒辦法讓自己走去跟他坐在一起。畢竟我已經一整個早上都跟他在一塊了，因為我們有好多科同班，我想，我也會想要一點正常時間，能和其他孩子在一起。所以，當我看到他移到午餐臺另一側的餐桌時，我故意找了張離那兒越遠越好的桌子。我和以賽亞跟盧卡一起坐，雖然之前從沒碰過他們。但我們能聊棒球的事，下課時間也一起打籃球。從此之後，他們就成為我的午餐桌伴。

我聽說小夏跟奧古斯特坐在一起，這讓我很訝異，因為就我所知，她並不是托許門先生吩咐要照顧奧吉的人選。所以，我知道她這麼做只是想**表現**友善，那也很勇敢，我覺得。

現在，我和小夏、奧古斯特坐一桌，他們像往常一樣對我非常好。我把夏綠蒂告訴我的，幾乎全告訴了他們，除了我因為當奧吉的朋友而「精神崩潰」，還有朱立安的媽媽說奧吉有特殊需求，以及省略學校董事會這些段落。我想，我真正想說的，只有朱立安弄了個假日派對，想讓全年級的人都排擠我。

「那種感覺真的好奇怪，」我說：「大家都不跟你說話，假裝你不存在。」

奧吉微笑起來。

「是嗎？」他諷刺的說：「歡迎來到我的世界！」

18 選邊站

「這邊是官方名單。」隔天小夏在午餐時說。她拿出一張摺起的活頁紙，然後打開。裡面有三行名字。

支持傑克	支持朱立安	中立
傑克	邁爾斯	莫力克
奧古斯特	亨利	瑞莫
雷德	艾莫思	喬司
麥克斯G	賽門	立弗
麥克斯W	崔斯坦	雷姆
	帕保羅	伊凡
	尼諾	羅梭爾
	以賽亞	
	盧卡	
	捷克	
	托藍得	
	羅曼	
	班	
	愛曼紐	
	賽克	
	托馬梭	

「你去哪兒弄來的？」奧吉說。我一邊看著這張紙，他彷彿看著我後方問。

「夏綠蒂做的，」小夏很快的答：「她上節課給我的。傑克，她說她覺得你應該知道誰站你那邊。」

「嗯，想必沒有很多人吧。」我說。

「雷德站你那邊，」她說：「還有兩個麥克斯。」

「很好。書呆子站我這邊。」

「講話別這麼狠，」小夏說：「還有，我覺得夏綠蒂喜歡你。」

「嗯，我知道。」

「你要約她出去嗎？」

「你在開玩笑嗎？我不能，大家現在都把我當黑死病似的。」

話一出口，我馬上發現自己不該那麼說。周圍一陣尷尬的死寂。我看看奧吉。

「沒關係，」他說：「我聽說了。」

「很抱歉，奧吉。」我說。

「不過我不知道他們用的是黑死病這個詞，」他說：「我以為是發臭起司之類的。」

「喔，沒錯，像《葛瑞的囧日記》裡寫的。」我點點頭。

「黑死病其實聽起來酷多了，」他玩笑著說：「像是有人能因感染『醜陋黑死病毒』致命。」他一邊說，還一邊在空中比了引號手勢。

「我覺得那糟透了。」小夏說，但是奧吉只是聳聳肩，喝了一大口果汁。

「總之，我才不要約夏綠蒂出去。」我說。

「我媽覺得我們現在就約會還太早。」她回答。

「要是雷德約你出去呢？」我說：「你會去嗎？」

我聽得出來她很訝異。「不會！」她說。

「我只是問問。」我笑著說。

她搖搖頭，露出微笑。「為什麼這麼問？你聽到什麼？」

「沒什麼！只是問問而已！」我說。

「其實我同意我媽說的，」她說：「我確實覺得我們現在就約會太早。我的意思是，我看不出有什麼好急的。」

「嗯，我同意，」奧古斯特說：「這實在有點可惜，你知道，真搞不懂那些美眉成天撲到我身上是要做什麼？」

他說話的樣子非常好笑，好笑到我喝的牛奶差點要從鼻孔噴出來，簡直快笑翻了。

19｜奧古斯特家

已經是一月中，竟然還沒選要做的科展主題。可以的話，這件事我想一直拖著，因為我根本不想做。最後，奧古斯特說：「嘿，我們需要開始做了。」於是我們一下課就去他家。

我實在很緊張，因為我不知道奧古斯特有沒有把我們稱作**萬聖節意外**的那件事跟他爸媽說。結果，他爸爸根本還沒回家，而他媽媽也出門辦事去了。從跟她短暫交談的那兩秒鐘，我確定那件事奧吉應該沒跟她提起。她對我態度超好，超級友善。

一開始走進奧吉的房間，我就說：「哇，奧吉，你真的非常迷**星戰**。」

他有一整櫃的《星際大戰》模型，牆上還有一大張《帝國大反擊》的電影海報。

「唔，對啊。」他笑著說。

他在他書桌旁的辦公椅坐下，我則癱進角落裡的懶骨頭沙發。就在那時，他們家的小狗搖搖擺擺走進房，朝我走來。

「我在你的賀年卡上看過他！」我說，讓小狗嗅我的手。

「是她，」他向我更正：「菊兒。你可以摸摸她。她不會咬人。」

我開始摸她，她躺下，整個身體翻轉了過來。

「她想要你揉揉她的肚子。」奧古斯特說。

「沒問題，她真是我看過最可愛的小狗。」我一邊說，一邊揉她的肚子。

「是啊，她真是全世界最酷的狗。是不是啊，小乖乖？」

一聽到奧吉的聲音，狗兒開始搖尾巴朝他走去。

「誰是我的小乖乖？誰是我的小乖乖？」她的口水舔得他滿臉。

「真希望我也有一隻狗，」我說：「可是我爸媽覺得我們公寓空間太小。」我開始環顧他房裡的東西，他則去把電腦打開。「嗨，你有 Xbox 360 耶！我們可以玩嗎？」

「拜託，我們要做科展。」

「你有《最後一戰》嗎？」

「當然有嘍。」

「那我們可以玩嗎？」

他沒回頭，直接登入畢奇爾中學的網站，瀏覽魯賓小姐的教師網頁，查看科展主題單。

「你在那邊看得到嗎？」他問我。

我嘆了口氣，只好走過去坐在他旁邊的小凳子上。

「iMac 真酷。」我說。

「你用哪種電腦？」

「拜託，我連自己的房間都沒有，更別提自己的電腦了。我爸媽用的古早 Dell，簡直快掛了。」

「好，這個主題你覺得怎樣？」他把螢幕轉向我，讓我迅速瀏覽螢幕，看得我眼花撩亂。

「做日晷，」他說：「聽起來滿酷的。」

我抓著椅子頭往後仰。「我們不能做火山就好嗎？」

「大家都做火山。」

「拜託，因為火山容易做。」我邊說，邊拍拍菊兒。

「不然，如何從鎂鹽抽取結晶如何？」

「聽起來好無聊，」我回答：「還有你為什麼叫她菊兒？」

他沒有從螢幕前抬起頭。「我姊姊取的。原本我想叫她達斯。事實上，她的全名是達斯．菊兒，但我們從不那樣叫她。」

「達斯．菊兒！太好笑了！嗨，達斯．菊兒！」我對著狗狗喊，她又把身體翻過來讓我揉她肚子。

「不然，就這個吧，」奧古斯特說，指著螢幕上一張圖，是一堆馬鈴薯，裡頭有電線伸出來。「如何用馬鈴薯製作有機電池。嘿，那滿酷的。上面說可以用來點亮檯燈。可以叫它**馬鈴薯燈**還是什麼的。你覺得怎樣？」

「嗨，那聽起來太難啦。你知道我科學不強的。」

「閉嘴，你才不會。」

「是真的！我期末考拿五十四分。我科學爛透了！」

「你才沒有！而且那也是因為我們還在冷戰，我沒幫你。我現在可以幫你了。這個主題不錯，傑克。我們得做這個。」

「好，隨便。」我聳聳肩。

就在那時，門口傳來敲門聲。一個一頭深色波浪長髮的女生把頭探進來。她沒想到會看見我。

「喔，嗨。」她跟我們兩個人說。

「嗨，維亞。」奧古斯特說，回頭繼續看螢幕。「維亞，這是傑克。傑克，這是維亞。」

「嗨。」我說，點頭打招呼。

「嗨。」她說，仔細的看著我。奧吉說我名字的那刻，我就知道奧吉跟她說過我之前講他壞話的事。我能從她看我的眼神中讀出來。事實上。她看我的神情，讓我不禁覺得她還記得多年前在愛米司佛特大道卡佛爾商店前的那檔事。

「奧吉，我有個朋友希望你見見，好嗎？」她說：「他幾分鐘後到。」

「是你新的**男朋友**嗎？」奧古斯特開玩笑說。

維亞用腳踢他的椅腳。「正經點。」她說完就離開房間了。

「嗨，你姊好正。」

「我知道。」

「她不太喜歡我，對吧？你把萬聖節的事跟她說了對吧？」

「嗯。」

「她討厭我？還是，你把萬聖節的事跟她說了？」

「兩個都有。」

20 男朋友

兩分鐘後，奧吉的姊姊和一個叫賈斯汀的男生一起回來。看來是個滿酷的傢伙。過長的頭髮、小小圓圓的眼鏡。他還提著一個又大又長的銀色手提箱，一端凸凸的。

「賈斯汀，這是我弟弟，奧古斯特，」維亞說：「這是傑克。」

「嗨，你們好，」賈斯汀說，和我們握手。「這房間很酷。」

他似乎有點緊張。我想，或許是因為這是他第一次跟奧古斯特見面吧。有時，我會忘記第一次看到他有多驚訝。

「你是維亞的男朋友嗎？」奧吉頑皮的問，他姊姊聽到馬上把他的帽子拉下來，蓋住了他的臉。

「手提箱裡面是什麼？」我說：「是機關槍嗎？」

「哈！」男朋友說：「很好笑。不，它是……呃，一把小提琴。」

「賈斯汀是小提琴手，」維亞說：「他在柴迪科*打擊樂團。」

「那是什麼東東？」奧吉看著我說。

「是一種音樂的類型，」賈斯汀說：「像克里奧爾音樂。」

「克里奧爾又是什麼？」我說。

「你應該跟別人說是機關槍，」奧吉說：「這樣一定沒有人敢惹你。」

「哈，我想你說得沒錯。」賈斯汀點頭，把他的頭髮塞到耳後。「克里奧爾是一種路易斯安那人常玩的音樂。」他跟我說。

「你是從路易斯安那來的嗎？」我問。

「不是，嗯，」他推高眼鏡答：「我是從布魯克林來的。」

不知道為什麼這讓我想笑。

「拜託，賈斯汀，」維亞說，她拉著他的手。「去我房間裡吧。」

「嗯，那就待會兒見。拜！」他說。

「拜！」

「拜！」

他們一離開房裡，奧吉就看著我，笑了。

「我是從布魯克林來的。」我一說，兩個人都忍不住笑得不可開交。

---

* 柴迪科（Zydeco），一種來自路易斯安那州南部的舞曲，混合法國舞曲、加勒比音樂和布魯斯。

第五部

賈斯汀

有時，我覺得我的頭好大，
因為裡面裝滿夢想。

——約瑟夫·梅里克，伯納德·波默蘭《象人》
（John Merrick in Bernard Pomerance's *The Elephant Man*）

1 奧麗維亞的弟弟

第一次遇見奧麗維亞的弟弟，我得承認，我完全嚇壞了。

當然，我不該這樣。奧麗維亞早告訴過我他的「症狀」，也描述過他的外表。她提到他多年來動了哪些手術，所以我想，我以為他現在看起來會正常許多。像兔脣小孩，經過整型手術以後，有時候甚至看不出來，頂多只會在嘴脣上稍稍留個疤。所以，我以為他弟弟可能不過是到處有疤。可是並不是這樣。而我也真的還沒有準備好，要去面對那個坐在我面前、戴著棒球帽的小孩。

事實上，有兩個小朋友坐在我面前：一個看起來完全正常，一頭金捲髮，名叫傑克；另一個就是奧吉。

我也希望我能隱藏我的驚訝。真希望我能。驚訝是無法偽飾的情緒之一，無論是在不驚訝時裝驚訝，或是在驚嚇時裝作不驚訝，都是一樣困難。

我跟他握握手，也跟另一個孩子握握手，不想把注意力擺在他的臉上。所以我說：房間很酷。

你是維亞的男朋友嗎？他說。我覺得他在笑。

奧麗維亞把他的棒球帽拉下來。

那是機關槍嗎？那個金髮小孩問，一副沒聽過的樣子。然後我們聊了一會兒柴迪科。然後維亞拉起我的手，帶我走出這間房。我們一把門關上，就聽見笑聲響起。

我是從布魯克林來的！其中一個高唱。

奧麗維亞微笑著翻白眼。「去我房間裡吧。」她說。

我們已經約會兩個月了。從在學校餐廳，她坐到我們這一桌，我看到她的那一刻，我就知道自己喜歡她。我沒辦法讓視線離開她。她真的很漂亮。古銅色皮膚，以及畢生看過最湛藍的眼睛。一開始她像是只想做朋友。她給人一種有距離、不太熱絡的感覺，即使她不是故意的。她不像其他女生會搞曖昧，她跟你說話時，會直視你的眼睛，像是在挑戰你。所以我也直視她的眼睛，像是在挑戰她。然後我約她出去，她說好，很成功。

她是個很棒的女生，我喜歡和她出去。

一直到第三次約會，她才告訴我奧古斯特的事。我想她是用「顱面異常」還是「顱面不全」來形容他的臉。不過，我確定的是她不是用「畸形」這個名詞，因為那我就會記得。

唔，你覺得怎樣？我們一進她房裡，她緊張的問。你有嚇到嗎？

沒有。我說謊。

她露出微笑，把臉別開。你嚇到了。

我沒有，我跟她保證。他就跟你之前描述的一樣。

她點點頭，然後撲到床上。她床上放了滿多填充玩具，挺可愛的。她拿起其中一隻，一隻北極熊，沒多想，就把它擺在大腿上。

我在她書桌旁的辦公椅坐下。她房間好乾淨。

她說，我小的時候，很多小孩跟我玩過一次就不再來了。我的意思是，有**很多**小孩。甚至還有朋友不肯來我的生日派對，因為他會在那兒。他們從不會當面說，但話就是會傳到我耳裡。有些人，他們真的不知道該怎麼跟奧吉相處，你明白嗎？

我點頭。

他們甚至不是故意的，她補充說明。而是他們會怕。我的意思是，說實話，他的臉確實有點恐怖，對吧？

我想是吧，我答。

可是你真的ＯＫ嗎？她貼心的問我。不會嚇到？害怕？

我沒有嚇到，也不會害怕。我笑著說。

她點點頭，低頭看著她腿上的北極熊。我看不出她到底相不相信我。然後她親親它的鼻子，露出微笑，把熊丟給我。我想那代表她相信我，或至少她想。

2 情人節

情人節，我送一條心型項鍊給奧麗維亞，她則送我一個郵差包，材料是舊光碟片。她做東西真的有很獨特的巧思。像是把電路板片做成耳環、把T恤做成裙子、把舊牛仔褲做成包包。她真的很有創意，我告訴她，她有天一定是個藝術家，但是她卻說想當科學家，特別是遺傳學家。我想，她是想幫助更多像她弟弟的人找到解藥吧。

後來我們終於約她爸媽見面。就在愛米司佛特大道、靠近她家的一家墨西哥餐廳，在一個週六夜晚。

一整天，我都在為這件事緊張。我一緊張，抽搐就發作。我的意思是，我一直都會抽搐，不過比起小時候現在已經好多了，頂多只會眨眼眨得很嚴重、偶爾頭會顫抖。不過要是壓力一大，狀況就會惡化，比方說要和她的家人見面這件事。

我到餐廳時，他們已經到了。她的爸爸站起來跟我握手，她的媽媽給我一個擁抱。我跟奧吉打招呼，拳頭碰拳頭，然後親了親奧麗維亞的臉頰，然後才坐下。

很高興認識你，賈斯汀！久仰大名！

她爸媽人真的很好，讓我馬上能平靜下來。服務生拿來菜單，他一看到奧古斯特，我就注意到他臉上的表情。但我假裝沒發現，我想今晚，大家都假裝沒注意到某些事，像是某種心照不宣。服務生。我的抽搐。奧古斯特在餐桌上壓碎玉米片、再用湯匙把屑屑送進嘴裡的樣子。我看看奧麗維亞，她對我微笑。她知道。她看到了服務生的表情，她看到了我抽搐。奧麗維亞是那種把一切都看在眼裡的女生。

整個晚餐時間，我們都在聊天、談笑。奧麗維亞的爸媽問我玩音樂的事，還有我怎麼開始學小提琴之類的事。我告訴他們，我本來是拉古典小提琴，後來才轉成阿帕拉契民俗音樂，現在則是玩柴迪科。他們聽我說話的樣子，像是一字一句都很感興趣。他們跟我說下次我們樂團表演時要讓他們知道，他們好來看我演出。

坦白說，我不太習慣面對這麼多的注目，我爸媽對我想做的事漠不關心，從不過問。我們也不曾像這樣聊天。我想，他們也根本不會知道兩年前，我拿我的巴洛克小提琴去交換一把八弦哈登格琴。

晚飯後，我們回到奧麗維亞家吃冰淇淋，他們家的狗在門口迎接我們。一隻超級貼心的老狗狗。不過，她吐了整條走廊。奧麗維亞的媽媽趕緊跑去拿紙巾，爸爸則把狗抱起來，彷彿她是個小嬰兒似的。

怎麼啦，老女孩？他說。那狗像身在天堂一樣，伸出舌頭，搖搖尾巴，雙腿以古怪的角度仰起。

爸，快跟賈斯汀說你怎麼抱到菊兒的，奧麗維亞說。

嗯！奧吉說。

她爸爸微笑，坐在一張椅子上，狗狗仍然窩在他懷裡。顯然他們已聽過這個故事無數次，但還想再聽。

嗯，有天，我從地鐵出來，準備回家，結果遇見一個之前我從沒在我們社區見過的流浪漢，他推著手推車，裡頭放著這隻毛茸茸的小動物，朝我走來。他見我就問我，嗨，先生，要買小狗嗎？我想都沒想就說，那當然，你賣多少？他說十美元，所以我就把我皮夾裡的二十塊錢掏出來，他把狗遞給我。賈斯汀，我跟你說，你絕對沒有聞過那麼臭的味道！我沒辦法跟你描述她有多臭！所以我就從那兒抱起她，抱她到街上的獸醫診所去，然後帶她回家。

對了，他一開始還沒跟我說呢！就是想看我對他這樣偷偷把流浪狗抱回家有沒有意見。一旁的媽媽一邊清理地板，一邊插話。

她說這話時，小狗甚至還抬頭看奧麗維亞的媽媽，像是聽得懂別人正在說自己的故事。她是一隻快樂的狗狗，好似她知道遇見這家人是很幸運的事。

我有點懂她的感受。我喜歡奧麗維亞的家人。他們常常笑。

我們家的人就不是這樣。爸和媽在我四歲時就離婚了，他們基本上滿恨對方的。成長過程裡，每週有一半的時間我得待在爸位於雀爾西的公寓，另一半時間則在媽布魯克林高地的住處。我有個同父異母的哥哥，比我大五歲，幾乎不知道我的存在。打從有記憶以來，我爸媽巴不得我趕快長大，好獨立照顧自己。「你可以自己去店裡了。」「來，這邊是公寓鑰匙。」常聽人家說有些爸媽「過度保護」小孩，卻似乎沒有什麼字眼來描述相反的狀況。如果是保護不夠的父母，有什麼詞能夠形容？保護不足？忽略孩童？自我沉溺？懶惰懈怠？我想，以上都是吧。

奧麗維亞的家人成天跟對方說「我愛你」。

我不記得上次我們家的人說這句話是什麼時候。

等到我要回家的時候，抽搐就停止了。

3 我們鎮上

今年的春季公演，我們要演出《我們鎮上》*這齣劇碼。奧麗維亞慫恿我去爭取主角——舞臺經理的角色，我竟然選上了。純屬僥倖。我之前從沒擔任過主角。我跟奧麗維亞說是她為我帶來好運。可惜，她並沒有拿到女主角愛蜜麗・吉柏思的角色。得到那個角色的是那個一頭粉紅色頭髮，名叫米蘭達的女孩。奧麗維亞演出一個配角，也是愛蜜麗的候補人選。

其實，我比奧麗維亞更失望，反倒是她看起來像鬆了口氣。我不喜歡人家瞪著我，她這麼對我說。一個這麼漂亮的女孩子竟然這麼說，實在挺奇特的。我心裡有某個部分覺得，或許她是故意讓試鏡告吹的。

春季公演在四月底。現在已經三月中了，所以我只剩六週的時間可以記熟我的臺詞。還要排練，樂團練習也不能請假。期末考、陪伴奧麗維亞的時間，總之這六週一定非常忙碌。我們的戲劇老師戴弗波特先生，已經開始手忙腳亂。在這一切結束之前，我們一定會忙翻。我聽小道消息說，原本他計畫要排的戲碼是《象人》*，卻不知什麼原因在最後一刻改成《我

*《我們鎮上》（*Our Town*），美國劇作家桑頓・懷爾德（Thornton Wilder）作品。
*《象人》（*Elephant Man*），美國劇作家伯納德・波默蘭（Bernard Pomerance）作品。

們鎮上》，由於這項更動使我們的排演時間，整整少掉一週。

實在不想面對接下來一個半月的密集排練。

4 瓢蟲

我和奧麗維亞坐在她家前門的臺階，陪我記臺詞。那是個溫暖的三月傍晚，簡直像夏天的感覺。天空仍是明亮的藍綠色，但是太陽低垂，人行道有一條條拉長的影子。

我在背臺詞：是的，太陽已升起不下千次。夏冬更迭讓高山微微崩裂，雨水也將部分泥土刷落。還沒出生的嬰孩，卻已開始有模有樣的說話；一些以為自己還年輕、動作敏捷的人們，卻發現自己連上樓梯都覺得吃力，心臟撲通撲通……

我搖搖頭。記不得了。

那一切都在一千日裡發生。奧麗維亞唸著手上的劇本，為我提詞。

沒錯、沒錯、沒錯，我一邊搖頭，一邊說，我完了，奧麗維亞。我到底要怎樣才能背熟這些臺詞？

你會背熟的，她回答得很自信。她伸出雙手，上下罩住一隻不知從哪兒飛來的瓢蟲。看吧？這是好預兆，她說，慢慢抬起上面那隻手，露出在另一隻手的手心上爬著的瓢蟲。

純屬好運，不然就是天氣熱，我開玩笑的說。

當然是好運，她回答，看著瓢蟲爬上她的手腕。實在應該要能對瓢蟲許願。以前小的時候，我和奧吉常抓螢火蟲許願。她又用手罩住那隻瓢蟲。快，來許願。閉上眼睛。

我聽她的話閉上眼睛。過了好長的一秒。然後我睜開眼睛。

你有許願嗎？她問。

有。

她微笑，打開手，瓢蟲像是接到指令般，張開翅膀飛走了。

你不想知道我許什麼願嗎？我問，吻她。

不，她害羞的答，抬頭看天空，那一秒，天色和她的眼睛吻合。

我也許了個願，她神祕的說。

她有那麼多的願望可以許，我實在猜不透她會許什麼願。

5 公車站

我跟奧麗維亞道別時，她媽媽、奧吉、傑克、菊兒剛好從門階走下來。有點尷尬，因為我們正在深吻。

嗨，她媽媽假裝什麼都沒看到，但是兩個小男生在咯咯笑。

嗨，普曼太太。

賈斯汀，請叫我依莎貝爾就好，她又說。這好像是她第三次這麼對我說，所以我該開始那麼叫她了。

我要回家了，我說，一副想解釋的樣子。

喔，你要去地鐵站嗎？她帶著一張報紙跟在狗後頭問我。你可以帶傑克去公車站嗎？

沒問題。

你也沒問題嗎，傑克？傑克聳聳肩。賈斯汀，那你可以陪他等到公車來嗎？

那當然！

我們都互道再見。奧麗維亞對我眨眨眼。

你不必陪我等，我們走在街上時傑克這麼說。我一直都是自己搭公車。奧吉的媽媽實在太保護小孩了。

他有著沙沙的低沉嗓音，像是不太好惹的傢伙。看上去，有點像老黑白電影裡的小嘍囉，只要再戴頂報童帽加燈籠褲就更像了。

到了公車站，時刻表寫著再過八分鐘公車就會來。我陪你等，我對他說。

隨你。他聳聳肩。我能跟你借一塊錢嗎？我想買口香糖。

我從口袋拿錢給他，看著他穿過馬路去轉角的雜貨店。以他的年紀來說，現在一個人四處走似乎還太小。然後我想起我以前那麼小的時候，也是自己搭地鐵。真的太小了。有一天我一定要變成把小孩保護得無微不至的爸爸，我知道，我的小孩會感受得到我的關心。

過了一、兩秒，我注意到三個小孩從對面走來。他們經過雜貨店，其中一人看看裡面，立刻叫住另外兩個人，他們趕緊倒退往裡面看。我看得出他們不懷好意，他們用手肘推來推去，笑鬧著。其中一個和傑克一樣高，另外兩個則看上去個子高大很多，比較像青少年。他們躲在店鋪前的水果攤，看到傑克走出來，立刻跟在他後頭，發出很大的乾嘔聲。傑克一回過頭，想看是誰發出的聲音，他們就趕緊一哄而散，還彼此擊掌、放聲大笑。小混帳。

傑克穿越馬路向公車站走來，像是什麼也沒發生似的，站在我旁邊，吹泡泡糖。

是你朋友嗎？最後我問。

哈，他說。他試著微笑帶過，但我看得出他很難過。

只是跟我同校的小嘍囉，他說。一個叫朱立安，另外兩個大塊頭是他的跟班，亨利和邁爾斯。

他們經常那樣騷擾你嗎？

不，這是他們第一次這樣。以前在學校他們沒這樣過，否則被發現就會被退學。朱立安根本不住在這附近，應該是運氣不好，才會碰到他。

喔，嗯。我點點頭。

沒什麼，他安慰我。

我們都望著愛米司佛特大道盡頭，看公車是不是來了。

我們有點像在對戰。約莫一分鐘後他突然這麼說，彷彿那能解釋一切。他從牛仔褲口袋掏出那張壓皺的活頁紙，遞給我。我打開，是一張名單，上頭列著三行名字。

他發動全年級的人排擠我，傑克說。

不是全年級，我提醒他，低頭看名單。

他在我置物櫃留紙條，說什麼**大家都恨你**。

你應該跟老師說這件事。

傑克看著我，彷彿我是大笨蛋，搖了搖頭。

總之，你還是有保持中立的朋友，我指著名單說。要是你把他們拉到你這邊，事情就會好一點了。

嗯，唔，最好這種事會發生，他諷刺的說。

為什麼這麼想？

他又向我投以一個眼神，像在說我是他看過全世界最大的笨蛋。

怎樣？我說。

他搖搖頭，像是在說我沒救了。

就這麼說吧，他說，我跟學校裡不是很受歡迎的人做朋友。

然後我忽然明白他沒說出口的內容是什麼：奧古斯特。這一切，都跟他和奧古斯特做朋友有關。他不想直說，因為我是奧古斯特姊姊的男朋友。嗯，這下我懂了。

我們看到公車從愛米司佛特大道駛來。

唔，再撐一下。我把那張紙還給他跟他說，中學總是最悲慘的，之後情況會好轉。一切都會沒事的。

他聳聳肩，把名單塞回口袋。

看著他坐上公車，我們揮手道別。然後我目送公車駛離。

等我走到兩街區外的地鐵站，我又看到那三個男生正在隔壁的貝果店閒晃。穿昂貴窄版褲的紈褲子弟，裝出一副很酷的樣子，他們還在笑鬧，推來推去，像一群小混混。

不知道哪來的衝動，我摘下眼鏡，放進口袋，然後把小提琴盒夾在腋下，讓凸的那端朝上。接著我朝他們走去，臉擠成一團，面露凶光。他們看到我，方才的訕笑灰飛煙滅，手中的冰淇淋甜筒也歪到一邊。

嗯，給我聽好。別去惹傑克，我用非常、非常慢的口吻說，咬牙切齒，聲音一派克林．伊斯威特那種硬漢的調調。

再去惹他，我就讓你**後悔莫及**。我故意敲敲琴盒，作大聲勢。

了嗎？

他們整齊的點頭，融化的冰淇淋全滴到手上。

很好。我神祕的點點頭，接著三步併作兩步跑下地鐵階梯。

6 排演

隨著開幕夜日漸逼近，戲劇排練幾乎占掉我大部分的時間。好多臺詞要記。好長的獨白，只有我一個人說話。奧麗維亞想了個很棒的點子，確實有幫到忙。她建議我把小提琴帶上臺，唸臺詞的時候，不妨來一點音樂。雖然劇本裡沒有那麼寫，但戴弗波特先生覺得讓舞臺經理上臺拉段小提琴，可以為戲劇增添不少民間故事的氣氛。這對我來說，也是一件好事情，因為需要想臺詞的時候，先拿出琴來點「士兵的喜悅」，多少可以爭取一點時間。

現在我跟同臺演出的人也熟多了，尤其是那個演愛蜜麗的粉紅頭髮女生。後來發現，她並沒有我以為的那麼高傲，儘管她朋友很多，而且男友還是學校運動校隊的大紅人，那跟我屬於完全不同的世界。所以，我很驚訝米蘭達給人的感覺還挺平易近人的。

有一天，我們一起坐在後臺，等待燈光組的人修復主聚光燈。

你跟奧麗維亞交往多久了？她忽然問。

大概四個月了吧，我說。

你見過她弟弟了嗎？她隨口問。

這問題來得太突然，我無法掩飾我的驚訝。

你認識奧麗維亞的弟弟嗎？我問。

維亞沒跟你講嗎？我們以前是好朋友。他還是個小嬰兒時，我就認識奧吉了。

喔，沒錯，我想我知道。我這麼回答。因為我並不想洩漏，奧麗維亞其實沒告訴我這件事。也不想洩漏，我很驚訝米蘭達竟然叫她維亞。只有奧麗維亞的家人叫她維亞，這個原本我以為是陌生人的粉紅頭髮女生，竟然叫她維亞。

米蘭達笑了笑，搖搖頭，但她沒說什麼。一陣尷尬的沉默以後，她開始翻找包包，拿出皮夾。她看了幾張相片，最後遞一張給我。是一個小男孩在公園的相片。天氣晴朗，他穿短褲、T恤，還有罩住整顆頭的太空人頭盔。

她對著相片微笑說，那天氣溫大概快四十度，但奧吉就是不肯把頭盔脫掉。這個東西他差不多戴了整整兩年，冬天戴，夏天也戴，連去海邊都戴。真是太瘋狂了。

嗯，我在奧麗維亞家裡看過。

那頂頭盔是我給他的，她說。她聽來有些得意。她把相片拿回去，小心翼翼放回皮夾。

酷，我說。

這麼說你能習慣？她看著我說。

我一臉空白的望著她。習慣什麼？

她仰起眉毛，不可置信的模樣。你知道我的意思，她說，就著水瓶又喝了一大口水。說老實話吧，她接著說，這世界不可能對奧吉．普曼友善的。

7 鳥

你為什麼不跟我說你跟米蘭達．奈維絲以前是朋友？隔天我問奧麗維亞。她沒告訴我這件事，真的讓我有點生氣。

又沒什麼，她有點防衛的說，還用一種我很怪的表情看著我。

這件事很嚴重，我說。我活像個笨蛋。你怎麼能不告訴我？你一直擺出一副不認識她的樣子。

我不認識她，我不知道那個粉紅頭髮的啦啦隊隊員是誰。以前我認識的那個人很孩子氣，專門收集美國洋娃娃。她飛快的說著。

喔，拜託，奧麗維亞。

你才拜託！

你知道你可以找機會跟我說的，我迅速的說，假裝沒注意到滾落她臉頰的斗大淚珠。

她聳聳肩，努力收回眼淚。

沒關係，我又沒生氣，我嘴上這麼說，但心裡想那眼淚是衝著我來的。

我真的不在乎你生不生氣，她恨恨的說。

喔，對我還真好，我回擊。

她沒再說什麼。眼淚又欲奪眶而出。

奧麗維亞，到底怎麼了？我說。

她搖搖頭，像是她不想再提這件事，但是忽然間，眼淚就掉下來了。

很抱歉，不是因為你，賈斯汀。我不是因為你才哭的，她哭著說。

那你為什麼哭？

因為我是壞人。

你在說什麼？

她沒有看我，用手心擦拭眼淚。

我沒有跟我爸媽講這次的演出，她很快的說。

我搖搖頭，因為我實在不懂她想說什麼。

我說，沒關係，現在還不算太晚，還有票……

是我不想要他們來的，賈斯汀，她忽然不耐煩的插嘴。

你聽不懂我在說什麼嗎？我不想要他們來！要是他們來的話，他們就會帶奧吉來，我就是不想……

說到一半，她忽然哽咽，沒辦法把話講完。我伸出手臂抱著她。

我是壞人！她邊哭邊說。

你不是壞人，我輕柔的說。

她繼續抽抽噎噎的說著。我真的是！來到一間新學校，沒有人認識他，真的很好，你知道嗎？沒有人會在我背後說閒話。那種感覺真的很好，賈斯汀。可是要是他來看戲，這樣大家就會竊竊私語，謠言就會傳開……我不知道為什麼我會有這種感覺……我發誓我以前不曾因為他而感到沒面子。

我知道，我知道，你的心情我可以理解。奧麗維亞，你已經承受太多太多了。我這樣安撫著她。

我覺得，奧麗維亞有時像是一隻鳥，一生氣，羽毛就會全部豎起來。然而當她變得脆弱時，她就只是一隻找不到歸巢的倦鳥。

所以我張開羽翼，讓她藏匿。

8｜宇宙

今晚我沒辦法睡。我的腦袋塞滿停不下來的思緒。那些獨白的臺詞、我早該背熟的元素週期表、我該看懂的數學定理。還有奧麗維亞、奧吉。

米蘭達的話不停迴盪在腦海：這世界不可能對奧吉．普曼友善。

我很認真思考這句話，還有它所有的意思。她說得沒錯。這世界不可能對奧吉．普曼友善。但那孩子究竟做了什麼，得受這種懲罰？那對父母呢？或是奧麗維亞？她曾說過把所有症狀結合在一起造成奧吉那種臉的機率，是四百萬分之一。這豈不是把宇宙當超級大樂透箱？出生像買了彩券，是好是壞，都是隨機，全憑運氣。

我的腦袋不停的轉，然後，思緒忽然平靜下來，就像是大和弦降了三度。不、不，不全然是隨機，如果真的是隨機，那宇宙就要澈底拋棄我們了。不，宇宙肯定不會。宇宙會照顧脆弱的生物，以肉眼看不見的方式照顧我們。像父母般無止盡的寵你，或是一個凶過你之後又忍不住疼愛你的大姐姐。像是那個聲音沙啞的孩子，因你而被朋友拋棄。甚至是一頭粉紅色頭髮的女孩，將你的相片擺在皮夾裡帶著。這或許就像樂透吧，但宇宙最後總是能夠擺平一切。宇宙會照顧所有的倦鳥。

第六部

奧古斯特

人是何等傑作！理性是何等高貴！
力量如此無限！形體和動作如此可敬！
宛若天使的作為！
媲美上帝之見解！
世界之美！

——莎士比亞，《哈姆雷特》
（**Shakespare, *Hamlet***）

1 北極

馬鈴薯燈在科展裡大獲好評。我和傑克拿了A。這是傑克一整年第一次在任何科目裡拿到A，因此他非常興奮。

所有的科展作品都擺在體育館裡，展示在桌上。跟十二月的埃及博物館展覽設計完全相同，只是這一次，桌上擺的是火山、分子模型，而不是金字塔和法老王。還有，這次不是由小孩帶著爸媽去參觀其他人的作品，而是我們必須站在我們的展示桌旁，讓爸媽自己參觀，輪流來聽我們講解。

算起來是這樣：全年級六十個學生等於六十對父母，還不包括爺爺奶奶在內。所以，至少有一百二十對眼睛會往我這看。到目前為止還不習慣我長相的眼睛，和他們小孩的一樣，會像羅盤上永遠向北指的指針，而我就是北極，無論我走到哪個方向，都會被那一隻隻眼睛盯著看。

就是因為這樣，我還是不喜歡有爸媽參加的學校活動。雖然我已經不像學期一開始那樣恨它們了。好比**感恩節分享慶典**：那是最糟的一次，我想。那是第一次我必須一次面對所有的家長。在那之後是埃及博物館展，但那次還好，因為我扮成了木乃伊，沒人會注意到我。接著是冬季音樂會，那次我也很討厭，因為我得參加合唱團。不只是我不會唱歌的問題，而是感覺上好像是個展示品。新年藝術展雖然沒那麼糟，但也好不到哪裡去。學校把我們的作品擺在走廊，全校每個地方都有，再邀父母來觀賞。這情況就跟開學時差不多，樓梯間有好多狐疑的大人盯著我瞧。

總之，也不是說我介意有人盯著我。我早說過：那種事我早習慣了。我不再讓那種事干擾我。就像出門時，發現外頭飄了點細雨，你不會因為一點細雨就穿上靴子，也不會撐傘，你會直接穿過雨水，甚至沒注意髮絲溼了。

可是，要是場景換成一大間擠滿父母的體育館，細雨就變成暴風雨。那一隻隻眼睛聚集，彷彿是城牆高的洪水。

爸媽在我的桌前晃了許久，還有傑克的爸媽。爸媽最後總會跟孩子一樣，自動聚成一個個小團體，實在很有趣。像我爸媽就常跟傑克和小夏的爸媽在一塊。我也看到朱立安的爸媽和亨利、邁爾斯的父母一起走。就連兩個麥克斯的爸媽也都一起行動。真是有趣。

我們回家時，我跟爸媽講起這件事，他們也覺得這個觀察很有意思。

我想真的是物以類聚吧，媽說。

2 奧吉娃娃

好一陣子，大家的話題只有「戰爭」。二月是最糟的。那段時間，幾乎沒有人跟我們講話，朱立安也開始在我們的置物櫃留紙條。給傑克的紙條愚蠢透頂：**你這個臭起司！**還有：**再也沒有人喜歡你了！**

我則拿到：**怪物！**另一張則寫：**滾出我們學校，怪獸！**

小夏覺得我們該跟魯賓小姐報告這些惡意紙條，因為她是中學部負責人。不然就告訴托許門先生，但我們覺得那樣有點像是告密。總之，我們也有留紙條，但我們的內容並非惡意。反而有點好笑，帶點諷刺。

其中一張是：**你好美，朱立安！我愛你。願意嫁給我嗎？愛你的　芭拉**

另外一張是：**好愛你的髮型！愛　芭拉**

接著一張是：**你是寶貝。為我搔搔腳。愛　芭拉**

芭拉是我和傑克虛構的人物。她有一堆非常噁心的習慣，像是啃腳趾間綠綠的東西，吸吮指關節。我們想應該只有那樣的人才會瘋狂迷戀朱立安，他不管看起來、還是舉止動作都像兒童頻道廣告裡才會出現的人。

二月時也有好幾次，朱立安、邁爾斯、亨利對傑克惡作劇。他們沒有對我惡作劇，我想，因為他們知道如果被抓到「欺負」我，自己會惹上大麻煩。於是他們就想傑克是比較容易下手的目標。有一次，他們偷他體育館的短褲，還故意在更衣室大玩「猴子摘水果」的遊戲。還有一次在班級教室，邁爾斯坐在傑克旁邊，他故意把傑克的練習卷掃下書桌，揉成一球，隔空丟給朱立安。要是沛托莎小姐在的話，這種事就不會發生了，但是那天來的是代課老師，代課老師從來都搞不清楚情況。不過傑克對於應付這種事很有一套。他從不會讓他們看見他在生氣，雖然我想，有時他是真的生氣。

全年級的小孩都知道這場冷戰。除了薩瓦娜那群人，那些女生一開始全都保持中立。不過，到了三月，連她們也都感覺厭煩了，有一些男生也是。像有一次，朱立安把削鉛筆機裡的屑屑倒進傑克的背包裡，平常跟他們很要好的艾莫思，那天卻從朱立安的手裡把包包搶回來，還給傑克。我覺得，大部分的男生漸漸的不再信朱立安那一套了。

幾週前，朱立安開始散播非常離譜的流言，說傑克僱了「打手」要「抓」他、邁爾斯和亨利。這種謊話已經到達可悲的地步，所以大家開始在背後笑他。原先站他那一邊的人，這時也紛紛跳船，變成明顯中立。所以，到了三月底，就只剩邁爾斯和亨利站在朱立安那一邊，但我覺得，其實就連他們兩個也對冷戰感到厭倦了。

我也確定大家沒有再在我背後玩黑死病。要是我不小心撞到他們，也不會有人嚇得往後縮。同學跟我借鉛筆，也不會一副鉛筆上面有蝨子的樣子。

有時候大家甚至會跟我開點玩笑。像是幾天前，我看見瑪雅用一張醜娃娃的便條紙寫東西給愛莉，我也不知道為什麼，就隨口說：「你知道畫醜娃娃的人，是因為我才有靈感的嗎？」

瑪雅瞪大眼睛的看著我，像在說她完全相信。之後，她會意過來我只是開玩笑時，又覺得那是全世界最好笑的事。

「你好幽默喔，奧古斯特！」她說，然後她跟愛莉還有幾個女生說，她們也都覺得很好笑。一開始她們有點嚇到，但接著她們看到我在笑，就知道可以笑。隔天，到學校時，我看到椅子上有一個醜娃娃小鑰匙圈，旁邊還附著一張很棒的小紙條，是瑪雅寫的：**送給全世界最棒的奧吉娃娃！瑪雅**

六個月前，這種事根本不可能發生，但現在卻越來越常出現。

此外，大家現在也對我戴助聽器的事表現出友善的態度。

3｜洛博特

我小的時候，醫生就告訴爸媽有一天我會需要戴助聽器。不知道為什麼，這總讓我有點害怕；或許是因為跟我耳朵有關的事總會讓我感到非常在意。

但是我的聽力越來越差，我沒跟其他人講，我的頭一直有海浪的聲音，而且聲音越來越大，現在甚至會淹沒其他人講話的聲音，好像我人在水裡一樣。要是我坐在教室後面，我沒辦法完全聽到老師的聲音。但是我知道，要是我跟爸媽說，最後一定會配助聽器，而我希望在我順利通過五年級之前，都不要用到助聽器。

結果，十月的年度健康檢查裡，我的聽力測驗沒過，醫生就說：「唉，該配了。」他送我去一位特殊耳科醫生那邊做耳模。

在我的五官之中，我最討厭我的耳朵。就好像我的臉兩側握著兩個握緊的小拳頭。而且耳朵的位置太低，看起來就像是脖子上方突出兩塊捏扁的披薩麵團之類的。好吧，或許是我太誇大了。但我真的恨它們。

聽力科醫生一開始把助聽器拿出來給我和媽看時，我發出哀號。

「我才不要戴那種東西。」我說，把手臂交叉在胸前。

「我知道看起來可能有點大，」耳科醫生說：「但是我們必須把助聽器用頭帶綁住，才能固定在你的耳朵上。」

看吧，一般的助聽器通常有一個配件，可以圈住外耳來固定內耳塞，但是我因為沒有外耳，所以必須把耳塞放在在一條堅固的頭帶上，然後繞到我的後腦勺固定。

「我沒辦法戴那個，媽。」我哀號著說。

「放心，別人不太會注意到的，」媽說，努力想逗我開心。「看起來就像戴耳機。」

「耳機？你自己看看，媽！」我生氣的說：「我看起來像洛博特！」

「洛博特是誰？」媽冷靜的說。

「洛博特？」耳科醫生邊看那個耳機邊幫我調整，他露出微笑，說：「你是說《帝國大反擊》？那個禿頭男人，後腦勺綁著很酷的無線電收發器？」

「我聽不懂你們在說什麼。」媽說。

「你也知道《星際大戰》？」我問耳科醫生。

「知道《星際大戰》？」他回答，一邊把東西繞過我頭頂。「我看說我發明《星際大戰》的收發器還差不多！」他坐在椅子上往後倚，先確認頭帶合不合適，然後再拿下來。

「來，奧吉，我想跟你解釋這些東西，」他指著助聽器的不同部位為我解說：「這條彎曲的塑膠條會連到耳膜內管。所以我們十二月就先打模，好讓這個部位能夠深入你的耳朵而且完全服貼。這邊叫耳鉤，我們利用這個特殊部位把它連到這裡的支架。」

「洛博特的部位。」我慘澹的說。

「嘿，洛博特很酷，」耳科醫師說：「又不是說你看起來像恰恰*，你知道嗎？那就慘了。」他又小心的把耳機戴回我頭上。「好了，奧古斯特。你覺得怎樣？」

「非常不舒服！」我說。

「你很快就會習慣的。」他說。

我看看鏡子，我的眼淚就快潰堤。因為那些管子從我的頭兩側竄出來，就像是冒了一根根天線。

「我真的得戴這個嗎，媽？」我努力忍著不哭。「我恨它們。根本沒有任何幫助！」

「給它一點時間，孩子，」醫生說：「我根本還沒啟動呢。等會兒你就會發現差別了，相信我，你會想戴的。」

「不，我不會！」

然後醫生把開關打開。

* 全名恰恰・賓克斯（Jar Jar Binks），《星際大戰》裡的那卜星人。

4 聽力清晰

我該怎麼描述醫生打開助聽器時，我聽見的聲音？或者我沒聽見的聲音？實在太難描述了。那些海浪不再出現在我腦袋裡，不見了。我能聽見頭腦裡有著明亮的光線。就好像你走進一間房裡，天花板其中一顆燈泡沒亮，但你一直沒發現室內變得多暗，直到有人換了燈泡，你才發現：哇，這裡好亮！我不知道聽力是否也有與「亮」相對的詞，但我希望有，因為我現在聽東西的感覺就是覺得好亮。

「聽起來怎麼樣，奧吉？」耳科醫生問：「能聽清楚我的聲音嗎，孩子？」

我看看他，露出微笑，沒有回答。

「親愛的，聽起來有不一樣嗎？」媽說。

「你不必用喊的，媽。」我開心的點頭。

「有聽得比較清楚嗎？」耳科醫生問。

「之前的噪音不見了，」我答：「現在我耳朵裡好安靜。」

「白噪音不見了，」他點點頭看著我，然後眨眨眼，說：「跟你說過你會喜歡的。」他又在左側的助聽器做了一些調整。

「聽起來真的很不一樣嗎，親愛的？」媽問。

「嗯。」我點點頭。「聽起來……亮多了。」

「那是因為你現在裝了助聽設備，孩子，」耳科醫生說，幫我調整右側。「現在摸摸這兒。」他把我的手擺在助聽器後面。「有感覺到嗎？是調整音量的地方。你得自己找到合適的音量。我們接下來就要處理這個地方。唔，覺得怎麼樣？」他拿起一面小鏡子，讓我對著大鏡子照，可以看到助聽器後面的樣子。我的頭髮幾乎把頭帶都蓋住了，唯一突出來的地方是管線。

「還習慣新的洛博特助聽器嗎？」耳科醫生問，看著鏡子問我。

「嗯，」我說：「謝謝你。」

「非常感謝你，詹姆士醫師。」媽說。

第一天戴助聽器去上學時，我以為班上同學會反應很大。結果沒有人指指點點。小夏很高興我能聽得比以前清楚，傑克說助聽器讓我看起來像FBI探員。就這樣。

連布朗先生上英文課時都問我，可是他的態度並不是：你頭上那個到底是什麼東西？而是，「奧吉，要是你需要我重複說什麼的話，一定要告訴我，好嗎？」

現在回想起來，我不知道自己為什麼一直對這件事這麼有壓力。有時，人會對一件事擔心個老半天；結果發現，其實沒什麼。

5 維亞的祕密

春假結束後幾天，媽發現維亞沒告訴她隔週學校要舉行戲劇表演。媽很少這麼生氣（雖然爸可能不同意），總之她對維亞很不高興，和維亞大吵了一架。

我聽見她們在維亞的房裡大吼大叫。我的助聽器裡傳來媽說的話：「你最近是怎麼了，維亞？情緒不穩，不愛說話，鬼鬼祟祟……」

「我不過是沒告訴你一個無聊的戲劇表演，哪裡不對了？」維亞簡直是用尖叫的。「我只是幕後人員而已啊！」

「你的男朋友要演出啊！你難道不想要我們看他上臺嗎？」

「不想！坦白說，我不想！」

「不要尖叫！」

「是你自己先尖叫的！別吵我，好嗎？反正我早就習慣被你冷落，幹麼等到我上高中才忽然對我感興趣，我實在搞不懂……」

我沒聽到媽怎麼回答，因為忽然變得好安靜，連我的助聽器也收不到聲音。

6 我的洞穴

到了晚餐時間，她們似乎和好了。爸工作到很晚。菊兒在睡。白天時她吐了很多，媽預約了診所，約好隔天早上要帶菊兒去看獸醫。

我們三個坐下來，沒人說話。

最後我說：「唔，那我們要去看賈斯汀的戲劇演出嗎？」

維亞沒有回答，低頭看她的盤子。

「你知道嗎，奧吉，」媽靜靜的說：「我不知道那齣戲演什麼，但肯定不是你這種年紀的小孩會有興趣的內容。」

「意思是我沒被邀請？」我看著維亞說。

「我沒這麼說，」媽說：「我只是覺得你不會想看。」

「你會覺得很無聊。」維亞說，好似她在控訴我什麼。

「你跟爸會去嗎？」我問。

「你爸會去，」媽說：「我在家裡陪你。」

「什麼？」維亞對媽大吼：「很好，所以我誠實換來的懲罰就是你不跟我去？」

「是你一開始不要我們去的，記得嗎？」媽回答。

「可是你現在知道了，我當然希望你去！」維亞說。

「我得考慮**每個人**的感受，維亞。」媽說。

「你們倆到底在講什麼？」我大吼。

「沒什麼！」她們倆同時大叫。

「只是一點維亞在學校的事，跟你沒關係。」媽說。

「你說謊。」我說。

「你說什麼？」媽像是有點震驚，就連維亞看起來也很驚訝。

「我說你說謊！」我大吼：「你說謊！」我站起來對維亞尖叫：「你們倆都是騙子！當著我的面說謊，把我當傻瓜！」

「坐下來，奧吉！」媽抓住我的手臂說。

我把我的手臂抽走，指著維亞。

「你以為我不知道發生什麼事？」我大吼：「你只是不想要你全新又時髦的高中朋友知道你有個怪物弟弟！」

「奧吉！」媽大吼：「事情不是這樣的！」

「媽，別對我說謊！」我尖叫：「別把我當嬰兒看待！我不是智障！我知道內幕！」

我衝過走廊跑進房裡，把門用力甩上，彷彿還聽見門框裡有一小塊牆壁被壓碎的聲音。

然後我跳上床，拉被子蓋住頭。我用枕頭蓋住我噁心的臉，把所有填充動物擺在枕頭上，像是躲在一個小洞穴裡。要是我能拿顆枕頭蓋住臉四處走動，我一定會這麼做。

我甚至不知道自己為什麼這麼生氣。晚餐剛開始時，我並沒有那麼生氣，可以說連難過都沒有。但是忽然間，憤怒的感覺一擁而上。我知道維亞不想要我去看她的蠢戲。我也知道為什麼。

我以為媽會馬上跟我到我房裡，結果她沒有。我希望她來我的填充動物洞穴找我，所以我等了一下，但是過了十分鐘，她還是沒來找我。我覺得很驚訝。以往，每回我生氣衝回房裡，她總是會來看我。

我想媽和維亞在廚房討論我的事。我猜維亞心情非常、非常糟。我想媽整個人被罪惡感淹沒。等爸回家時，他會對她生氣。

在那堆枕頭和填充玩具裡，我鑽出個洞，看看牆上的時鐘。半小時過去了，媽還沒來房裡看我。我伸長耳朵聽聽隔壁房的聲音。她們還在吃晚餐嗎？發生什麼事了？

最後，門開了。是維亞。她不像之前總是輕手輕腳，而是飛快的走進門，甚至沒有打算到我床邊看我。

7 再見

「奧吉，」維亞說：「快點來。媽有事要跟你說。」

「我才不要道歉！」

「不是你的事！」她大吼：「不是全世界的事都跟你有關，奧吉！快點，菊兒生病了。媽要帶她去獸醫掛急診。快出來說再見。」

我把枕頭從臉上推開，抬頭看她。那時我才發現她在哭。「你說『再見』是什麼意思？」

「快點！」她伸出手說。

我握住她的手，跟她穿過走廊，來到廚房。我看到菊兒橫躺在地板上，雙腿往前伸直。她喘個不停，像是剛剛在公園跑步。媽跪在她身邊，撫摸著她的頭。

「發生什麼事了？」我問。

「她忽然開始哀鳴起來。」維亞也跟著跪在媽旁邊。

我低頭看媽媽，她也在哭。

「我要帶她去市中心的動物醫院，」她說：「計程車待會兒要來接我。」

「獸醫師會讓她舒服一點，對嗎？」我說。

媽看著我說：「希望如此，親愛的，」她靜靜的說：「但是坦白說，我並不知道。」

「他一定會！」我說。

「菊兒最近常生病，奧吉。她老了……」

「可是他們能把她治好的，對不對？」我看著維亞，希望她也贊同我的意見，但是維亞不肯抬頭看我。

媽媽的嘴脣在顫抖。「很遺憾，奧吉，我想我們該跟菊兒說再見了。」

「不要！」我說。

「我們不要她受苦，奧吉。」她說。

電話響起，維亞去接，她說：「好，謝謝。」然後就掛上了。

「計程車在外面了。」她說，用手背拭掉眼淚。

「好，奧吉，幫我開門好嗎，親愛的？」媽一邊說，一邊非常溫柔的抱起菊兒，彷彿她是一個疲憊的嬰兒。

「拜託，不要，媽？」我大喊，用身體擋在門前。

「親愛的，拜託，」媽說：「她很重。」

「那爸呢？」我問。

「他跟我直接在醫院碰面，」媽說：「他不想要菊兒受折磨，奧吉。」

維亞把我從門前移開，為媽開門。

「需要什麼打手機給我，我手機有開。」媽對著維亞說：「你可以拿條毯子幫她蓋上嗎？」

維亞點點頭，但是她哭得很慘。

「跟菊兒說再見，孩子們。」媽說，眼淚從她臉上滑落。

「我愛你，菊兒，」維亞說，親親菊兒的鼻子。「我好愛你。」

「再見了，小乖乖……」我在菊兒耳邊輕聲說：「我愛你……」

媽抱著菊兒走下門階。計程車司機打開後車門，我們看著她坐進車裡。媽抬頭看著站在門口的我們，對我們微微揮手。我想，那是我看過她最悲傷的表情。

「我愛你，媽咪！」維亞說。

「我愛你，媽咪！」我說：「對不起，媽咪！」

媽給我們一個飛吻，關上車門。我們一直看著計程車離開，過了許久維亞才把門關上。

她看了我半晌，然後把我抱得非常、非常緊，我們都淚流不停。

8 菊兒的玩具

賈斯汀大概半小時後趕過來。他抱了抱我，說：「奧吉，我很難過。」

我們都在客廳坐下，誰也沒說什麼。不知道為什麼，我和維亞開始從房子四處把菊兒的玩具都收起來，放在咖啡桌上堆成一小疊。我們茫然的瞪著那堆玩具。

「她真的是全世界最棒的狗。」維亞說。

「我知道。」賈斯汀輕拍維亞的背說。

「她那時是忽然開始哀號？」我問。

維亞點點頭。「大概是你離開餐桌兩秒後吧，」她說：「媽本來要去追你，可是菊兒開始發出哀鳴。」

「是什麼樣子？」我問。

「就是哀鳴，我也不知道。」維亞說。

「是號叫嗎？」我問。

「奧吉，就是哀鳴！」她不悅的回答：「她就開始呻吟，像是有什麼東西把她弄得很痛。她開始喘得非常厲害，然後突然撲通倒下，媽走過去想扶她起來，她顯然十分痛苦。還咬了媽。」

「什麼?」我說。

「媽想摸她胃時,菊兒咬她的手。」維亞解釋。

「菊兒從沒咬過任何人!」我回答。

「她已經失去控制,」賈斯汀說:「一定是因為很痛。」

「爸說得沒錯,」維亞說:「我們不該讓她這麼難受的。」

「你是什麼意思?」我說:「他知道她生病?」

「奧吉,過去兩個月,媽已經帶她去看三次獸醫了。她一直吐。你難道沒發現?」

「可是我不知道她生病了!」

維亞沒說什麼,但是她用手臂摟住我的肩,拉我靠近她。我又開始哭了起來。

「很抱歉,奧吉,」她輕輕說:「我真的對這一切感到抱歉,嗯?你願意原諒我嗎?你知道我有多愛你,對吧?」

我點點頭。不知怎麼的,剛剛那場爭吵忽然一點都不重要了。

「媽媽有流血嗎?」我問。

「只是咬一下,」維亞說:「在這邊。」她指指大拇指底部,讓我知道菊兒咬媽的地方。

「會痛嗎?」

「媽還好,奧吉。她沒事。」

兩小時後，爸媽回到家。他們一打開門，看到菊兒沒和他們一起，我們就知道她走了。我們圍著菊兒的那堆玩具，在客廳坐下。爸把在動物醫院的情形講給我們聽，獸醫師帶菊兒去照X光、做血液檢測，然後告訴他們她的胃裡有一個大硬塊，所以她呼吸困難。而爸媽不想要她受苦，所以爸把她抱在懷裡，像平時那樣讓她雙腿朝天，他和媽向她吻別、低聲呢喃，一遍又一遍。最後，獸醫師把針插進她腿裡。大概一分鐘以後，她在爸的臂膀裡過世。爸說，她走得非常安詳，沒有一點痛苦，就好像她準備要睡著一樣。爸好幾次說話時，聲音忍不住顫抖，他停下來清清喉嚨。

我從沒看過爸哭，但是今晚我看著他哭。我去爸媽的臥房找媽哄我睡，卻看到爸一個人坐在床邊，正在脫著襪子。他背對門，所以他不知道我在那兒。一開始我以為他在笑，因為他的肩膀在抖，然後他把手掌遮住臉，我才知道原來他在哭。那是我聽過最安靜的哭泣，就像是低語。本來我想走到他身邊，但又突然想到他或許不想讓我或任何人聽到，才會把哭聲壓低。所以我走去維亞的房裡，看到媽和維亞並肩躺在床上，媽在低聲跟維亞說話，她也在哭。

於是我回到我的床，自己換上睡衣，打開夜燈、關掉燈，爬進先前我堆在床上的填充動物山洞。一切都像是百萬年前發生的事。我拿下助聽器，把它擺在床邊桌上，拉起棉被蓋住耳朵，想像菊兒窩在我身邊，溼溼的大舌頭舔得我滿臉，彷彿我的臉是全世界她最愛的那張臉。就這樣，我睡著了。

9 天堂

等我醒來，天色還很暗。我下床，走到爸媽的臥房。

「媽咪？」我低聲說。室內全黑，所以我看不見她睜開雙眼。「媽咪？」

「你還好嗎，親愛的？」她含糊的說。

「可以和你一起睡嗎？」

媽把身子挪到爸那一側，我上床窩在她身邊。她吻我的頭髮。

「你的手還好嗎？」我說：「維亞跟我說菊兒咬你。」

「只是輕輕咬了一下。」她在我耳邊低聲說。

「媽咪……」我開始哭了起來。「很抱歉我之前說了那些話。」

「噓……沒什麼好抱歉的。」她靜靜的說，我幾乎聽不到她的聲音。她用她的臉頰碰了碰我的臉。

「是維亞覺得我讓她丟臉嗎？」我說。

「不是的，親愛的，不是。你知道她不會這樣。她只是上了新學校，需要時間適應。學校生活沒那麼容易。」

「我知道。」

「我知道你明白。」

「對不起我叫你騙子。」

「睡吧，兒子……媽媽很愛你。」

「我也很愛你，媽咪。」

「晚安，親愛的。」她非常溫柔的說。

「媽咪，菊兒現在跟外婆在一起了嗎？」

「我想是吧。」

「她們在天堂嗎？」

「嗯。」

「人到天堂以後看起來還是一樣嗎？」

「我不知道。我想不是吧。」

「那大家要怎麼彼此相認？」

「我也不知道，親愛的。」她的聲音聽起來好累。「他們就是感覺得出來。你不需要用眼睛去愛，對吧？你能在心裡感受到。在天堂就是這樣。就單純是愛，沒有人會忘記自己愛的人。」

她又吻了我。

「現在該睡了，親愛的。晚了。我好累。」

但是，我知道即使她睡著了以後，我仍然無法入眠。我能聽見爸也睡著了，想像著維亞在走廊另一頭的房裡熟睡。不知道在天堂的菊兒那時是否也睡著了？如果她睡著，她是否也會夢到我？我也在想，有一天，不知道身在天堂會是什麼感覺，是不是再也不必擔心我的臉？就像對菊兒來說，她從不在意我的臉。

10 替角

菊兒去世幾天後，維亞帶了三張學校戲劇表演的票回來。後來，我們沒再提起晚餐時的爭執。表演那晚，她和賈斯汀提早動身到學校去，離家前維亞給了我一個大擁抱，告訴我她愛我，還有，她很以當我的姊姊為榮。

這是我第一次到維亞的新學校。這裡比她之前的舊學校大很多，和我的學校比起來，更是大一千倍。好多走廊，還有更多人可以活動的空間。我的洛博特助聽器唯一的缺點就是，我再也沒辦法戴棒球帽。像這種情況，棒球帽真的再合適不過。有時，我真希望還能像小時候一樣，戴著太空頭盔遮住整個頭。你相信嗎？比起親眼看到我的臉，大家會覺得看見戴太空頭盔的小孩還不算太奇怪。總之，我只能一直低垂著頭，跟在媽的背後，穿過又長又亮的走廊。

我們跟隨人群來到了大禮堂，接待的學生在前門發節目單。我們在第五排找到位子，很靠近中央的位置。我們一坐下，媽就開始在她手提袋裡翻找。

「真不敢相信我竟然忘了眼鏡！」她說。

爸搖搖頭。媽總是忘東忘西，要不是忘了帶鑰匙，就是別的小東西。她那方面實在不太可靠。

「想移近一點嗎？」爸說。

媽瞇眼看看舞臺。「不，我還看得清楚。」

「要換位子就現在說，否則就別再動了。」爸說。

「坐這邊可以。」媽答。

「你們看，賈斯汀在這兒。」我對爸說，指著節目單上賈斯汀的相片。

「他這張相片很好看。」他點頭回答。

「為什麼沒有維亞的相片？」我說。

「她是替角，」媽說：「可是你們看：這裡有她的名字。」

「什麼叫她是替角？」我問。

「哇，你們看米蘭達的相片，」媽對爸說：「都快認不出來了。」

「他們為什麼叫她替角？」我重複問。

「替角的意思就是，如果正式演員臨時因為特殊原因無法登臺，就由替角代替他演出。」媽回答。

「你們有聽說馬丁要再婚嗎？」爸對媽說。

「你在開玩笑嗎？」媽回答，一副驚訝的樣子。

「馬丁是誰？」我問。

「米蘭達的爸爸。」媽回答，接著對爸說：「誰跟你講的？」

「我在地鐵站遇到米蘭達的媽媽。她對這件事很不開心。他有個即將出生的寶寶，還有各種事情需要張羅。」

「哇。」媽說，搖搖頭。

「你們在講什麼？」我說。

「沒有。」爸回答。

「可是替角為什麼是『**understudy**』？」

「我也不知道，小狗奧吉，」爸回答：「或許是形容演員在臺下研究的樣子？我真的不知道。」

原本我還打算說什麼，但是燈光忽然暗下。觀眾席很快就靜下來。

「爸，可以拜託你不要再叫我小狗奧吉了嗎？」我在爸耳邊輕輕說。

爸微笑，點點頭，對我伸出大拇指。

演出開始。幕打開，舞臺上空蕩蕩的，只有賈斯汀在舞臺上。他坐在一張搖搖欲墜的舊椅子上，為他的小提琴調音，穿著一套舊式西裝，戴了一頂草帽。

「這齣戲叫《我們鎮上》，」他對觀眾說：「由桑頓・懷爾德撰寫，菲利普・戴弗波特執導……這個鎮名叫葛羅威爾角，位在新罕布夏爾州，剛過了麻州州界的地方：緯度四十二度四十分；經度七十度三十七分。第一幕，是小鎮尋常的一天。日期：一九〇一年，五月七日。時間：破曉前。」

看到這裡，我就知道我會喜歡這齣戲。這跟之前去看過的學校戲劇像《綠野仙蹤》、《食破天驚》*之類的都不一樣，真的很不一樣，這齣戲感覺有成人味道，光是坐在那兒欣賞，就讓我有聰明的感覺。

戲演了一會兒，一個名叫韋伯太太的角色上場呼喊著她女兒愛蜜麗。我在節目單上看到愛蜜麗這個角色是由米蘭達飾演，於是，我把身體往前傾，想把她看得更清楚些。

「那是米蘭達，」媽輕聲對我說，我們一起瞇著眼看愛蜜麗走出舞臺。「咦，她看起來好不一樣……」

「那不是米蘭達，」我低聲說：「那是維亞！」

「我的天！」媽說，在她位子往前倚。

「噓！」爸說。

「是維亞。」媽低聲跟他說。

「我知道。」爸微笑輕語：「噓！」

---

*《食破天驚》（*Cloudy with a Chance of Meatballs*），英國童書，由巴瑞特夫婦（Judi Barett, Ron Barett）撰繪。

11 結尾

這齣戲棒極了。我不想洩漏結尾，但是那絕對是會讓觀眾落淚的那種結局。扮演愛蜜麗的維亞說出最後的臺詞時，媽簡直看呆了。

「再見，再見，這個世界！再見，葛羅威爾角……媽媽，爸爸。再見，滴答作響的時鐘、媽媽的向日葵。還有食物、咖啡。剛燙好的衣服、熱水澡。每晚睡去，每早醒來。喔，世界，你太美了，怎麼有人能了解你！」

維亞說這段臺詞的時候，她真的哭了。像是真的眼淚，我能看見她的眼淚滾落臉頰。真的太棒了。

幕落了下來，觀眾席的每個人都在鼓掌。接著，演員一個個走出來，維亞和賈斯汀是最後兩位，但是他們一現身，全場觀眾都站起來拍手叫好。

「太棒了！」我聽見爸這麼喊著。

「大家為什麼都站起來？」我說。

「起立鼓掌啊。」媽站起來說。

所以我也站起來鼓掌，再鼓掌，一直鼓掌到手都發痛。有那麼一會兒，我想像著要是能像維亞和賈斯汀一樣一定很酷，所有人都會起身為他們喝采。我覺得應該要有什麼法條，規定這世界的每個人生平至少要接受起立鼓掌一次。

最後，不知過了幾分鐘，臺上的整排演員全體往後退，簾幕再度在他們面前闔上。掌聲停止，燈光亮起，觀眾起身離席。

我和爸媽往後臺移動。好多人向演員賀喜，圍著他們、拍他們肩膀。我們看見維亞和賈斯汀站在人群中央，對每個人微笑，一群人有說有笑。

「維亞！」爸大喊，一邊揮手，一邊穿越人群。當他靠近維亞，就一把抱住她，甚至把她抱離地面。「你真的太棒了，寶貝！」

「喔，我的天，維亞！」媽興奮的尖叫。「喔，我的天，我的天！」她也把維亞抱得好緊，維亞簡直快窒息，但她笑得很開心。

「你好棒！」爸說。

「好出色！」媽說，又點頭，又搖頭。

「還有你，賈斯汀，」爸不只與他握手，還給他一個擁抱。「了不起！」

「了不起！」媽重複爸的話。她激動得簡直說不出話。

「看到你上臺真的好震驚，維亞！」爸說。

「媽一開始還認不出你！」我說。

「我真的認不出你！」媽說，手摀住嘴。

「演出要開始前，米蘭達就生病了，」維亞一口氣說：「連宣布的時間都沒有。」我得說，她看起來有點怪，因為她上了厚厚的妝，之前我沒看過她這樣。

「所以你在最後一刻才上臺？」爸說：「哇。」

「她太厲害了，對不對？」賈斯汀說，他的手臂環繞著維亞。

「全場沒有人不哭。」爸說。

「米蘭達還好嗎？」我說，但是沒人聽見我說話。

就在那時，一個我猜是老師的男人，一邊拍手，一邊朝著賈斯汀和維亞走來。

「太棒了，太棒了！奧麗維亞和賈斯汀！」他親了維亞的兩頰。

「有幾行臺詞我搞砸了。」維亞搖搖頭說。

「可是你還是辦到了，」男人笑得非常開心。

「戴弗波特先生，這是我爸媽。」維亞說。

「你們一定很以女兒為榮！」他伸出雙手和爸媽握手。

「沒錯！」

「這位是我弟弟，奧古斯特。」維亞說。

他看起來原本好像還想說些什麼，但是一見到我，就忽然僵住了。

「戴老師，」賈斯汀拉他的手臂說：「請跟我來，見見我媽媽。」

維亞本來打算跟我說什麼，但忽然有別人走過來跟她講話。就這樣在還來不及回神的情況，我覺得像是在人群中落了單。我的意思是，我知道爸媽在哪兒、維亞在哪兒，可是我們周圍還有好多人，大家一直撞到我，把我撞得團團轉，他們的眼神，讓我感覺有點糟。

我不知道是因為太熱還是怎樣，我開始覺得有點頭暈。人們的臉在我眼中變得模糊，他們的聲音也變得好大，我的耳朵開始有點痛了。我想把我的洛博特助聽器音量調小一點，但是我摸不清楚開關，一開始調得太大聲，把自己也嚇了一跳。然後，我一抬頭，到處都看不到爸媽或維亞。

「維亞？」我大喊，開始推開人群想找媽。「媽咪！」四周只看見大家的肚子和領帶。

「媽咪！」

忽然間，有人從後面抓住我。

「哇，這是誰！」一個熟悉的聲音傳來，有人把我緊緊抱住，抱得好緊。一開始，我以為是維亞，結果一轉頭，答案更讓我驚訝。

「嗨，湯姆少校！」那個人說。

「米蘭達！」我大叫，也回給她一個最緊最緊的擁抱。

第七部

米蘭達

我忘記我也許見過
好多美麗的事物
我忘記我也許需要
尋找生命的禮物

——安登，〈美麗的事物〉
（**Andain**, ***Beautiful Things***）

1｜露營之謊

我爸媽在我升九年級之前的那個夏天離婚。爸爸離婚後馬上和另一個人在一起。雖然媽媽什麼都沒說，我認為這就是他們離婚的原因。

他們離婚之後，我就很少看到爸爸了。而媽媽的舉止也變得好怪。不是說她精神不穩還是什麼，就是給人感覺很疏遠，像是刻意保持距離。我媽是那種把快樂的笑容留給每一個人，但是沒留給我的母親。她一向很少跟我講話，不提她的感覺，不談她的人生。我不知道她在像我這個年紀時，是什麼樣子，也不大知道她喜歡什麼、不喜歡什麼。少數幾次她在我面前提起她的爸媽，但我從沒看過外公外婆，好似她一長大，就想立刻離他們越遠越好。她從沒告訴我為什麼，我問過幾次，她總是裝作沒聽見。

那年暑假，我實在不想去營隊。我只想陪在她身邊，陪她度過離婚的低潮，但是她堅持要我走。我想她是希望單獨一個人，所以我也順著她。

夏令營糟透了。我一向不喜歡夏令營，我以為當了小隊輔會比較好，結果根本不是這麼一回事。上個學年認識的人，今年沒有一個人來，所以我誰也不認識，連一張熟面孔都沒有。我也不知道自己為什麼那麼做，總之我開始跟夏令營的幾個女孩子玩起編謊話的小遊戲。她們問起我的事，我就自己編故事：我跟她們說，我爸媽在歐洲。我住北河高地最安靜的街上，一棟很大的排屋。我有隻狗叫菊兒。

接著有一天，我又脫口而出，說我有個小弟，他臉部變形。其實我也不知道我為什麼會說這個，似乎就是覺得講這件事滿有趣的。那幾個住小木屋的小女生反應當然很誇張。真的嗎？很抱歉聽到這樣的事！那你一定很辛苦！每個人都喊著諸如此類的話。

話一出口，我就反悔了。當下覺得自己真是個冒牌貨。我心想，要是被維亞發現的話，她一定會覺得我是個異類。事實上，我自己也覺得自己是異類。但我必須承認，心裡竟有某個部分覺得這個謊言編得很有道理。我從六歲起就認識奧吉了，說是看著他長大也不為過。我陪他玩耍、為了他看完六集的《星際大戰》，因為唯有這樣我才有辦法跟他討論外星人和賞金獵人。那頂我送給他的太空頭盔，他整整兩年都沒有摘下來。我的意思是，我覺得我有資格把他想成是我弟弟。

最奇怪的是，我說的謊、捏造的身分，竟讓我的人氣大大提升。甚至有其他隊輔從營隊學員那兒聽來小道消息，也全都對我表示很好奇。活到這麼大，我還不曾在哪方面被視為「受歡迎」的女生，但是那個營隊的夏天，不知道為什麼，我卻變成大家都想認識來往的女生。就連號稱位於食物鏈頂端的三十二號小木屋裡的女生都對我感興趣。她們說喜歡我的頭髮（雖然她們很想改造它）；她們說喜歡我化妝的感覺（雖然她們最後也把它改變了）；她們教我要怎麼把T恤改造成削肩背心。那一段時間，我們抽菸、晚上在外面鬼混到很晚，穿過森林小徑跑到男生的營區去找他們一起鬼混。

從夏令營回來以後，我馬上打電話給艾拉，跟她一起討論新計畫。我也不知道為什麼我沒打給維亞。我想，我單純是不想跟她一起討論事情吧。她會問我爸媽的事，問夏令營的事。艾拉就不會，她從不問我什麼。某些層面來說，艾拉是個容易結交的朋友，不像維亞那麼嚴肅，她很有趣，也覺得我那頭染成粉紅色的頭髮很有型。她更想聽我的深夜森林之旅。

2 學校

今年我很少在學校遇到維亞，即使碰到，氣氛也很尷尬，感覺她像是在評斷我什麼。我知道她不喜歡我的新造型，我也知道她不喜歡我新交的那群朋友。反正我也不太喜歡她的那一群。

但我們不曾真的吵架，而是直接各走各的。偶爾，我和艾拉還會在背地裡講她壞話，諸如她真是太拘謹了；她實在好這樣，她實在好那樣。我們知道我們很刻薄，但是一旦去假裝她對我們做了什麼壞事，要排擠她就會變得比較容易。事實是她完全沒有變，是我們變了。我們已經變成不同的人，而她卻依然保持著一直以來的樣子。這件事讓我很不悅，原因我也說不上來。

偶爾，在餐廳裡，我會抬頭看看她坐在哪兒，或是去查查選課單，看她選了哪些選修科目。但是除了在走廊上遇到點個頭，偶爾說聲「哈囉」，我們幾乎已經不再和對方聊天了。

大概到了學期中，我開始注意到賈斯汀。之前我完全沒注意過他，只知道他瘦巴巴的，戴著厚重眼鏡，一頭長髮，到哪兒都帶著小提琴。直到有一天，我在校門口看見他摟著維亞。

「維亞有男朋友！」我對艾拉說，有點嘲笑的意味。

我也不知道為什麼她有男朋友，竟然使我驚訝。我們三個人裡面，她絕對是最漂亮的女生，有著湛藍的眼睛，和長長的深色波浪長髮。可是她總是一副對男生沒興趣的樣子。她總讓人覺得她太過聰明，那種情情愛愛的事根本吸引不了她。

我也有男朋友，是一個叫賽克的男生。我跟他說我選戲劇選修課時，他連忙搖頭，說：「小心別變成戲劇狂。」感覺不大有同情心，但其實他非常可愛，是風雲人物，校隊的運動員。

原本我沒打算選修戲劇課。直到我在選課單上看見維亞的名字，所以也把我的名字填了進去。我甚至不知道自己為什麼這麼做。

整個學期裡，大部分的時間，我和維亞都避著對方，像是完全不認識的陌生人。然後有一天，我提早一點到戲劇課，戴弗波特先生要我去幫他影印他預計讓我們在春季公演演出的劇碼——《象人》。我以前就聽過這齣戲，但我不大確定故事內容，所以我一邊等影印機列印，一邊翻看劇本。那是一個一百多年前的故事，有個男人名叫約翰．梅里克，他嚴重畸形。

「戴老師，我們不能演這齣戲！」一回到班上時我向戴弗波特先生反映，而且告訴他原因：因為我弟弟也有一張變形的臉，這齣戲會嚴重刺傷他。他聽了似乎有點感到不悅，也不太有同情心，但我好像故意跟他說如果學校決定上演這齣戲，我父母一定會找學校談。

就這樣，最後他決定變更劇碼，換成《我們鎮上》。

我想，我之所以去爭取愛蜜麗．韋伯這個角色，是因為我知道維亞也要去甄選。我從沒想過，我竟然能打敗她。

3 我最懷念的事

我最懷念和維亞當朋友的地方之一，就是她的家人。

我很喜歡她的爸媽。他們總是很歡迎我、對我很友善。我知道他們有多疼孩子。在他們身邊，總是會感到那裡是全世界最安全的地方。我竟然會覺得在別人家比在自己家還安全，是不是很可悲？還有，我當然愛奧吉。我從不害怕和他一起，即使在我很小的時候。我有些朋友，甚至不敢相信我會跟維亞家來往。「他的臉真的把我嚇壞了。」他們會這麼說。「是你太笨了。」我會這麼告訴他們。真的，習慣以後，奧吉的臉其實沒那麼可怕。

我試著打電話去維亞家一次，去跟奧吉打招呼。或許心裡有某個部分希望維亞會接，我也不知道。

「嗨，湯姆少校！」我用他的綽號叫他。

「米蘭達！」他聽到我的聲音似乎很開心，讓我很驚訝。「我要去上學了！」他很興奮的告訴我。

「真的？哇！」我很震驚的說。我從沒想過他會像一般人那樣上學，因為他的爸媽一直非常保護他。我還以為，他永遠會是那個戴著我送給他的太空頭盔的小孩。跟他說話時，我覺得他完全不知道我跟維亞不再那麼要好了。「上高中就不同了，」我跟他解釋：「你會跟不同的人來往。」

「我在新學校交了幾個朋友，」他跟我說：「一個男生叫傑克，一個女生叫小夏。」

「那太棒了，奧吉，」我說：「呃，我只是打來說我想你，祝你有愉快的一年。你什麼時候想打電話給我都不要客氣，好嗎，奧吉？你知道我永遠愛你。」

「我也愛你，米蘭達！」

「幫我跟維亞問好。跟她說我想她。」

「我會的。拜！」

「拜！」

4 精采極了，但沒人分享

我爸媽都沒辦法在首演那晚來學校看戲；媽是因為工作上的事，爸則是因為他的新太太待產，嬰兒隨時可能出生，他得待在她身旁。

賽克在開演那晚也無法過來，因為他那晚有一場對卡利基中學的排球賽，不能錯過。坦白說，他希望我也錯過首演，好去幫他加油。我的「朋友們」當然也都去看比賽了，因為她們的男朋友都要上場。連艾拉也沒來；如果能選的話，她會選人多的地方。

所以，開演那晚，所有跟我還算有點交情的朋友，沒有半個人來。重點是，我大概在第三或第四次排練時，就發現自己對演戲這檔事其實還挺在行的，也很能同理角色的心情。我真的了解我所說的字句，我能把臺詞唸得像出自我的頭腦、我的心。

開幕當晚，說實在話，我知道我的表現會不只是不錯而已；我會很出色。但是這麼精采的表演，卻沒人來看我。

我們都在後臺，緊張的在腦中複習臺詞。我從簾幕偷看觀眾一一就座。就在那時，我看到奧吉和依莎貝爾、奈特從走道上下來，他們在第五排靠近中間的三個位子坐下。奧吉繫著蝴蝶結領帶，興奮的東張西望。自從我上次看到他，已經快一年了，他長大了許多。他的頭髮變短了，還配戴著某種助聽設備，而他的臉一點也沒變。

戴弗波特先生正在為舞臺裝置做最後調整。我看到賈斯汀緊張的在舞臺左側來回踱步，口中喃喃複誦著臺詞。

「戴弗波特先生，」我開口說，連自己也有點嚇到。「很抱歉，我今晚不能上臺。」

戴弗波特緩緩轉過身。

「什麼？」他說。

「很抱歉。」

「你在開玩笑嗎？」

「我只是……」我垂下頭，吞吞吐吐的說：「我覺得不大舒服。很抱歉，可是我覺得我快吐了。」這其實是謊話。

「戲都已經快開演了……」

「不行！我沒辦法！我說真的。」

戴弗波特一臉惱怒。「米蘭達，這太離譜了。」

「對不起！」

戴弗波特深呼吸，像是想努力控制自己。坦白說，我覺得他看起來快爆炸了。他的額頭轉成亮粉紅色。「米蘭達，這種事我真的不能接受！你先做幾個深呼吸，然後……」

「我**不要**上臺！」我大聲的說，眼淚很快湧出眼眶。

「隨你便！」他尖叫，不再看我的眼睛，轉過頭朝一個負責舞臺布置，名叫大衛的小孩大喊：「快去燈控組找奧麗維亞！跟她講叫她今晚代替米蘭達上場！」

「什麼？」大衛說，他這人反應有點慢。

「快去！」戴弗波特當著他的面大吼：「現在就去！」其他人注意到這裡情況，紛紛聚集過來。

「發生**什麼**事了？」賈斯汀說。

「臨時換角，」戴弗波特說：「米蘭達人不舒服。」

「我不舒服。」我說，努力讓聲音聽起來像生病了。

「那你為什麼還在這裡？」戴弗波特生氣的對我說：「馬上住嘴，脫掉你的服裝給奧麗維亞！懂嗎？快點！快去！快！快！」

我火速跑到後臺的更衣室，開始脫戲服。兩秒鐘後傳來敲門聲，維亞把門打開一半。

「發生什麼事了？」她說。

「快點，換上。」我回答，把戲服遞給她。

「你生病了嗎？」

「對！快點換上！」

維亞一臉震驚，但她還是脫下T恤和牛仔褲，把長長的洋裝從頭套上。我幫她把裙襬往下拉，然後將背後的拉鍊拉上。幸好愛蜜麗・韋伯要開演十分鐘才上場，所以負責髮型和化妝的女生還有時間幫她把頭髮捲起來，快速上個妝。我從來沒看過維亞上濃妝，她看起來好像模特兒。

「我甚至不確定我還記不記得我的臺詞，」維亞說，看著鏡子裡的自己。「喔，不，是**你的**臺詞。」

「放心，你會表現得很好。」我說。

她看看鏡子裡的我。「你為什麼要這麼做，米蘭達？」

「奧麗維亞！」是戴弗波特，從門邊壓低聲音吼：「你再兩分鐘上場。快來不及了！」

維亞跟著他走到門邊，所以我也沒機會回答她的問題。其實，我也不知道我會怎麼回答，連我自己也不知道答案是什麼。

5 演出

後來的演出，我在舞臺下的側翼看，坐在戴弗波特旁。賈斯汀棒極了，而維亞，那令人屏息的最後一幕，也好精采。儘管有一句臺詞她吃了螺絲，但是賈斯汀及時幫她補上，觀眾席根本沒人發現。我聽見戴弗波特低聲喃喃：「很好，很好，很好。」他一個人比所有演員、舞臺布置、燈光組、控制布幕的人，以及所有學生加起來的緊張還要緊張。坦白說，戴弗波特快不行了。

唯一讓我感到有點後悔的事，如果能這麼形容的話，就是戲演完，全體演員出來謝幕的時候。維亞和賈斯汀是最後上臺謝幕的演員，他們鞠躬時幾乎所有的觀眾都站起來了。我得承認，看到這個畫面讓我心裡感到又甜又酸。幾分鐘後，我看到奈特和依莎貝爾、奧吉往後臺走，他們臉上滿是開心。大家都在恭喜演員、拍他們的背，整個後臺鬧哄哄的，汗流浹背的演員興高采烈的站著、跳著，觀眾紛紛表達讚美。人群之中，我注意到奧吉看起來有點不知所措。我用最快速度穿過人群，來到他身後。

「嗨！」我叫他：「湯姆少校！」

6 演出之後

我也說不出為何這麼久沒看到奧吉，忽然看見他會讓我好高興。還有他抱緊我，也讓我好開心。

「真不敢相信你長這麼大了。」我對他說。

「我還以為你要演！」他說。

「我沒準備好，」我說：「可是維亞棒極了，你不覺得嗎？」

他點點頭。兩秒鐘後，依莎貝爾找到我們。

「米蘭達！」她高興的說，在我臉頰吻了一下，接著她向奧古斯特說：「別再像那樣失蹤了。」

「失蹤的人是你。」奧吉回她。

「你好點了嗎？」依莎貝爾對我說：「維亞跟我們說你病了……」

「已經好多了。」我回答。

「你媽有來嗎？」依莎貝爾說。

「沒有，她要工作，所以我沒上場不要緊，」我老實的說：「反正我們還有兩場要演，雖然我覺得我飾演的愛蜜麗，恐怕沒辦法演得像維亞今晚那麼好。」

奈特走過來，聊差不多的話題。接著依莎貝爾說：「嘿，我們等會兒要去吃宵夜慶祝，你想一起來嗎？我們都希望你來。」

「喔，不……」我正要說。

「拜——託？」奧吉說。

「我得回家。」我說。

「我們堅持要你一起來。」奈特說。

這會兒，維亞和賈斯汀也陪著賈斯汀的媽媽走過來，維亞伸出手臂搭上我的肩。

「你一定要來。」她對我露出以往的笑容。他們帶著我走出人潮，而我得承認，我已經好久、好久沒感到這麼開心了。

第八部

奧古斯特

你將直達天際，

飛翔吧……美麗的孩子。

——舞韻合唱團，〈美麗的孩子〉

（Eurythmics, *Beautiful Child*）

1｜五年級的自然保育區之行

每年春天，畢奇爾預備中學的五年級生都會全體出遊三天兩夜，到賓州一個名叫布洛伍德自然保育區的地方。預計要坐約四小時車程，學生們會住在有上下鋪的小木屋，有營火、棉花糖夾心餅乾，還有森林健行。過去一整年老師們一直在提這件事，所以全年級的同學都很興奮，除了我以外。並不是我不興奮，因為我其實還滿期待的，只是，我從不曾離家外宿過，所以我有點緊張。

大部分的孩子到了我這年紀，多少都有幾次外宿的經驗。很多小孩甚至去參加外宿營隊，或是到外地去找外公外婆過夜之類的。但這些我都沒有，除非你把住院也算進去的話，但就算那樣，也都有爸媽會陪著我過夜。再來無論是塔塔、波爸家，或是凱特阿姨、波特叔叔家，我都沒有過夜留宿過。主要是因為我從小就有太多的身體問題，像是氣切的管子每小時都需要清理，或者餵食管一旦脫落，也要盡快插好等。

等到我長大一點以後，就完全不想在其他地方過夜了。有一次，我差點要在克里斯多福家留宿。那時我們大概八歲，還是對方最要好的朋友，我們全家去克里斯多福家拜訪，我和克里斯多福一起玩星際大戰系列的樂高，玩得很開心，玩到我都不想回家了。我們就說：「拜託，拜託，拜託讓我在這裡過夜？好不好？」我們的爸媽總算同意了。之後，爸就和媽、維亞開車回家，而我繼續和克里斯多福熬夜玩樂高，玩到半夜，直到他媽媽麗莎說：「好了，小朋友，該去睡嘍。」聽到這句話，我突然慌張起來。麗莎努力安撫我入睡，但我卻哭了起來，拚命嚷著我要回家。直到半夜一點，麗莎沒辦法只好打電話叫爸媽來。那天爸一路開車到橋港來接我，等到凌晨三點我們才回到家。就這樣，那是我第一次也是唯一一次的外宿經驗，簡直是個災難，所以我才會對自然保育區之行那麼緊張。

但另一方面，我其實很興奮。

2 個人形象

我央求媽帶我去買一只新的滾輪式行李袋，因為我的舊包包上有《星際大戰》的圖案，我才不要帶它去參加五年級的保育區旅行。即便我熱愛《星際大戰》，我也不希望用它來定位我的個人形象。

到了中學，每個人都會以嗜好或專長來凸顯自己。像雷德就非常熱衷海洋生物、海邊活動之類的，艾莫思的棒球打得很好，夏綠蒂則是六歲就上過電視廣告，希梅納非常聰明。我要說的是，到了中學，你通常會因為你投入的事而聞名，所以你得對這些事非常留意。像兩個麥克斯，他們兩個就一直讓人聯想到《龍與地下城》。

所以，我其實在努力放開我對《星際大戰》的著迷。我的意思是，對我而言，它永遠會很特別，如同對那個幫我配助聽器的醫師那樣。但，上了中學的我，就是不希望用它來標榜自己。我也還不知道我想用什麼，總之不是《星際大戰》就對了。

其實，我知道自己**真正**的特色是什麼，可是我無從改變。倒是星際大戰滾輪式行李袋，我能夠換一換。

3 打包

出遊的前一晚，媽陪著我打包行李。我們把所有要帶的衣服全攤在床上，她把每件衣物摺得整整齊齊，放進行李袋，我則在一旁看著。對了，那是一只單色的藍色滾輪行李袋：上頭沒有任何標誌或圖案。

「萬一我晚上睡不著怎麼辦？」我問。

「帶本書去吧。如果你睡不著的話，可以拿出手電筒，讀幾個段落，直到你有睡意。」她回答。

我點點頭。「那萬一我做惡夢呢？」

「你們老師會在那邊的，親愛的，」她說：「還有傑克。你的朋友們。」

「我可以帶班普去。」我說。班普是我小時候最喜歡的填充玩偶。一隻小黑熊，有著軟軟的黑鼻子。

「你沒有再抱著它睡覺了吧，還有嗎？」媽說。

「沒有，可是我把它擺在衣櫥，以防半夜醒來睡不著，」我說：「我可以把它藏在背包裡，不會有人知道的。」

「那就這樣吧。」媽點點頭，把班普從我衣櫥拿出來。

「真希望他們讓我們帶手機。」我說。

「我知道，我也是這麼想！」她說：「雖然我知道你們一定會玩得很開心。你確定要我把班普放進去？」

「塞底下一點，別讓其他人看見。」我說。

她幫我把班普塞到行李袋最底部，然後把最後幾件T恤疊在它上面。「才兩天，帶這麼多衣服！」

「是三天兩夜。」我跟她更正。

「對，」她微笑點頭。「三天兩夜。」她把滾輪行李袋的拉鍊拉起來，自己提提看。「不會太重。你試試看。」

我拎起行李袋。「可以。」我聳聳肩。

她在床上坐下。「嘿，你的《帝國大反擊》海報到哪兒去了？」

「喔，我老早就拿下來了。」我回答。

她搖搖頭。「呃，我之前都沒發現。」

「我想改造一下我的形象。」我解釋。

「好。」她微笑點點頭，像是她懂。「總之，親愛的，你得答應我不會忘記噴防蚊液，好嗎？記得噴腳，尤其是去森林健行的時候。我就放在前面這格袋子裡。」

「嗯。」

「還有要擦防晒乳，」她說：「你不會想要晒傷的。還有，我再重複一遍，要是你去游泳的話，**別忘了**把助聽器拿下來。」

「我會觸電嗎？」

「不會，但是你會對你老爸很難交代，因為那些設備很值錢！」她笑著說。「我把雨衣一起擺在前面這格。要是下雨的話也一樣，知道嗎，奧吉？記得檢查雨帽有沒有把助聽器遮好。」

「是，是，長官。」我說，向她敬禮。

她笑了笑，拉我到她身邊。

「真不敢相信今年你長這麼大了，奧吉。」她輕輕說，用她的手捧住我臉頰。

「我看起來有比較高嗎？」

「那當然。」她點點頭。

「我還是全年級最矮的。」

「我講的不只是身高而已。」她說。

「萬一我討厭那裡怎麼辦？」

「你會玩得很開心的，奧吉。」

我點點頭。她起身，迅速在我額頭親一下。「好啦，你該睡了。」

「現在才九點，媽！」

「明早的巴士六點開車。你總不想遲到吧。快點，動作快。你刷牙了嗎？」

我點點頭，爬上床。她在我身邊躺下。

「媽，你今晚不必哄我睡，」我說：「我會自己看點書，然後睡覺。」

「真的嗎？」她點點頭，一臉驚訝的樣子。她捏捏我的手，吻了一下。「好吧，那晚安，親愛的。祝好夢。」

「你也是。」

她打開床邊的小夜讀燈。

「我會寫信給你，」她離開時，我說：「雖然可能你們收到信時，我已經回到家了。」

「那到時候我們可以一起讀啊。」她說，給我一個飛吻。

她離開我房間後，我從床邊桌拾起《獅子‧女巫‧魔衣櫥》，一直讀到想睡為止。

……儘管女巫熟諳魔法，卻有更深的魔法是她不知道的。她的記憶只能追溯到時間之始。假使她能再往前回顧一些，探看時間破曉前的寂靜之闇，她將在那兒讀到不同的咒語。

4 破曉

隔天我好早就醒來了。即使我知道就快天亮了，但房裡依然漆黑，外面的光線更暗。我翻過身，卻一點睏意都沒有。就在那時，我看見菊兒坐在我的床邊。我的意思是，我知道那當然不是真的菊兒，但有那麼一秒，我看見一個影子，那模樣就像是她。我不覺得我那時是在做夢，當然，現在回想起來，我知道那一定是夢。看到她並不令我感到悲傷，反而心裡有暖暖的感覺。一眨眼她就不見了，漆黑中我沒再看到她的蹤影。

室內緩緩亮起。我伸手拿助聽器，把頭帶套上，於是，周圍的世界甦醒了。我聽得見垃圾車在街上喀啦喀啦前進，還有後院的鳥鳴聲。走廊另一側，傳來媽的鬧鐘在響。看見菊兒的影子讓我內心感到十分堅強，我知道無論我在哪兒，她都會與我同在。

我下床走到書桌旁，寫了張小紙條給媽。然後我走到客廳，看見打包好的行李袋就擺在門邊。我打開拉鍊，伸手進袋子裡，找到我要找的東西。

我把班普拿回我房間，讓它躺在我床上，然後把寫給媽的小紙條貼在它胸前。我用毯子蓋住它，讓媽之後會發現它。紙條上寫著：

親愛的媽，我不需要班普了，不過如果你想我的話，可以來抱抱它。　愛你的奧吉

5 第一天

巴士開得好快。我坐在窗邊，傑克坐我旁邊，靠走道的位子。小夏和瑪雅坐我們前面。大家心情都很好。有點吵，大家有說有笑。上車後我馬上發現朱立安沒在巴士上，亨利和邁爾斯倒是在。我想，他大概在另一輛巴士上，卻聽見邁爾斯跟艾莫思說朱立安甩掉這次的全校出遊，因為他覺得自然保育區之行——套一句他說的話，太幼稚了。我忽然精神一振，因為得要一連三天和朱立安相處，還要度過兩晚，正是讓我對這趟旅行感到緊張的主要原因。所以他如果沒來，我大可以好好放鬆，不必擔心會發生什麼事。

我們大約在中午時間抵達自然保育區。一到目的地，我們就把行李放進小木屋。每個房間都有三張雙層床，所以我和傑克猜拳，看誰睡上面，結果我贏了。喔——耶。同房的還有雷德和崔斯坦，帕保羅跟尼諾。

在主木屋吃過午餐以後，我們都去參加兩個小時的森林自然健行。這裡的森林可不是中央公園的那種，而是真正的森林。幾乎把陽光遮蔽的高聳樹木，掉落一地的葉子和傾倒的樹幹；不時還可以聽到動物的長嗥、吠聲，還有很響亮的鳥叫。周圍也起了薄霧，像蒼白的藍煙一樣環繞著我們，感覺好特別。我們經過不同的樹，觀察躺在走道上枯木裡藏的昆蟲、林間鹿和熊出沒的足跡。哪種鳥正在啾啾叫？要去哪兒找牠們？自然解說員把每樣東西都指給我們看。我發現我的洛博特助聽器確實幫助很大，至少我聽得比許多人清楚，因為我常常是第一個聽見新的鳥叫的人。

我們走回營區時開始下雨。我穿上雨衣，拉上雨帽，以免我的助聽器淋溼，但是等回到小木屋時，我的牛仔褲和鞋子已經全都浸溼了。每個人都溼透了。不過很好玩，大夥兒乾脆在木屋裡玩起溼襪子仗。因為後來都在下雨，我們整個下午就在娛樂室消磨時間。娛樂室裡有乒乓球桌、舊式電玩遊戲機，像是《小精靈》、《飛彈任務》等小遊戲，讓我們一直玩、一直玩到晚餐時間。幸好，雨停以後，我們還是有個真正的戶外營火晚餐。

營火四周的長木凳還有點溼溼的，但是只要把外套鋪在上面就能坐在一起，聚在火邊烤棉花糖夾心餅乾，吃我吃過最美味的烤熱狗。蚊子這件事被媽說中了：周圍有一大堆。但幸好我離開木屋前已經先噴了防蚊液，所以沒像其他人一樣被叮。

我喜歡入夜後，聚在營火旁乘涼。我喜歡看點點火灰升起，消失在夜晚的空氣裡，還有火光把人們的臉照亮。我也喜歡乾柴燒火發出的聲響。森林裡好暗，放眼望去周圍什麼也看不到，但是只要一抬頭，就能看見天空裡有數不盡的星星。這裡的天空看起來不像北河高地，倒是有點像蒙托克，彷彿有人在閃亮的黑桌上撒鹽。

回到小木屋時我好疲憊，不用拿出書來就能直接入睡。幾乎是我的頭一靠上枕頭，就睡著了。或許，我還夢到了星星，我不知道。

6 遊樂場

隔天的活動和第一天一樣精采。早上我們去騎馬；下午，在解說員的幫忙下，我們從幾棵巨樹上攀繩垂降。等回到小木屋吃晚餐時，我們又全都累了。晚飯後，老師跟我們說有一小時的休息時間，然後要搭十五分鐘的巴士去遊樂場看露天電影。

一直還沒有機會寫信給爸、媽、維亞，所以我趁機寫一封給他們，跟他們說那天和前一天我們做的事。我想像回家時，大聲讀信給他們聽，因為這封信一定不可能比我早到家。

到了遊樂場時，太陽正要下山。時間大約是七點半。草上的影子非常長，雲朵是粉紅色帶點橘色，看上去像是有人拿著塗鴉粉筆，用手指把色彩抹上天空。雖然以前在城市也看過美麗的夕陽，但是多半是夾在建築物中間的帶狀晚霞，我不習慣看到這種四面八方都看得見的大片天空。在這片遊樂場上，我能理解為何以前的人以為世界是平的，而天空是一座穹頂，在頂端闔起。因為，在這片開闊的空地中央，從遊樂場看上去就是那樣的感覺。

由於我們是第一所抵達的學校，所以能盡情在空地跑來跑去，直到老師叫我們把睡袋拿出來鋪在地上，找個視野好的位子。大家把睡袋拉開，像野餐墊一樣的鋪在空地中間，就在巨大的電影螢幕前面。空地旁邊有整排的餐車，我們去那裡買了一堆零食和汽水之類的東西。旁邊也有小吃攤，像在農夫市集那樣，有人賣著烤花生和棉花糖。稍微再過去一點是一小排遊戲區攤位，要是能把棒球丟進籃子裡，就可以贏得填充娃娃。我和傑克都試了，但兩個人都失敗，什麼也沒拿到。不過我們聽說艾莫思贏了一隻黃色河馬，而且送給了希梅納。於是四處都在流傳這個大八卦：運動員配金頭腦，男生女生配。

從餐車那邊，能看到電影螢幕背後的玉米田。那片田幾乎占了整片空地的三分之一。其餘空地則完全被森林包圍。天邊的太陽下沉後，通往林地門口前的高大樹木，看起來變成了深藍色的樹。

等其他校車也陸續停進停車場，我們各自回到座位的睡袋上坐好，我們的位置就在螢幕正前方，也是整片空地上最好的位子。大家互相傳零食，玩得很開心。我和傑克、小夏、雷德、瑪雅一起玩「猜猜畫畫」猜字遊戲。我們聽見其他學校的學生抵達的聲音，小孩響亮的談笑聲逐漸圍在我們兩邊，不過我們看不見他們。雖然天空還有光線，太陽已完全下山，地面上所有東西變成深紫色的。天空的雲變成暗影，彷彿連看清楚眼前的字卡都成問題。

就在那時，空地邊緣的燈無預警的亮起。像是燦爛的體育場大燈。這讓我想起電影《第三類接觸》裡，外星人船艦登陸的那一幕，電影奏起**嘟—答—嘟—答—登**那段音樂。空地上的人紛紛鼓掌叫好，像是要發生什麼精采的事情。

7 善待自然

體育場大燈旁的擴音器傳來這則廣播：

「歡迎大家。歡迎大家來到第二十三屆布洛伍德自然保育區的電影之夜。歡迎，來自……威廉席司學校的老師和同學。」空地左側傳來一陣歡呼聲。「歡迎，葛羅弗學院的老師、同學……」又一陣歡呼聲響起，這次是從空地右側傳來。「還有歡迎，來自……畢奇爾預備中學的老師、同學！」我們全部的人都發出最大聲的歡呼。「很高興今晚你們來到這裡擔任貴賓，更高興天氣很配合，你們能相信今晚是個多美的夜晚嗎？」大家再次歡呼叫好。「在我們準備電影時，也請大家花點時間聆聽這段重要的訊息。如大家所知，布洛伍德自然保育區致力於維護我們的自然資源和環境。所以，請不要留下垃圾，並且隨手注意清潔。善待大自然，大自然也會善待你。希望你們在營區走動時都記得這件事。別越過空地兩旁的橘色交通錐。別到那邊的玉米田或森林去。盡量不要超過自由活動的範圍。就算你們不想看電影，也別忘了其他同學可能想看，所以請保持禮貌，不要交談，不要播放音樂，不要四處跑。洗手間在小吃攤的另一側。電影結束後，四周會很暗，所以請大家回去搭巴士時，跟緊自己學校的老師同學。各位老師，每年的布洛伍德電影之夜，少說會有一隊的人走丟：可別讓這種事發生在你們身上！今晚我們要播放的電影是……《真善美》！」

我聽了立刻拍手，雖然之前就已看過幾次，因為那是維亞最愛的一部電影。但是我很驚訝很多學生（不是畢奇爾的）竟然發出噓聲，甚至大笑。空地右側還有人對著螢幕丟飲料罐，這些舉動似乎讓托許門先生很訝異。我看到他站起來，朝方才罐子丟來的方向看，不過我知道暗濛濛的，他什麼也看不見。

音樂一播放出來。體育場大燈立刻調暗。修女瑪麗亞站在山頂旋轉。忽然，風吹來一陣寒意，我穿上黃色的帽T，調整助聽器音量，倚著背包，開始看電影。

山丘甦醒……

8 森林甦醒

電影差不多演到那個叫羅夫的男生對著男主角的大女兒唱〈你芳齡十六，就要十七〉的無聊段落時，傑克用手肘推推我。

「嘿，我要去尿尿。」他說。

我也跟著站起來，像是跳房子般，越過在睡袋坐著或躺著的同學。我們經過小夏時，她向我揮揮手，我也朝她揮手。

很多別的學校的學生在餐車前走動、玩遊戲，或只是晃晃。

廁所當然排了一長列的人。

「算了，我找棵樹解決。」傑克說。

「太噁了，傑克。我們還是等等吧。」我回答。

但是他直接朝空地旁的一排樹走去，那是在交通錐外的範圍，剛剛老師才特別叮嚀不要越界。我當然跟著他走。

我們手上都沒有手電筒，因為我們忘記帶。現在四周已經變得好暗，朝森林走去時，我們幾乎連眼前的十步路都看不清楚。幸好電影螢幕帶來一點光線，我們看到森林那邊有支手電筒朝我們過來，馬上知道是亨利、邁爾斯、艾莫思。我猜他們三個也懶得排廁所。

邁爾斯和亨利還是不跟傑克講話，但是艾莫思不久前剛放棄這場冷戰。擦身而過時，他跟我們點點頭。

「小心熊出沒！」亨利大吼，然後他和邁爾斯大笑著走開。

艾莫思對我們搖搖頭，像在說，別理他們。

我和傑克繼續往前走，走進林子裡沒幾步，傑克先去找最適合的樹，把事情搞定，我覺得像是等了一輩子那麼久。

森林裡充滿著奇怪的聲音和鳥囀聲，有高亢的，也有低沉粗啞的，就好像是從樹林裡有著一道噪音牆。之後，從不遠的地方傳來響亮的啪噠聲，像是玩具手槍發射的聲音，肯定不是昆蟲叫聲。而從遠處傳來的音樂，彷彿來自另一個世界：「玫瑰上的雨滴，小貓咪的鬍鬚。」

「喔，舒服多了。」傑克拉上拉鍊說。

「換我尿了。」我說，於是我走到最近的一棵樹。我才不要像傑克一樣走得那麼裡面。

「你有聞到嗎？好像是鞭炮。」他走到我身邊。

「喔，沒錯，就是那個味道，」我把拉鍊拉上，說：「好奇怪。」

「我們走吧。」

9 外星人

我們循著原路走回去，往大螢幕的方向走。就在那時，我們撞見一群不認識的青少年。他們剛從林子裡跑出來，我想，他們在做不想讓老師發現的事。這下我不只聞到煙味，也有鞭炮和香菸的味道。他們拿起手電筒照我們。一共有六個人：四個男生、兩個女生。他們看起來像是七年級的。

「你是哪個學校的？」其中一個男生大喊。

「畢奇爾預備中學！」傑克回答，忽然間，一個女生尖叫起來。

「我的天！」她放聲尖叫，用手遮住眼睛，像要哭出來。我以為可能是有什麼大蟲飛到她臉上還是什麼的。

「不會吧！」其中一個男生大吼，把手在空中直甩，像碰到什麼發燙的東西。接著他摀住嘴。「不可能！絕不可能！」

這時六個人開始半笑、半遮住眼睛，互推彼此，高聲訕笑。

「那是什麼？」那個拿手電筒照我們的小孩說，就在那時，我才驚覺手電筒直直對著我的臉，我聽懂他們在說什麼、在尖叫什麼，關鍵正是我的臉。

「我們快點離開這裡。」傑克很快對我說，他抓起我運動衫袖子，邁步離開。

「等等、等等、等等！」那個拿手電筒的男生擋住路大喊。他又拿手電筒照著我的臉，這次他只離我約五呎遠。「喔，我的天！喔，我的天！」他搖著頭說，嘴張得奇大無比。「你的臉是怎麼了？」

「別這樣，艾迪。」其中一個女生說。

「我不知道我們今晚看《魔戒》！」他說：「喂，你們快看，是咕嚕！」

這句話似乎讓他的同伴非常興奮。

我們試著想甩掉他們，但那個叫艾迪的少年故意再次擋住我們的路。他至少比傑克高一個頭，而傑克又比我高一個頭，所以那傢伙對我而言，簡直是龐然大物。

「不，老天，是**外星人**才對！」另一個小鬼說。

「不、不，你們都弄錯了。是半獸人！」艾迪笑著說，又拿手電筒朝我的臉照。這一次，他就站在我們正前方。

「放開他，好嗎？」傑克說，把那隻握手電筒的手推開。

「求我啊。」艾迪回答，這次換把手電筒對傑克的臉照。

「老兄，你究竟有什麼問題？」傑克說。

「你的男朋友就是我的問題！」

「傑克，我們走吧。」我拉他的手臂說。

「喔，我的天，他竟然還會講話！」艾迪尖叫，又把手電筒對我的臉猛照。接著其中一個男生還拿鞭炮砸我們的腳。

傑克想直接衝過艾迪旁邊，但是艾迪伸手就扳住傑克的肩膀，用力推他一把，讓傑克往後倒。

「艾迪！」其中一個女生尖叫。

「等一下，」我說，邁步到傑克前面，把手舉高，像個交通警察。「我們個頭比你小……」

「你在跟我講話嗎，鬼王佛萊迪？我想你不會想跟我亂來吧，你這隻醜八怪，」艾迪說。這種時候，我實在該跑得老遠，但傑克還躺在地上，我可不會留他一個人。

「嘿，兄弟，」我們背後傳來另外一個聲音說：「怎麼啦？」

艾迪迅速轉身，拿著他的手電筒朝聲音來處一照。有好一會兒，我都不敢相信出現的人竟然是他們。

「放開他們，老兄。」艾莫思這麼說，而邁爾斯和亨利跟在他後頭。

「你說誰？」跟艾迪在一起的一個男生說。

「快點放開他們，笨蛋。」艾莫思冷靜的複述。

「連你也是怪物嗎？」艾迪說。

「他們都是一群怪獸！」他的一個朋友說。

艾莫思沒有回答，看看我們。「快，我們走吧。托許門先生在等我們。」

我知道那不是真的，但我還是扶傑克起來，朝艾莫思的方向走去。忽然間，那個叫艾迪的少年在我經過他身邊時抓住我的帽子，大力一扯，讓我往後跌倒在地。我摔得很重，手肘還被一顆石頭磨到，傷口很痛。之後發生了什麼事我看不太清楚，只知道艾莫思像輛怪物卡車撞上艾迪那傢伙，兩個人雙雙跌倒在我身旁的地上。

之後一團混亂。有人抓起我的袖子，大喊：「快跑！」另一個人同時尖叫：「快抓住他們！」有好幾秒，同時有兩個人扯住我的運動衫，往反方向拉。我聽見他們都在大聲咒罵，直到我的運動衫被扯裂，第一個男生拉住我的手臂，抓著我往前跑，而我只能使出全身力量跟著他往前衝。

緊跟在後的腳步聲，追趕著我們，太多的喊叫聲、女生的尖叫，但周圍實在太暗，讓我分不清到底誰是誰的聲音，只覺得一切都像在水中世界。我們發狂似的奔跑，眼前黑漆漆的，我只要稍微緩下腳步，那個抓住我手臂的男生就會大喊：「不要停下來！」

10 黑夜裡的聲音

最後，像是跑了大半輩子，總算有人大喊：「我覺得我們甩掉他們了！」

「艾莫思呢？」

「我在這兒！」艾莫思的聲音在我們後頭幾呎處響起。

「我們可以停下來了！」邁爾斯在前面這麼叫。

「傑克！」我大喊。

「哇！」傑克說：「我在這兒。」

「我什麼都沒看到！」

「你確定我們真的甩掉他們了？」亨利問，一邊放開我的手。那時我才發現，原來剛剛是他一直拉著我跑。

「嗯。」

「噓！仔細聽！」

我們變得超安靜，仔細聽黑暗裡的腳步聲。但我們只聽見蟋蟀、青蛙，和我們誇張的喘氣聲。我們上氣不接下氣，肚子發疼，只能壓著膝蓋彎身。

「甩掉他們了。」亨利說。

「哇！剛剛真是好險！」

「手電筒呢？」

「我弄掉了！」

「你們怎麼知道我們有麻煩？」傑克問。

「我們之前就看到他們了。」

「簡直就是一群混蛋。」

「你剛剛直接往他身上撞耶！」我跟艾莫思說。

「我知道，厲害吧？」艾莫思笑著說。

「他根本來不及反應！」邁爾斯說。

「他才剛說：『你也是怪物嗎？』然後你就**啪**的撞上去！」傑克說。

「啪！」艾莫思邊說，又在空中揮了一個空拳。「可是我攻擊他以後，接著就想到，媽啊，快跑，艾莫思，你這笨蛋，他的個頭比你大十倍啊！所以我趕快站起來，使出渾身解數的跑！」

我們都笑了起來。

「我抓住奧吉，跟他說：『快跑！』」亨利說。

「我根本不知道是你拉我！」我答。

「好瘋狂。」艾莫思搖頭說。

「真的太瘋狂了。」

「老兄，你的嘴唇在流血。」

「我被揍了幾拳。」艾莫思抹抹嘴唇答。

「我覺得他們是七年級的。」

「個頭好大。」

「輸家！」亨利很大聲的吼，我們都趕緊噓他。

我們伸長耳朵聽了會兒，看有沒有人聽見。

「我們跑來哪兒了？」艾莫思問：「看不見電影螢幕。」

「我覺得我們到玉米田了。」亨利答。

「老天，我們真的在玉米田裡。」邁爾斯說，拉了一枝玉米桿給亨利看。

「好，那我知道我們在哪兒了。」艾莫思說：「我們得從這個方向回去。路會通到空地的另一端。」

「唔，老兄，」傑克說，把手高舉空中。「你們來替我們解圍，真是太酷了。謝謝。」

「別客氣。」艾莫思邊說邊跟傑克擊掌。然後，邁爾斯、亨利也跟他擊掌。

「嗯，兄弟，謝謝你。」我說，像傑克那樣把手掌高舉，雖然我不確定他們是不是也會跟我擊掌。

艾莫思看看我，點頭。「你堅守立場的模樣也很酷，小老弟。」他說，跟我擊掌。

「嗯，奧吉，」邁爾斯說，他也跟我擊掌。「你就像這樣：『我們個頭比你小……』」

「我不知道該說什麼！」我笑著說。

「酷斃了，」亨利說，然後他也跟我擊掌。「抱歉我扯破了你的運動衫。」

我低頭看，我的運動衫從中間裂開。其中一條袖子被撕裂，另一條垂到膝蓋。

「嗨，你的手肘在流血，」傑克說。

「嗯。」我聳聳肩，開始覺得傷口很痛。

「你還好嗎？」傑克說，看我的臉。

我點點頭。忽然間我好想哭，但我很努力的壓抑住了。

「等等，你的助聽器不見了！」傑克說。

「什麼！」我大喊，摸摸我的耳朵。助聽器的耳帶真的不見了，難怪我覺得在水裡！

「喔，不！」這時，我真的忍不住了。剛剛發生的一切像揍了我一拳，我實在受不了了，於是哭了起來。我放聲大哭，哭得像是媽會稱作「水龍頭」等級的哭法。我覺得很不好意思，於是舉高手臂遮住臉，但我還是止不住眼淚。

他們真的對我很好。

「沒事的，朋友。沒事的。」他們拍著我的背說。

「你真的很勇敢，你知道嗎？」艾莫思伸出他的手臂搭在我肩上。我還是繼續哭，他就用兩臂環繞住我，就像我爸抱我那樣，讓我好好哭一場。

11 御用侍衛

我們掉頭，穿過草地走了十分鐘，想看看能不能找到我的助聽器，但周圍真的太暗，什麼也看不見。我們甚至得緊緊抓著彼此的衣服，走成一直排，才不會絆到對方。眼前簡直是像黑墨汁灑了一地，黑到什麼都看不見。

「我看沒希望了，」亨利說：「畢竟掉在哪兒都有可能。」

「不然我們回去拿手電筒再回來找。」艾莫思回答。

「不，沒關係，」我說：「我們就回去吧。不過，謝謝你們。」

我們朝玉米田往回走，穿過去，直到大螢幕的背面又出現在眼前。因為正對背面，完全沒辦法收到螢幕上的光線，所以我們又走回到樹林的邊緣。到了那兒，才又看到一點光線。四處都沒有看到那些七年級生的蹤影。

「你覺得他們去哪兒了？」傑克說。

「回餐車那兒了吧，」艾莫思說：「他們大概以為我們會告他們的狀。」

「我們要跟老師說嗎？」亨利問。

他們看看我。我搖搖頭。

「好，」艾莫思說：「可是，兄弟，以後別再單獨來這一帶行動，好嗎？要是想去哪裡，跟我們說一聲，我們陪你去。」

「好。」我點頭。

走近螢幕時，聽見〈寂寞的牧羊人〉這首歌，還聞到餐車附近的攤位飄來棉花糖香味。這一帶有好多學生在溜達閒逛，所以我就把運動衫僅存的帽子拉上，把臉壓低，手擺口袋，穿過人潮。自從我弄丟助聽器後，感覺自己好像身在地底幾哩下，就像米蘭達常唱給我聽的《太空怪人》歌詞：**地面控制呼叫湯姆少校，你沒有訊號，有事情出問題了……**

我注意到艾莫思緊貼著走在我身旁，傑克緊貼在另一邊，邁爾斯則在我們前面，而亨利在我們後面。在那段穿過一大群學生的路上，他們幾個人把我團團圍住，彷彿是我專屬的御用侍衛。

12 睡眠

接著，他們走出狹窄的山谷，立即明白原因。眼前站著彼得、愛德蒙和所有亞斯藍的軍隊，他們全都奮力對抗那一大群猛獸，這是她昨晚親眼見過的惡獸；而在日光下，他們看來更加怪異、邪惡，也更為畸形。

我停在這裡，已經讀了一個多小時，卻仍無睡意。都快凌晨兩點了，所有人都睡了，我仍然亮著手電筒，藏在睡袋底下，或許就是手電筒的光使我睡不著，但我不敢關掉，我怕看到睡袋外一片黑漆漆的。

當我們幾個總算回到電影螢幕前的位子，結果根本沒人發現我們離開過。托許門先生、魯賓小姐、小夏和其他同學都在看電影。他們完全不知道我和傑克差點出事了。那種感覺真的很怪，就好像你剛剛度過了一個可能是有史以來最淒慘的夜晚，但對其他人來說，這只不過是一個尋常的晚上。要是我現在在家，我會在月曆上標上這輩子最糟的日子。像今天，還有菊兒死去的那天都是。但對於世界上的其他人而言，這只是平凡的一天，或許是不錯的一天，說不定還有人今天中樂透了。

艾莫思、邁爾斯、亨利帶我和傑克回到原本的座位，和小夏、瑪雅、雷德坐一起，然後他們才走回先前坐的地方，和希梅納、薩瓦娜那群人一塊坐。某種程度來說，一切就跟我們去上廁所前一模一樣。天空一樣、電影一樣，每個人的臉都一樣，我的臉也還是一樣。

但是有什麼事不一樣。改變了。

我看到艾莫思、邁爾斯、亨利正在跟薩瓦娜那群人說剛才發生的事。我知道他們在講這件事，因為他們一邊說話，一邊看我這邊。雖然電影還在播放，大家卻在黑暗裡竊竊私語。那一類的消息總是會傳得很快。

後來，這個話題已經變成回程巴士上所有人的討論焦點了。所有女生，包括我不太認識的人都在詢問我要不要緊。男生則在討論要怎麼報復那幫七年級的混帳，想要查出他們是哪個學校的。我不打算跟老師講這件事，可是他們還是發現了。或許是因為扯破的運動服和流血的手肘，也或許是老師往往消息靈通、無所不知。

回到營地時，托許門先生帶我去急救站，請營地護士清洗、包紮我的手肘，托許門先生則和營地總召在隔壁房間跟艾莫思、傑克、亨利、邁爾斯講話，想聽他們描述那幾個人搗亂的經過。他後來也來問我那幾個人的事時，我說我完全記不得他們的臉，當然這不是實話。

每次我閉上眼睛想入睡時，看到的都是他們的臉。那個女生第一眼看到我的驚恐表情、那個拿手電筒名叫艾迪的男生，他跟我講話的時候，看我的樣子，像是他很恨我。

把羔羊送往屠宰場。我記得爸好久以前這麼說過，直到今晚我才了解這句話的意思。

13 後果

巴士到的時候，媽和其他家長正在學校前等我。托許門先生在回程的巴士上跟我說，前一晚他們已經打給我爸媽，說出了點「狀況」，但是大家都平安無事。他也說早上我們大家去湖邊游泳時，營地總召和幾個隊輔有去幫我找助聽器，但是都找不到。他說，布洛伍德營地會賠償我們助聽器的費用，而且他們對前一晚發生的事感到很遺憾。

不知道助聽器是不是被艾迪拿走了，也許他拿去當紀念品之類的，好紀念他曾經巧遇的半獸人。

我下巴士時，媽給了我一個緊緊的擁抱，不過，她倒是沒像我以為的那樣一口氣問我一連串問題。她的擁抱感覺好溫暖，我並沒有像其他同學那樣，想立刻甩開爸媽的擁抱。

巴士司機卸下我們的行李袋，媽在跟托許門先生和魯賓小姐講話，我則去找我的行李。當我拉著行李袋去找媽的時候，很多平常不會跟我打招呼的同學竟然跟我點頭，或是在我經過他們身邊時拍拍我的背。

「好了嗎？」媽看到我時，問我。她提起我的行李袋，我甚至沒打算搶著拿：說實話，要是她打算把我扛在肩上，我也OK。

準備離開時，托許門先生迅速給我一個緊緊的擁抱，但是沒說什麼。

14 回家

走回家的路上，我和媽都沒說話，來到前廊，我不由自主的朝窗臺看去。我忘了菊兒已經不會像往常一樣窩在沙發，把前掌放在窗框上等著我們回家。

走進家裡，我的心情沮喪了起來。媽一放下我的行李袋，就張開雙臂抱住我，先親了我的額頭，又親了我臉頰，像是她想把我整個人吸進她懷裡。

「沒關係，媽，我沒事。」我笑著說。

她點點頭，雙手捧起我的臉，她的眼睛閃爍著光芒。

「我知道，」她說：「我好想你，奧吉。」

「我也想你。」

我看得出她想說很多話，但是她壓抑了下來。

「你餓了嗎？」她問。

「快餓昏了。我可以先吃烤起司三明治嗎？」

「當然。」她回答，立刻去做三明治。我把外套脫下來，在廚房的吧臺前坐下。

「維亞呢？」我問。

「她今天跟你爸一起回來。嘿！她超想你的！」媽說。

「真的嗎？她一定也會喜歡那個自然保育區的。你知道他們放什麼電影給我們看嗎？是《真善美》。」

「你得把這件事告訴她。」

「嗯，你想先聽不好的部分還是好的？」幾分鐘後我問，用手撐著頭。

「都好。」她回答。

「唔，除了昨晚，我玩得非常開心。」我說：「我的意思是，真的很棒。所以我才感到那麼掃興。我覺得他們毀了我的整趟假期。」

「不，親愛的，別讓自己有這種感覺。你待在那邊超過四十八小時，糟的部分也才一小時。別讓好的部分也被奪走，好嗎？」

「我知道。」我點點頭。「托許門先生有告訴你助聽器的事嗎？」

「有，他今天早上打電話給我們了。」

「爸有生氣嗎？聽說助聽器很貴？」

「我的天，當然沒有，奧吉。他只是想知道你沒事。對我們來說，只有這件事最重要。還有別讓那些……惡棍……毀了你的旅程。」

她說「惡棍」這個字的樣子，讓我不禁泛起微笑。

「怎麼？」她問。

「**惡棍**，」我逗她說：「聽起來有點過時。」

「好吧，混帳、暴徒、惡匪。」她一邊說，一邊把平底鍋裡的三明治翻面。「**傻子**，要是我媽就會這麼說。隨你怎麼叫，下次讓我在路上看到他們，包準……」她搖搖頭。

「媽，他們很高大。」我笑著說：「七年級的，我想。」

她搖搖頭。「七年級？托許門先生沒跟我們說。我的老天。」

「他有告訴你們傑克為我挺身而出的事情嗎？」我說：「而且艾莫思還砰的往那個起頭的人身上撞去，結果他們倆都跌倒在地，像是真的在打架！實在滿驚人的。艾莫思的嘴脣流血了，身體也有受傷。」

「他有跟我們說打架的事，可是……喔……真高興你和艾莫思、傑克都沒事。我只要想到原本可能發生什麼事……」她聲音減弱，又把烤起司三明治翻面。

「我的帽T被撕成碎布了。」

「唔，再換一件就行了，」她答。她把三明治鏟起來，放進一個盤子裡，再擺在我面前。「要牛奶還是葡萄汁？」

「有巧克力牛奶嗎，拜託？」我大口吃起三明治。「喔，可以用你獨創的配方做嗎？有奶泡的那種？」

「對了，你跟傑克一開始為什麼會跑到森林邊緣？」她邊說，邊把牛奶倒進大玻璃杯。

「傑克要去上廁所。」我回答，滿嘴是食物。

我一邊說話，她一邊把巧克力粉舀進去，然後快速攪動。

「但是大排長龍，他不想等，所以我們就去樹林裡尿尿。」她一邊攪拌，一邊抬頭看著我。我知道她在想我們不該那麼做。

總之，現在玻璃杯裡有雙層泡沫浮在頂端。「媽，看起來很讚。謝謝。」

「後來呢？」她說，把玻璃杯擺在我眼前。

我喝了好大一口巧克力牛奶。「我們現在先別討論這個話題可以嗎？」

「喔。好。」

「我保證待會兒會告訴你全部的經過，等爸和維亞回家以後，每個細節都不漏掉。我只是不想把故事重複講很多遍，可以嗎？」

「那當然。」

我兩、三口就把三明治解決，咕嚕吞下巧克力牛奶。

「哇，你簡直是把那塊三明治吸進肚子裡。還要再來一個嗎？」她說。

我搖搖頭，用手背擦擦嘴。

「媽？我永遠都得擔心那種混蛋嗎？」我問：「等我長大，情況還一樣嗎？」

她沒有馬上回答，只是拿起我的盤子和玻璃杯，用水沖一下。

「這世界上永遠都會有混蛋，奧吉，」她看著我說。「不過我真的相信，你爸也這麼相信，地球上好人總是比壞人多的，而且好人會互相照顧。就像傑克照顧你那樣。還有艾莫思和其他同學。」

「喔，沒錯，還有邁爾斯和亨利，」我答：「他們也很酷。真奇怪，今年一整年，邁爾斯和亨利都沒有真的對我很好。」

「有時候人會讓人驚訝。」她說，摸摸我頭頂。

「我想是吧。」

「還要再來一杯巧克力牛奶嗎？」

「不，這樣就好，」我說：「謝謝你，媽。坦白說我有點累，昨晚我沒有睡得很好。」

「你該去睡個午覺。對了，謝謝你把班普留給我。」

「你有看到我的紙條嗎？」

她露出微笑。「我兩天晚上都和他一起睡。」她原本還想再說什麼，這時手機卻忽然響了，她接起來，一邊聽著，臉上容光煥發。「喔，我的天，是真的嗎？哪一種？」她興奮的說：「嗯，他就在這裡。他準備要睡個午覺。想打聲招呼嗎？喔，好，兩分鐘後見。」她切斷通話。

「是你爸，」她興奮的說：「他和維亞就快到家了。」

「他沒上班嗎？」我說。

「他提早下班，因為他等不及要見你，」她說：「先別去睡吧。」

五秒鐘後，爸和維亞走進門。我衝進爸的懷裡，他把我一把抱起、轉圈，親親我。整整一分鐘，他都沒有放開我，直到我說：「爸，沒關係。」接著換維亞，她同樣親得我滿臉，像我小時候那樣。

直到她停下來，我才注意到他們帶了一個白色大紙箱回家。

「裡面是什麼？」我問。

「打開看看。」爸笑著說，他和媽四目交接，像是他們知道什麼祕密。

「快打開，奧吉！」維亞說。

我打開紙箱，裡面是我畢生看過最可愛的小狗。黑黑的、毛茸茸的，尖尖的小鼻子，明亮的黑眼珠，和一雙下垂的小耳朵。

15 小熊

我們叫那隻小狗：**小熊**，因為媽第一次看到他時，覺得他看起來就像一隻小熊寶寶。我說：「我們就這樣叫他吧！」大家也都同意，於是成就了這個完美的名字。

隔天我向學校請假，原因不是我手肘痛，雖然確實在痛，而是因為我想一整天跟小熊玩。媽也讓維亞請假在家，這樣我們兩個就能輪流抱小熊，跟他玩拔河。我們把菊兒留下來的所有舊玩具，全都拿出來放在地板上，看看他最喜歡哪一個。

跟維亞玩一整天好棒，就我們姊弟倆。好像小時候我還沒上學，那時，我總是好期待她下課回家，這樣她就可以在寫功課前陪我玩一會兒。現在我們長大了，我也去學校上課了，有自己的一群朋友，我們就沒再像以前那樣玩了。

所以，能這樣跟她在一起，又笑又玩，非常開心。相信她也喜歡。

16 轉變

隔天回學校時，我注意到的第一件事，就是事情有了大轉變。驚人的轉變。一百八十度的轉變。甚至是宇宙級的轉變。無論你怎麼稱呼，總之就是大轉變。

每個人，還不光是我們這個年級，每個年級都聽說了我們和七年級生發生過節。

忽然間，我的招牌特色不再是之前那些，而是最近發生的這段插曲。這段故事每傳一次，就像滾雪球般又擴大一些。兩天後，故事變成艾莫思和那個小混混大格鬥，邁爾斯、亨利、傑克也揍了其他幾個傢伙幾拳。而那場大逃脫變成穿越玉米田迷宮、深入陰森黑森林的大冒險。傑克版的故事恐怕是最棒的，因為他很幽默，不過，無論是哪個版本，也不管是誰說的，有兩件事總是不變的：我之所以被盯上是因為我的臉，還有傑克為我挺身而出，而艾莫思、亨利、邁爾斯這幾個男生也站出來保護我。

受他們保護的我，似乎也變得有所不同。就好像我是他們的一員似的。現在，他們都叫我「小兄弟」，就連那些校隊運動員也是。這些以前我幾乎不認識的大塊頭，現在在走廊遇到我，都會跟我揮手擊拳。

另外一項改變是，艾莫思變得很受歡迎；至於朱立安，則因為錯過這次行程，算是被擠出圈外。邁爾斯和亨利現在一整天都跟艾莫思混一塊，搖身一變成為最佳拍檔。

我也希望我能說，朱立安現在開始對我好些了，不過這並非實情。他依然會隔空使一個骷髏的眼神給我。他仍然不跟我或傑克講話。不過，現在只剩他一個人會那樣。

至於我和傑克，一點也不在乎。

17 鴨

上學最後一天的前一日，托許門先生叫我去他辦公室，告訴我學校已經透過自然保育區，查出那幾個七年級生的姓名。他唸了一串姓名，但對我都沒意義，直到他唸到最後一個名字：「愛德華・強生。」

我點點頭。

「你認得這個名字？」他說。

「他們叫他艾迪。」

「嗯。唔，他們在艾迪的置物櫃裡找到這個。」他把我助聽器的殘骸遞給我。右半邊完全不見，左半邊破碎。至於連接兩端的頭帶，像洛博特耳機的那個部位，中間往下彎曲。

「他的學校想知道你想不想要求賠償？」托許門先生說。

我看著我的助聽器。

「我覺得不用，」我聳聳肩說：「反正我已經在配新的了。」

「嗯。何不今晚回家跟你爸媽商量一下？明天我也會打給你媽媽，跟她談這件事。」

「他們會被抓去坐牢嗎？」我問。

「不，不會坐牢。不過他們恐怕會被送去少年法庭，或許這樣他們才會學到教訓吧。」

「相信我，那個艾迪，他不會得到教訓的。」我開玩笑說。

他在他的書桌前坐下。

「奧吉，坐一下吧！」他說。

我坐下來。他桌上的東西還是跟去年夏天我第一次走進這裡時一樣：一樣的魔術方塊，一樣浮在空中的小地球。不過那感覺像是好久以前的事了。

「很難相信這學年就快結束了，對嗎？」他說，簡直像是讀穿我的心思。

「嗯。」

「今年對你來說怎麼樣，奧吉？一切都還好嗎？」

「嗯，滿好的。」我點點頭。

「我知道以學業表現來看，今年你成績斐然，名列前茅。恭喜你登上榮譽榜。」

「謝謝。嗯，太酷了。」

「不過我知道在這個過程中也不盡順利，」他揚起眉毛說：「那晚在自然保育區的事當然就是一個例子。」

「嗯。」我點點頭。「不過後來想想，其實也還不錯。」

「哪方面來說？」

「唔，你知道的，就是看到其他人為我挺身而出。」

「嗯，真的很好。」他微笑著說。

「嗯。」

「我知道在學校時，朱立安有時會刁難你。」

我得承認，他說這句話讓我嚇了一跳。

「你知道這件事？」我問他。

「中學校長總有辦法知道很多事情。」

「是說，你在走廊架設了祕密攝影機嗎？」我開玩笑說。

「還有麥克風呢。」他笑著說。

「是真的嗎？」

他又笑了。「不是真的。」

「喔！」

「不過老師知道的，比學生想得還多，奧吉。希望你和傑克願意告訴我留在你們置物櫃裡的惡意紙條。」

「你怎麼知道那件事？」我說。

「我剛剛說過了：中學校長知道**全部**的事。」

「沒什麼大不了的，」我答：「我們也有寫紙條。」

他露出微笑。「不知道這件事公布了沒有，」他說：「不過我想很快就會公開：朱立安．愛本司下學年起不會再回到畢奇爾預備中學。」

「什麼！」我說。我實在無法掩飾我有多驚訝。

「他爸媽覺得畢奇爾不適合他。」托許門先生聳聳肩膀繼續說。

「哇，這可真是大新聞。」我說。

「嗯，我覺得應該要告訴你。」

忽然間，我注意到，之前掛在他書桌後方的南瓜圖畫不見了，取而代之的，是我去年新年藝術展畫的動物自畫像，裱了框，掛在他書桌後方。

「嘿，那是我的作品！」我指著說。

托許門先生轉過身，彷彿不知道我在說什麼。「喔，沒錯！」他拍拍他額頭說：「我一直想給你看，等好幾個月了。」

「我把自己畫成一隻鴨。」我點點頭。

「我喜歡這一幅畫，奧吉，」他說：「你的藝術課老師拿給我看時，我就問他能不能留著讓我掛在牆上，希望你不會反對。」

「喔，沒問題！當然沒問題。那張南瓜到哪去了？」

「就在你正後方。」

「喔，沒錯。酷。」

「我掛上去以後就一直想問你……」他看著畫說：「為什麼你選擇把自己畫成鴨子？」

「什麼意思？」我說：「老師規定要畫動物。」

「沒錯，可是為什麼是鴨？」他說：「我推測是因為……小鴨變天鵝的故事嗎？」

「不是，」我搖頭笑著說：「是因為我看起來像一隻鴨子。」

「喔！」托許門先生說，他的眼睛睜得好大，然後開始笑了起來。「真的嗎？我還在想是什麼象徵或比喻，不過……有時鴨子就是鴨子！」

「嗯，我想是吧，」我不大懂他為什麼覺得那件事好笑，但他整整笑了三十秒。

「總之，奧吉，謝謝你來跟我聊天，」最後他說：「我只想說，畢奇爾中學真的很高興有你，很期待下一個學年。」他把手伸到書桌對面與我握手。「明天結業典禮上見。」

「明天見，托許門先生。」

18 最後的格言

當我們最後一次走進英文課教室時，看見布朗先生的黑板上寫著：

布朗先生的六月格言：

依循白日，追尋陽光！（狂歡作樂樂團）

暑假快樂，5B班！

今年很開心，你們是很棒的一班學生。

記得的話，今年夏天請寄明信片給我，寫上你們的個人格言。

不論是你自己編的，或是在哪兒看到，對你特別有意義的。

（如果是這樣，別忘了注明出處，拜託！）真的很期待收到你們的明信片。

湯姆．布朗

563 西貝士強廣場

布朗克斯，NY10053

19 丟掉頭盔

結業典禮在畢奇爾預備中學的體育館舉行。從我們家走到那裡，大概只需要十五分鐘，但是今天由爸開車載我去，因為我穿了正式服裝，還穿著全新、沒有凹痕的閃亮黑皮鞋，我不想走到腳痛。

學校要求學生在典禮開始前一小時抵達體育館，但是我們到得更早，所以就坐在車子裡等。爸打開CD音響，喇叭裡傳來我們最喜歡的歌曲。我們都露出微笑，隨著音樂搖頭。爸跟著唱了一段：「安迪會在雨中騎腳踏車穿越城市，買糖給你。」

「嗨，我的領帶有正嗎？」我說。

他看了看，整了整，繼續唱歌：「還有約翰會為你買那襲禮服，讓你穿去舞會……」

「我的頭髮看起來可以嗎？」我說。

他笑了笑，點點頭。「很完美，」他說：「你看上去很棒，奧吉。」

「維亞早上幫我抹了點髮雕定型，」我把遮陽帽拿下來，看著小鏡子。「看起來會不會太蓬？」

「不會，你的造型非常、非常酷，奧吉。我記得你沒剪過這麼短的頭髮，你有嗎？」

「沒有，我昨天才剪的。我覺得這髮型讓我看起來比較成熟，你覺得呢？」

「那當然！」他笑著，看著我點頭，繼續唱：「但是我是下東區最幸運的男人，因為我有車，你想讓我載。」

「看看你，奧吉！」他說，露出大大的笑容。「看看你，又聰明又成熟。真不敢相信你的五年級就要結束了！」

「我知道，很酷對不對？」我點點頭。

「好像昨天你才剛開始上學呀。」

「記得以前我在後腦勺留一條星際大戰辮子嗎？」

「喔，我的天，確實有那麼回事。」他說，用掌心碰了一下額頭。

「你很討厭我那條辮子，對吧，老爸？」

「說討厭太沉重了點，不過我確實不喜歡那東西。」

「拜託，你明明就討厭，承認吧。」我捉弄的說。

「不，我不討厭。」他笑著說，搖搖頭。「不過我倒是願意承認我討厭你之前戴的那頂太空人頭盔，你還記得嗎？」

「你是說米蘭達給我的那頂啊？我當然記得！我以前常一整天戴著它。」

「老天，我實在有夠討厭那東西。」他笑著說，比較像自我解嘲。

「它不見時我很難過。」我說。

「喔，它沒有不見，」他語氣輕鬆的答：「是我拿去丟的。」

「等等。你說什麼？」我說。我實在不敢相信我聽到的。

「這天真美，你也好美。」他繼續唱著。

「爸！」我說，把音量調低。

「怎麼？」他說。

「你拿去丟的？」

最後，他終於轉過來看我的臉，看見我有多不爽。我不敢相信他竟然語氣這麼平淡的講這件事。我的意思是，對我來說，這是天大的發現，他卻一副無關緊要的樣子。

「奧吉，我實在沒辦法忍受那個東西一直這樣罩住你的臉。」他尷尬的說。

「爸，我很喜歡那頂頭盔！那對我來說非常重要！它不見的時候，我傷心欲絕，難道你都不記得嗎？」

「我當然記得，奧吉，」他輕輕說：「喔，奧吉，別生氣。對不起。我就是沒辦法忍受看到你在頭上戴那種東西，你明白嗎？我覺得那對你不好。」他看著我的眼睛，但我不願意看他。

「奧吉，拜託啦，請你諒解，」他繼續說，伸出他的手捧著我的下巴，把我的臉側過去面朝他。「你一整天戴那頂頭盔。如果要說真的、真的、真的實話：我很想念你的臉，想看到你的臉，奧吉。我知道**你自己**並不是那麼喜歡你的臉，但是你要知道……**我**喜歡。真的，我愛你的臉，奧吉，完全的愛，全心全意的愛。你如果總是拿那頂頭盔罩住你的臉，會讓我很難過。」

他對我眨眼，像是真的希望我了解。

「媽知道這件事嗎？」我說。

他把眼睛睜得很大。「當然不知道。你在開玩笑嗎？她鐵定會殺了我！」

「為了幫我找那頂頭盔，她簡直快把我們家拆了，」我說：「爸，我的意思是，她大概找了一星期，每個衣櫥都翻遍了，也去洗衣間找，到處找。」

「我知道！」他點頭說：「所以才說她會殺了我！」

接著他看我，他的表情讓我笑了起來，他張大嘴巴，像是忽然了解什麼事一樣。

「等等，奧吉，」他說，伸出他的手指對我。「你得向我保證，**絕不**跟媽提這件事。」

我微笑，搓著手，露出不安好意的眼神。

「嗯，我想想看，」我說，一邊摸摸下巴。「我會想要下個月上市、最新版的 Xbox。六年內，我也一定會想要自己的車，來輛紅色的保時捷應該很不錯，還有……」

他笑了起來。爸通常是最會搞笑的那個人，所以我特別喜歡逗他笑。

「喔，老天，老天，」他搖頭說：「你真的長大了。」

這時，音樂響起我們最喜歡唱的那段旋律，所以我把音量調大。我們都唱了起來。

「我是下東區最醜的男人，但是因為我有車，你想讓我載。想去兜兜風。想去兜兜風。想去兜——兜——風。」

我們總是扯開最大的嗓門唱這最後一段，把最後一個音拉得跟歌曲裡的男人一樣長，總讓我們咯咯發笑。在笑聲中，我們注意到傑克也到了，正朝著我們的車走過來。我準備開門出去。

「等等，」爸說：「我只是想確定你原諒我了，ＯＫ？」

「嗯，我原諒你。」

他感激的看著我。「謝謝。」

「可是以後不要再未經我同意，丟我的任何東西好嗎？」

「我發誓。」

我打開車門走出去，傑克也正好走到車邊。

「嗨，傑克，」我說。

「嗨，奧吉。嗨，普曼先生。」傑克說。

「近來好嗎，傑克？」爸說。

「一會兒見，爸。」我關上門說。

「祝好運，孩子們！」爸搖下前車窗大喊：「結業典禮後見！」

他啟動引擎、準備把車開走時，我們揮揮手，但我忽然跑過去，他把車停下，這樣傑克就不會聽見我說什麼。

「等會兒結業典禮過後，你們可以不要一直親我嗎？」我靜靜的問：「有點難為情。」

「我盡量。」

「也記得告訴媽，好嗎？」

「我不覺得她有辦法做到，奧吉，不過我還是會幫你傳話。」

「拜拜，親愛的老爹。」

他露出微笑。「拜拜，我的兒子。」

20 大家請入座

我和傑克跟在幾個六年級生後面走進大樓，接著隨他們進入體育館。嘉太太站在門口發節目單，跟同學說明該往哪兒走。

「五年級走走道往左邊，」她說：「六年級走右邊。大家都進來。快進來。早安。到你們的舞臺區位置。五年級往左邊，六年級往右邊……」

體育館裡面很大，金光閃閃的大水晶燈，紅絨布牆，一排又一排的椅墊座位，通向巨大的舞臺。我們走向寬敞的走道，依循指示走到五年級的位置，位於舞臺左側的大空間。那裡有四排面對前方的折疊椅，魯賓小姐就站在那裡，看見我們走過來，立刻向我們揮手。

「好，孩子們，請就座。找到位子就坐下。」她一邊說，一邊指著那排椅子。「別忘了，按字母順序入座。快，同學們，請就座。」不過，還有許多同學還沒到，已經到的同學也沒人聽她說話。我和傑克捲起節目單當成劍互砍。

「嗨，同學。」

走來跟我們講話的是小夏。她穿著一件淺粉紅色的洋裝，還上了一點妝。

「哇，小夏，你看起來好美。」我跟她說，因為她真的好漂亮。

「真的嗎？謝謝，你看起來也很酷，奧吉。」

「嗯，還不錯。」傑克說，語氣有點淡。我第一次發現，原來傑克喜歡她。

「很令人興奮，是不是？」小夏說。

「嗯，滿不錯的。」我點頭回答。

「喔，我的天，你看節目表，」傑克說，搔搔他的額頭。「我們一整天都得待在這兒了。」

我看看手中的節目表。

理事長開幕致詞
哈洛德．詹森博士

中學部校長致詞
羅倫斯．托許門先生

〈光和日〉
中學合唱團

五年級學生結業致詞
希梅納．琴

帕海貝爾〈D 大調卡農〉
中學室內樂樂團

六年級學生結業致詞
馬克．安東尼克

〈壓力下〉
中學合唱團

中學教務主任致詞
珍妮佛．魯賓小姐

頒獎時間（詳見背後）
點名

「為什麼這麼想？」我問。

「因為詹森先生的演講總是好長，」傑克說：「比托許門先生還冗長！」

「我媽說去年他致詞時，她在打瞌睡。」小夏補充。

「頒獎時間要做什麼？」我問。

「他們會發獎牌給那幾個前幾名，」傑克回答：「也就是說夏綠蒂和希梅納會抱走五年級的所有獎項，就像他們四年級和三年級結業時一樣。」

「二年級沒有嗎？」我笑著問。

「學校二年級沒有頒獎。」他說。

「或許今年得獎的人**是你**。」我笑著說。

「除非他們頒獎給倒數的人嘍！」他笑說。

「各位同學，各就各位！」魯賓小姐喊得更大聲了，彷彿沒人聽她指揮讓她很不悅。「有很多事要做，所以快點就座。別忘了要按字母順序坐！第一排A到G！第二排H到N；O到Q第三排；R到Z最後一排。動作快。」

「我們得坐下了。」小夏說，朝座位前排走去。

「典禮結束後，你們一定要來我家玩，好嗎？」我在她背後喊。

「一定！」她回頭答應，然後在希梅納．琴旁的座位坐下。

「小夏什麼時候變這麼正了？」傑克在我耳邊說。

「閉嘴，兄弟。」我笑著走向第三排。

「我說真的，到底什麼時候開始的？」他低聲說，在我身旁坐下。

「威爾先生！」魯賓小姐大喊：「我最後一次提醒你：W開頭是在R到Z那排，好嗎？」

傑克一臉茫然的看著她。

「老兄，你坐錯排了！」我說。

「是嗎？」他起身準備離開時，故意裝出一臉困惑的惡作劇表情，快笑死我了。

21 簡單的事

大概一小時後，我們都坐在巨大的體育館內，等待托許門先生發表他的「中學校長致詞」。體育館比我想像得還大，說不定甚至比維亞的學校還大。我環顧四周，觀眾席少說有一百萬人。好吧，或許沒那麼多，但絕對很多人。

「謝謝您，詹森理事長，謝謝您的開場致詞，」托許門先生站在舞臺上的講臺後方，對著麥克風說話。「歡迎，各位老師，各部門同仁……」

「歡迎，各位家長、爺爺奶奶、各位朋友、諸位貴賓，特別歡迎，我們的五、六年級學生……」

「歡迎大家來到畢奇爾預備中學的結業典禮！」

所有人鼓掌。

「每年的這個時候，」托許門先生繼續說，扶著滑到鼻尖的眼鏡讀小抄。「我得寫兩份畢業致詞：一份給今天的五、六年級生，一份給明天的七、八年級生。每年，我都跟自己說，演講稿別寫太長，最好寫成一份，兩場典禮合用。聽起來不會太難，對嗎？但是不管原本怎麼計劃，我每年還是寫了兩份講稿。這個問題，今年我終於知道答案了。你們可能以為，那只是因為明天我得對一群年紀比較大的聽眾講話，他們的中學生活已接近尾聲，而你們的中學生活正在眼前。其實並非如此，我之所以會特別準備講稿，是因為你們正處在這個特殊的年齡，即使我已經跟這個年紀的學生相處近二十年，很多事情仍使我感動。各位同學，你們正位在一個轉捩點上，處於童年與之後的人生交界。這是一段轉變期。」

「今天我們齊聚一堂，」托許門先生繼續說，摘下眼鏡指著觀眾席的所有人。「和你們的家人、朋友、老師，不只要一起慶祝過去一年的成果，還要慶祝在座每一位同學所擁有的無窮潛力。」

「當你們回顧過去這一年，以及走過的這段路，希望你們都能看見自己的進步。大家都長得高一點，壯一點，聰明一點……我希望啦。」

他說到這兒，觀眾席有人發出輕笑。

「不過，測量成長最好的辦法並不是用尺，也不是看你操場能跑幾圈，甚至也不是學年平均分數，雖然那些數字也很重要。真正重要的，是你怎麼分配時間，選擇怎麼過生活，想要跟誰來往等等。對我來說，那才是測量成功最好的方式。」

「在J．M．巴利寫的書裡，有句很棒的話，不，這句話並非出自《彼得潘》，要是你相信仙子的話，我可不會邀請你鼓掌……」

大夥兒聽了又笑了。

「這是出自J．M．巴利的另一本書，書名叫《小白鳥》……他是這麼寫的……」他翻起講臺上的一本小書，一直翻到他要找的那一頁，然後他戴上眼鏡。「『讓我們訂定一條新的人生守則……永遠給予比應給還要更多的仁慈。』」

說到這兒，托許門先生抬頭看觀眾。接著，又重複了一次，「給予比應給還要更多的仁慈，這句話很棒吧！比**應該給的**還要多的仁慈，意思是光是仁慈還不夠，必須付出更多的友善。為什麼我喜歡這一句？因為這個想法讓我想起，身為一個人，我們不僅擁有仁慈的能力，更有能力去選擇仁慈。這是什麼意思？仁慈又要怎麼測量？你不能用尺量，就跟我之前說的一樣，這並不像測量今年你長高了多少一樣，能夠量化。你要怎麼知道自己善不善良？**什麼**叫做善良？」

他又戴上他的眼鏡，開始翻另一本小書。

「我還有另一個段落想和你們分享，」他說：「是在另一本書裡，請容許我找一下……喔，在這兒。出自克里斯多福・諾藍的《時鐘的眼睛》，主角是個年輕人，正面臨很特別的考驗。有個段落描寫到有人幫助他，是他班上的同學。表面上看來，這只是個小動作。但對這個叫約瑟夫的年輕人來說，卻是……唔，容許我唸一段……」

他清清喉嚨，朗讀書中段落：「就是在這種時候，約瑟夫在人類的身上看到上帝的面容。在別人對他的仁慈、熱忱和關心裡，他看到上帝的榮光。」

他停頓，再次摘下眼鏡。

「由別人對待他的仁慈中，他看到上帝的榮光。」他微笑著再說一遍，「就是這麼簡單，仁慈，在別人需要的時候給予幾句簡單的鼓勵、伸出友誼之手，或是點頭微笑。就只是這麼簡單。」

他闔上書，放下，身體往前傾。

「孩子們，今天我希望你們了解這個簡單的道理，去了解仁慈的價值。這就是今天我想要傳遞給你們的。我知道我的冗長……嗯……挺出名的。」

大家聽到這邊又笑了。我想他也知道自己的長篇演講令人頭痛。

「……我希望你們，能夠從自己的中學經驗裡學習到一件事，」他繼續說：「在你們為自己創造的未來裡，請記得，任何事都是有可能的。如果這裡的每個人都謹守這個原則：無論你在哪裡，無論何時，都努力去給予更多的仁慈。那麼，這個世界一定會是一個更好的地方。如果你能這麼做，如果你能釋出更多的善意，某天，或許在某處，會有人在你的臉上，在你們每個人的臉上，看到上帝的臉。」

他停下來聳聳肩。

「或是任何你所相信、代表善良之神的臉。」他很快又微笑著補充，他的一番話激起很多笑聲和掌聲，尤其是來自體育館後方，家長們的座位。

22 頒獎

我喜歡托許門先生的演講，但是我得坦誠的說，其他人的演講時我有點放空了。

當魯賓小姐開始唸榮譽榜單的名字，我又把耳朵豎起來聽，因為名字被叫到的人，必須立刻站起來。所以我等著自己的名字被唸到。她按著字母順序唸：雷德・金斯利、瑪雅・馬可維茲、奧古斯特・普曼。我站起來。唸完所有名字以後，她要我們面向觀眾、鞠躬。所有人鼓掌。

現場那麼多人，我不知道我爸媽坐在哪兒。只看見底下拍照的人閃光燈狂閃，家長們對著孩子揮手。雖然看不到人，但我想像媽會從某個角落向我揮手。

接著托許門先生再度回到講臺前，頒發學業優異的獎牌：傑克說得沒錯，希梅納・琴奪得「五年級總體學業優異」金牌，而夏綠蒂抱走銀牌。夏綠蒂還贏得了音樂金牌獎。艾莫思得到總體體育成績優異的金牌，我真的很開心，因為自從自然保育區的事情以後，我也把艾莫思當成我在學校最好的朋友了。當托許門先生唸到小夏的名字，聽到她拿到創意寫作的金牌時，我更是超級、超級興奮。校長喊出她的名字，我看見小夏用手摀住嘴，一臉不可置信。當她走上舞臺，我使出全身力氣大喊：「喲—呼，小夏！」雖然我想她並沒有聽到。

喊完最後一個名字，所有得獎的同學都在舞臺上站成一排，托許門先生對觀眾說：「各位女士、先生，很榮幸向大家介紹這幾位今年在畢奇爾預備中學學業表現優秀傑出的同學。恭喜你們！」

臺上的小孩鞠躬，我拍手。我好替小夏高興。

「今天早上的最後一個獎，是亨利．沃德．畢奇爾獎牌，」等到臺上的學生全回到座位上後，托許門先生說：「以表彰整個學年中在某些領域表現出色或樹立模範的學生。通常，這枚獎章是用來獎勵志工或是鼓勵為學校熱心校務的學生。」

聽到這裡，我馬上猜到夏綠蒂會抱走這座獎，因為她組織了今年募舊衣的活動，所以我的耳朵打算關起來了。我看看我的手錶：十點五十六分。我已經餓了，想吃午餐了。

「……亨利．沃德．畢奇爾是十九世紀的死刑廢除者，也是激進的人權鬥士，這座學校就是以他來命名的。」托許門先生說的話，讓我又開始注意聽。

「在準備這個獎時，我讀了些他的生平資料，剛好看到他所寫的文章，似乎特別與我先前所講的主題呼應，這一年來我都在思索這個主題。不只是仁慈的本質，還有**一個人的**仁慈。**一個人的**友誼。**一個人的**品格。**一個人的**勇氣……」

說到這邊，忽然發生一件怪事，托許門先生的聲音像是稍微分了岔，也像是他整個人被嗆到一樣。他清清喉嚨，喝了一大口水。這讓我認真注意他想說什麼。

「一個人的勇氣，」他靜靜的重複，點頭微笑，接著舉起他的右手，像在倒數。「勇氣、仁慈、友誼、品格，這些德行是我們被定義為人的依據，不時驅策著我們往偉大人格前進。這就是亨利．沃德．畢奇爾獎牌的意義：發現這樣的偉大人格。」

「但是要如何做到呢？偉大這種東西，要怎麼測量呢？當然，一樣沒有尺能量。甚至，我們想問：我們該怎麼定義？關於這一點畢奇爾有答案。」

他又戴上他的眼鏡，翻書，開始讀。「偉大，」畢奇爾這麼寫道：「不在強壯，而是正確的使用力量……最偉大的人，有鼓舞人心的力量……」

忽然間，他又沒來由的嗆到。他把兩根食指擺在嘴上一會兒，才又繼續。

「最偉大的人，」最後他繼續說：「他的心，有鼓舞人心的力量。今年，我很榮幸的將亨利．沃德．畢奇爾獎頒給一個用內心力量鼓舞了別人的學生。」

「可以請奧古斯特．普曼出列領獎嗎？」

23 輕飄飄

托許門先生的話都還沒讓我反應過來，大家就開始鼓掌。坐在我旁邊的瑪雅一聽到我名字時，就發出快樂的尖叫。還有邁爾斯，他坐在我另一邊，連忙拍拍我的背。「站起來，站起來！」在我身邊的同學都這麼喊著，我還感覺到許多人簇擁著我離開座位，指著走道要我過去，他們拍我的背、跟我擊掌。「快去，奧吉！」「太棒了，奧吉！」我甚至開始聽見有人在唱我的名字：「奧吉！奧吉！奧吉！」我回過頭，發現是傑克在領唱，他的拳頭在空中揮舞，露出微笑，要我趕快過去，艾莫思也雙手圍著嘴邊高喊：「喲—呼，小兄弟！」

然後我經過小夏那排時，看見她在對我微笑，她默默為我豎起大拇指，低聲朝我說了聲「酷」。我笑了起來，搖搖頭，像是我不敢相信。我是真的不敢相信。

我想，我臉上正泛著微笑吧。或許甚至容光煥發，我不知道。當我踏上走道朝舞臺走去，只看見一片模糊的燦爛笑容，每張笑臉都望向我，伸出雙手為我鼓掌。還聽見他們對我喊著：「應該的，奧吉！」「好替你高興，奧吉！」在走道的位子上看見所有老師：包括布朗先生、沛托莎小姐、羅奇先生、艾塔娜比太太、茉莉護士等，好多人都在為我雀躍歡呼，吹哨叫好。

我感覺好像要飄起來了。好奇怪啊。彷彿陽光滿滿的灑在我臉上，充滿熱力，還有大風吹拂。靠近舞臺時，魯賓小姐正在前排對我揮手，她旁邊是哭得歇斯底里的嘉太太，是喜極而泣的那種，她又是笑又是鼓掌。

當我踏著階梯走上舞臺，一件最神奇的事發生了！所有的人都站了起來。不只是前排的人，而是全場觀眾都起身，興高采烈的拍手叫好。在我眼前的這些人，他們起立鼓掌——是為了我。

我穿過舞臺往托許門先生那裡走去，他用雙手和我握手，在我耳邊輕輕說：「做得好，奧吉。」然後他把金牌掛在我脖子上，像奧林匹亞運動會那樣，讓我轉身面對觀眾。感覺好像我看著電影裡的自己，就好像我是另一個人似的。那畫面好像《星際大戰四部曲：曙光乍現》裡的最後一幕，在路克．天行者、韓．蘇羅、丘巴卡在殲滅死星以後，眾人都為他們鼓掌。當我站在臺上時，我彷彿能聽見星際大戰的主題曲在我腦中響起。

坦白說，我甚至不確定我為何能得到這個獎牌。

不，這麼說不是實話。我知道為什麼。

好比有時你看著坐輪椅的人，或不能講話的人，你無法想像那是什麼感覺。而我，就是別人無法想像的那個人，或許對全體育館的人都是如此。

不過，對我自己來說，我就是我。一個平常的孩子。

話說回來，要是他們要頒一個獎給我，獎勵我做我自己，那我就接受。我並沒有摧毀死星或什麼的，但我確實順利通過五年級了。就算你不是我，要通過五年級也不是件容易的事。

24 合照

結業典禮之後，學校搭了一頂白色大帳篷，舉辦了一場五、六年級生的招待會。

所有的同學都找到自己的爸媽，現在我一點都不介意爸媽激動的擁抱我，維亞也伸出雙臂抱住我，把我左右搖了將近二十次。接著波爸、塔塔也來抱我，還有凱特阿姨、波特叔叔、班叔叔，大夥兒全哭得一把鼻涕、一把眼淚。米蘭達是裡頭最好笑的，因為她哭得比誰都慘，而且她把我抱得好緊，緊到維亞甚至需要把她用力拉開，這讓她們倆都笑起來。

大家開始瘋狂幫我拍照，爸拿出相機，幫我、小夏、傑克三個人拍了張合照。我們伸出手臂摟著彼此的肩，那是有記憶以來，我第一次沒有想到自己的臉，可以單純對著朝我按下快門的相機露出快樂的大笑。閃光燈閃、閃、閃，快門喀嚓、喀嚓、喀嚓，換成是傑克的爸媽和小夏的媽媽幫我們拍，我們微笑。然後雷德和瑪雅走過來，又是閃光燈閃、閃、閃，快門喀嚓、喀嚓、喀嚓。接著夏綠蒂也走過來，問可不可以跟我們拍一張，我們就說：「當然可以！」然後夏綠蒂的爸媽也過來，幫我們和其他人的爸媽合照。

接著換兩個麥克斯過來，還有亨利、邁爾斯、薩瓦娜。艾莫思跟希梅納也來了。我們緊緊聚成一團，爸媽猛對我們按快門，彷彿我們站上紅地毯似的。盧卡、以賽亞、尼諾、帕保羅、崔斯坦、愛莉，還有後來那些我沒看清楚的人，總之差不多是全班到齊。我只知道，我們都笑得很開心，緊緊靠著對方，似乎沒人在意在他們旁邊靠著的是我的臉。

說真的，不是我在吹噓，我甚至覺得，大家都還想更靠近我一點呢。

25 回家的路上

招待會後，我們走回家吃蛋糕和冰淇淋。傑克和他爸媽、弟弟傑米；小夏和她媽媽；波叔叔和凱特阿姨；班叔叔、塔塔、波爸；賈斯汀、維亞、米蘭達，還有爸和媽。

風和日麗的六月天，天空一片湛藍，陽光燦爛，但並不是熱得讓你想去海灘的天氣。這是完美的一天，所有人都好開心。我一直到現在還是覺得輕飄飄的，《星際大戰》的英雄主題曲迴盪在我耳邊。

我和小夏、傑克走在一起，我們笑個不停，彷彿什麼事都很好笑。那種很想笑的心情，只要有人看你，就會開始笑。

一行人走下愛米司佛特大道，前方傳來爸的聲音，我抬起頭看，他跟大家講了一個好笑的故事，大人們全笑了。就像媽常常說的：爸實在可以去當喜劇演員。

我注意到媽沒有和那群大人走在一起，所以我看看背後。她有些落後，對自己笑了笑，像是想到什麼開心的事。她似乎很高興。

我往回走幾步，一把抱住她，給她一個驚喜。她伸出手臂環繞我，捏了捏我。

「謝謝你送我去上學。」我靜靜的說。

她緊緊抱住我，倚身親我額頭。

「謝謝**你**，奧吉。」她輕輕回答。

「謝什麼？」

「謝謝你為我們帶來的一切，」她說：「謝謝你來到我們的人生。謝謝你做你自己。」

她彎身在我耳邊輕聲說：「你真的是個奇蹟，奧吉。你是個奇蹟。」

附錄

布朗先生格言錄

九月

當有人要你在正確與仁慈之間做抉擇，選擇仁慈。——偉恩．戴爾博士（Dr. Wayne W. Dyer）

十月

行為是一個人的紀念碑。——一則埃及墓誌銘

十一月

無友不如己者。——孔子

十二月

命運眷顧勇者。——維吉爾（Virgil）

一月

沒有人是孤島，全然遺世獨立。——約翰．鄧恩（John Donne）

二月

與其知道一些問題，勝過得到所有答案。——詹姆士·桑伯（James Thurber）

三月

和善言語並不昂貴。卻成就非凡。——布萊茲·帕斯卡（Blaise Pascal）

四月

美者善，善者終必美。——莎孚（Sappho）

五月

盡你所能的為善，用你所有的資產，
以你能夠的方式，在每一個地方，
每一個能為善的時刻，
為每一個人，直到永遠。——約翰·衛斯理（John Wesley）

六月

依循白日，追尋陽光！——狂歡作樂樂團，〈光和日〉（The Polyphonic Spree, *Light and Day*）

明信片格言錄

夏綠蒂．寇蒂的格言
友善還不夠。你得成為別人的朋友。

雷德．金斯利的格言
拯救海洋，拯救世界！—— 我！

崔斯坦．費德哈金的格言
要是你真的想得到什麼，就要努力奮鬥。
大家安靜，樂透要開獎了！—— 荷馬．辛普森

薩瓦娜．衛登伯格的格言
花很美，但愛更勝。—— 小賈斯汀

亨利．卓普林的格言
別與混蛋為友。—— 亨利．卓普林

瑪雅．馬可維茲的格言
你需要的是愛。—— 披頭四

艾莫思．康提的格言
別費太多心思要酷。
那總會露出馬腳，魅力頓失。── 艾莫思．康提

希梅納．琴的格言
對自己誠實。── 莎士比亞，《哈姆雷特》

朱立安．愛本司的格言
有時重頭來過是好的。── 朱立安．愛本司

小夏．道森的格言
如果你能不傷害任何人的從中學畢業，
那就真的很酷。── 小夏．道森

傑克．威爾的格言
保持平靜，繼續下去！── 二次大戰某人云

奧古斯特．普曼的格言
每個人一生中都該有人為他起立鼓掌，
至少一次，因為我們都克服了世界。── 奧吉

後記

我十四歲時被診斷出脊椎側彎，醫生說我必須穿戴米華基背架進行矯正。他告訴我，在接下來的四年裡，除了每天放學後我必須拿下背架躺著讓背部休息一個小時之外，剩下的二十三個小時我都得和它形影不離。為了避免有人不知道什麼是米華基背架，我先稍微介紹一下。它的上端是一個強迫頭部保持直立和穩定的頸環，下端則是一個很硬的塑膠骨盤托帶，兩者間以三根垂直金屬桿連接，兩根在背後，一根在胸前。

它的設計目的自然不是為了讓穿戴者感到舒適，因此我一直無法適應。穿戴米華基背架所帶來的生理上的痛苦，讓我再也不能玩滑板，或參加當時占了我生活裡一大部分的體育運動。也讓本來就極度害羞的我更害怕出門，因為大多數的人都會盯著我看。不幸的是，這種情況真的發生過好幾次，這讓我變得非常沒有安全感。因此在我開始穿戴背架的那一整個夏季，除非絕對必要，我決定不再冒險出門。相反的，我足不出戶，整天待在家裡，狼吞虎嚥似的看書。我將那段生命時光視為我終生熱愛閱讀的起點。我從《小婦人》中，喬．馬區的冒險經歷，和《魔戒》中佛羅多到魔多的旅程中得到慰藉，而它們不過是我當時很喜歡的書和系列作品中印象最深刻的兩本。然而我在那個夏季讀過的所有書中，朱迪．布魯姆的《迪妮》才是對我意義最深、至今仍珍藏於心的大作。

我不記得是誰推薦那本書給我。我猜應該是我媽媽的某個朋友在聽說了我的情況後，特地去書店買來送我的。但是我記得很清楚，我只花了兩天便將書從頭到尾讀完，之後便一遍又一遍的重讀，愛不釋手。書中的女主角和我一樣被診斷出脊椎側彎，不得不穿戴米華基背架。看到書裡的女孩正經歷我所經歷的，對我來說意義重大。迪妮和我有著相同的感受，令我緊張的事同樣也讓她緊張。故事結束時，迪妮很明顯即將痊癒，我看到這裡時，真心認為那意味著我一定也可以好起來。我真的這麼相信。

迪妮幫助我鼓起勇氣，在秋天開學時穿著我的背架回到學校。不過，我必須承認，面對這種情況，我沒有迪妮那麼勇敢，也沒像她處理得那麼好。我並沒有驕傲的將背架直接穿戴在衣服外頭，而是試著將它藏在一九七七年時剛好很流行的垂褶領毛衣和寬鬆長褲下面。我好心的同學們順著我的意，假裝沒注意到我衣服下的笨重支架。它其實有點像試圖在衣服裡隱藏一套機器人外殼，事後回想，我用盡方法的遮掩不僅徒勞無功，更是荒謬可笑。不過話說回來，在那段日子裡，我心裡其實覺得，我的背架只是區別我和其餘八年級生的數個事實中的一個。其他的還有我是班上唯一的第一代移民、唯一的哥倫比亞裔女孩、唯一父母說英語帶著濃重西班牙語口音的人。而且據我所知，我也是唯一一個住在一房公寓而不是住在獨棟別墅的人。幸運的是，儘管如此，我有許多很棒的同學，他們極為善良，從來沒有讓我覺得自己和其他人有所不同。

說來奇怪，明明我和鄰居小朋友相識的時間更長，但他們對我卻遠不如我同學那麼溫和體諒。當時我的學校朋友和我的鄰居朋友分屬兩個涇渭分明的團體。我的鄰居朋友都住在我家隔壁街區的三棟大樓裡。他們的學區和我不同，只有我被分配到另一個小鎮的中學。令人難過的是，不知道為什麼，在那個夏季和秋季，我的鄰居朋友再也不和我說話。每天放學後，在遵照醫囑仰躺休息的那一個小時裡，我會聽到他們一起玩耍的聲音從大樓間的花園傳上來。感覺就像對他們來說，我已不復存在。我媽媽鼓勵我邀請新學校的朋友來家裡玩，但我不忍心告訴她，我們非常簡陋的一房公寓讓我有點尷尬。無論如何，我以度過那年夏天的同樣方式度過了秋天：安安靜靜，獨自一人。

我的父母越來越擔心我。我從一個活潑外向、積極樂觀的孩子變成一個陰鬱灰暗的隱士。在我去每次總讓我惡夢連連的骨科回診時，我苦苦哀求醫生讓我改穿另一種完全不同的背架。我看到他的候診室裡宣傳小冊子的介紹，它不但沒有壓迫性的金屬桿，也沒有頸環。醫生警告我，這種背架的效果不如米華基背架，但我不在乎，對我來說，這種條件交換完全不是問題，而我的父母急於讓我再展歡顏，妥協了。

寒假過後，我穿著低調許多的新背架回到學校。雖然實際上它比米華基背架更讓我難受，而且一樣笨重，但它不會在衣服外顯露出來，比較適合我的生活方式。儘管我還是不能玩滑板或打棒球，至少它沒有那麼限制我的活動範圍。可以肯定的是，如果有人細心觀察，還是可以看出我的動作僵硬，可是不再有人盯著我看，這讓我大大鬆一口氣。當然，骨科醫生的警告並非無中生有：換背架是有代價的，即使我要到十年後才必須面對。將近三十歲時，我的背部沒有一天不痛。我最終接受了脊柱融合手術矯正脊椎側彎，讓醫生將一根三十公分長的鈦棒以螺絲釘和植骨固定在我的下腰椎上。

讀到此處，你可能會想：「為什麼R．J．帕拉秋要在後記裡告訴我這件事？」它和《奇蹟男孩》又有什麼關係？

我希望讀者能將我的親身經歷和我在《奇蹟男孩》中寫到的故事串連起來。被旁人盯著瞧的不適、被朋友拋棄的傷感、意識到自家的經濟背景和同學天差地別的不自在、感覺自己和其他人的不同；知道父母很擔心我，為了幫助我什麼事都願意做；失去一群朋友，被另一群朋友溫柔接納……。我在寫《奇蹟男孩》時重溫了這些自身經驗，決定不僅要從主角奧吉的角度，也要從他身邊的維亞、米蘭達、賈斯汀、小夏和傑克的角度來講述這個故事。寫作的魔法將我的過去悄悄融入他們的敘述裡。在《奇蹟男孩》中出現的每個人都經歷了他們希望當時的自己可以改變的事情。

話雖如此，我依然永遠不可能知道奧吉．普曼的真正感受。我沒有和他一樣臉部畸形，從未像他那樣經歷聽力受損，更沒有因進食或吞嚥困難而苦苦掙扎。在一天結束時，我可以取下背架，即使脊椎側彎帶來的疼痛仍然存在，但至少可以暫時脫離那個加諸在我外表上、令我異常苦惱的枷鎖。奧吉卻始終不能擺脫讓他與眾不同的根源，他無法選擇戴上或脫下他的臉。

《奇蹟男孩》是部虛構的作品。我盡了最大的努力去研究奧吉的病症以呈現出正確的細節。這本書受到顱面傷殘病友的廣大歡迎讓我十分自豪，為這次新版撰寫序的迪娜．扎克伯格便是其中之一。我很感謝 **myFace** 基金會、兒童顱顏協會、**Changing Faces** 慈善基金會和崔契爾柯林斯症候群在世界各地的組織的數千名會員對《奇蹟男孩》的支持，也很開心在過去十年裡許多顱面傷殘的孩子、父母、成年病友和我分享他們的故事，告訴我《奇蹟男孩》對他們的生活所造成的正面影響。話雖如此，我也遇過有人質疑我沒有資格講述奧吉的故事，儘管我在閱讀《迪妮》時從沒想過朱迪．布魯姆是不是真的也有脊椎側彎，但我想時代變了，作者具有代表性可能真的很重要，所以我也鼓勵讀者閱讀那些以自己真實經歷為題材的書，例如：瑪格達蓮娜和納撒尼爾．紐曼母子合著的撫養顱面傷殘孩子的回憶錄《正常》，以及塞斯．貝爾撰寫、繪圖，描述和失聰者一起生活的圖像小說《大耳朵超人》。

我也收到過許多來自其他疾病患者或殘障人士的迴響，包括患有自閉症、妥瑞氏症、癌症、骨骼和遺傳畸形的人；火災和事故倖存者；有殘疾或發育或認知遲緩的兒童；在學校被霸凌的孩子；甚至只是因為「看起來就不正常」（以前別人就是這麼說我的），在社交上受到同儕孤立的人。對於《奇蹟男孩》的粉絲來說，儘管奧吉的差異和自己的不同，奧吉的故事還是引起了他們深刻的共鳴——因為和奧吉一樣，他們永遠覺得自己無法融入群體。書中這部分的描寫讓他們感同身受，也是我覺得為什麼這麼多人會沉浸在奧吉的勝利、痛苦、孤獨和幽默的主要原因之一：因為人類的處境不但由我們共同的經驗來決定，也由我們經歷的具體細節來決定。歸根結底，這就是同理心的意義。

在動筆寫《奇蹟男孩》時，我最大的夢想是它可以對某個孩子產生《迪妮》對我的影響。朱迪·布魯姆的小說不僅教會我該如何面對自己的掙扎，同時也引導其他人知道該怎麼宣洩內心情緒。我想在書中告訴小讀者們，每個人都有自己要面對的人生課題、需要接受的事、想要改變的事，即使這些事並不總是那麼顯而易見。我們都有感到被排擠、孤獨和悲傷的時候，而這種時候唯一能讓我們感覺好些，也能讓別人感覺好些的解藥就是善良仁慈。

說到底，《奇蹟男孩》寫的就是可以提升人們、提升我們自己的力量。善良仁慈的力量。

許多年前，我有幸在一次研討會上見到朱迪·布魯姆。當時《奇蹟男孩》尚未問市，我握著布魯姆女士的手，心裡又緊張又激動的告訴她《迪妮》對我的非凡意義。她準確描述出我的經歷，寫下我年少世界的真相。我覺得她真的聽到我當時的心聲。我感覺她看見了我。我感覺到她愛我。致世界上所有《奇蹟男孩》的書迷，不管你是第一次或第十次讀這個故事，請知道：我聽到你的心聲，我看見了你。以及，我愛你。

R. J. 帕拉秋

在《奇蹟男孩》中，善良仁慈扮演了什麼角色？請討論韋恩·戴爾博士的名言：「當有人要你在正確與仁慈之間做選擇，選擇仁慈。」講一個你放棄正確而選擇善良仁慈的例子。

你認為 R.J. 帕拉秋為什麼會選擇從好幾個角度去講述這個故事？你最喜歡哪一個角色的說法？有沒有哪一個角色是你希望被包括在內卻沒被選中的？你認為作者為什麼會決定不讓這個角色主講一部分的故事？

你認為一個好朋友需要具備什麼特質？奧吉的哪些朋友顯現出這些特質？奧吉具備哪些當好朋友的特質？奧吉如何幫助朋友們將他視為一個正常小孩？奧吉「自在做自己」的能力如何幫助他的朋友和家人更容易與他和睦相處？

請探討奧吉和傑克·威爾的關係。他們是如何變成朋友的？你認為傑克·威爾為什麼會對他的同學說奧吉的壞話？背叛最好的朋友後，他做了什麼事情去彌補？如果是你，你會接受他的道歉嗎？

請描述維亞和她弟弟的關係。她說：「我和媽和爸是圍繞太陽的星球，我們家的親戚和朋友，則是飄浮在行星四周的小行星和彗星……我習慣宇宙就是這麼運作的。我從不介意，因為打從他出生就是這樣。」你認為維亞為什麼不告訴她在高中新認識的朋友關於奧吉的事？為什麼要對家人隱瞞這麼久，不讓他們知道她在學校話劇裡扮演的角色？

在故事的開頭，奧吉說：「真希望每天都是萬聖節。所有人都可以戴一整天面具。然後我們可以到處走走，認識彼此，看不見面具底下真正的樣子。」你同意他的話嗎？ 為什麼同意或為什麼不同意？

你認為奧吉為什麼這麼喜歡《星際大戰》？看到他剪掉帕達瓦辮子時，你有什麼感覺？

布朗先生的格言在書中扮演什麼角色？如果讓你選擇一句格言來形容過去的一年，你會選擇哪一句？如果必須想一句自己的格言，又會是什麼呢？

你認為朱利安為什麼會對奧吉這麼不友善？你知道孩子在大人面前是一個樣子，在同儕面前又是另一個樣子嗎？你對朱利安的看法是否隨著故事的推進而發生改變？

你覺得在本書結束的五年後，奧吉過著什麼樣的生活？你認為他長大成人後會是什麼樣子？

以上部分問題改編自 2014 年發表於 rhteacherslibrarians.com 的《奇蹟男孩教室 & 社區閱讀指南》（Wonder Classroom & Community Reads Guide）。

少年天下系列 —— 084

奇蹟男孩（暢銷十周年增訂版）

作　者｜R. J. 帕拉秋
譯　者｜吳宜潔

責任編輯｜沈奕伶、李寧紜
協力編輯｜游嘉惠
封面設計｜陳光震
內頁設計｜蕭雅慧、陳光震

天下雜誌群創辦人｜殷允芃
董事長兼執行長｜何琦瑜
媒體暨產品事業群
總經理｜游玉雪
副總經理｜林彥傑
總編輯｜林欣靜
行銷總監｜林育菁
副總監｜李幼婷
版權主任｜何晨瑋、黃微真

出版者｜親子天下股份有限公司
地址｜台北市 104 建國北路一段 96 號 4 樓
電話｜（02）2509-2800　傳真｜（02）2509-2462
網址｜www.parenting.com.tw
讀者服務專線｜（02）2662-0332　週一週五：09:00~17:30
傳真｜（02）2662-6048　客服信箱｜parenting@cw.com.tw
法律顧問｜台英國際商務法律事務所・羅明通律師
製版印刷｜中原造像股份有限公司
總經銷｜大和圖書有限公司　電話：（02）8990-2588

出版日期｜2012 年 7 月第一版第一次印行
2023 年 7 月第二版第一次印行
2024 年 7 月第二版第四次印行
定價｜420元
書號｜BKKNF077P
ISBN｜978-626-305-488-2（平裝）

訂購服務 ——
親子天下 Shopping｜shopping.parenting.com.tw
海外・大量訂購｜parenting@cw.com.tw
書香花園｜台北市建國北路二段6巷11號　電話（02）2506-1635
劃撥帳號｜50331356　親子天下股份有限公司

立即購買＞

有聲故事書

國家圖書館出版品預行編目資料

奇蹟男孩 / R.J. 帕拉秋 (R.J.Palacio) 著 ; 吳宜潔譯.
-- 第二版. -- 臺北市 : 親子天下股份有限公司,
2023.07
384面 ; 14.8 X 21 公分. -- (少年天下系列 ; 84)
譯自 : Wonder
ISBN 978-626-305-488-2(平裝)

874.59　　112006579